在地下城尋求邂逅是否搞錯了什麼 外傳

劍姬神聖譚 6

大森藤ノ

青文文庫

插畫　はいむらきよたか
角色原案　**ヤスダスズヒト**

序章

仲春夜之夢

Гэта казка іншага сям'і.

Начны сон вышыні вясновага

視野晃動著。

耳鳴不止。

一察覺不停搖晃身軀的衝擊來自什麼，首先感覺到的是反胃。

激烈的叫喚，與無數雙腳踏響的震動。

石頭包圍的世界震盪著，與遠方傳來的吶喊共鳴。小窗子安裝了鐵欄，窗外的藍天與陽光遙不可及。冰冷如石牢的大房間裡，滿是霉味與鐵鏽惡臭。

扔在房間角落的兩把砍刀，搖動著刀刃等著上場。

場面換到另一個地方。

縮窄視野的面具的觸感。光線照臨，令人厭惡的大門。揮開黑暗穿過大門，就會籠罩在更加凶暴的轟然叫喊之下。擠滿無數觀眾的競技場。

與成雙大門出現的敵人對峙，握緊手中的武器，對手衝了過來，自己也跑向對手。

敵人接二連三地不停變化。灑著大粒唾液的一群白狼、得到棍棒的半牛人、被鍊條綁住的龍，或是同族的少女。一陣彈響的劍戟聲後，最後還能站著的，永遠是自己的兩條腿。

當落敗者躺在腳邊，勝負揭曉的瞬間，競技場跟燃燒的太陽一同爆發。

——仄・威高（Koine）！仄・威高！仄・威高！

不屬於通用語的某個詞語被連聲高喊，灑落在自己的身上。

淹沒觀眾席的同胞們——女戰士的祝福，連黃昏天空都為之震盪。

仰望的天空，總是無邊無際的赤紅。

場面變換，場面變換。

面容朦朧的女神笑靨。

一次次將自己打趴在地，低頭看著自己的一個女戰士。大笑。

歡呼與怒號，無法停止的狂熱。

消失在那當中不清楚的慘叫，飛濺的鮮血。

映照在光輝武器表面的，是自己一天比一天模糊的雙眼。

重複同一段時光的褪色世界。

無意間，視線往下一看。

看到的是，自己染成血紅的雙手——

蒂奧涅就在這時醒了過來。

「……糟透了。」

蒂奧涅醒來，仰望著自己房間的天花板低聲說。

自己位於大本營（總部）的房間一片昏暗，還沒泛白的窗外籠罩在薄暗裡。轉動眼睛一看，時鐘短針正要移動到數字四上。

「『遠征』才剛結束耶……」

躺在床上，置身於甦醒後特有的倦怠感懷抱裡，蒂奧涅仰躺著，厭惡地皺起眉頭。

這時，「碰～」的一下。

突如其來地，旁邊一個枕頭描繪著拋物線飛來。

蒂奧涅迅速抓住了它。

她一語不發地坐起來，往旁一看，妹妹踢開了毛毯，呈現大字形睡得正香甜。蒂奧娜跟她在大本營共用一個房間。

看到老妹不只睡迷糊了拿枕頭扔人，還一副輕佻的睡臉，蒂奧涅火大起來，用力把枕頭扔到那張臉上。但第一級冒險者的女戰士（亞馬遜人）照睡不誤，啪一下就把枕頭打回來。

看到枕頭應聲落地，蒂奧涅嘖了一聲。

「……這傢伙跟那時候一點都沒變。」

看了一遍血脈相連的親妹妹的臉後，她流露著些許煩躁與羨慕，低喃：

「去沖個澡好了……」

蒂奧涅長嘆一口氣，下了床。

她拿著替換的衣物，一身跟內衣沒兩樣的打扮，離開了房間。

「蒂奧涅……嗯嗯……」

幾分鐘後。

與姊姊做了同一個夢的妹妹，邊說著夢話邊翻了個身。

第一章

Quest Result & Next Quest

Гэта казка іншага сям'і.

Quest Вынік & Наступны Quest

前去「遠征」的冒險者們，回到了【洛基眷族】大本營「黃昏館」。

他們一回來就各自倒在床上，不醒人事地睡了一夜後，看到地表才有的日出光芒，表情都變得和緩起來。他們知道自己離開了那陰暗冰冷的地底，那怪物咆哮不絕於耳、環境嚴苛的地下城，回家了。

精靈少女從房間的窗邊眺望朝霞，瞇細她蔚藍色的眼眸。金髮金眼的少女一早就到中庭去打算做鍛鍊，也索性暫時委身於清澄空氣與微風香氣之中，過了很長一段時間才開始練習揮劍。

許多人不小心睡過了頭，到了早餐時間，每個人都把好久沒吃到的一塊塊麵包、熱呼呼的湯、雞蛋與烤肉掃進胃裡大快朵頤。太陽光、藍天與新鮮食物等平常理所當然地享受的地表恩惠，此時療癒了他們乾枯的身體。

歸返的冒險者們，轉眼間為宅邸取回了熱鬧氛圍。

「好啦——該做的事一大堆，不過……首先來更新【能力值】唄！」

「遠征」歸返當天，宅邸裡正忙亂的時候，洛基高聲宣布，要開始為團員更新【能力值】。

留守組的團員從昨晚整理物資、裝備與戰利品等等到現在，遠征組則朝著主神寢室所在的中央塔最高層大排長龍。由於他們進行了輕易超越上回「遠征」的「冒險」，因此沒有一個人昨晚就做好更新。就連艾絲也休息了一晚，今天再來排隊。

多達三十人以上的更新作業絕對是一件苦差事，不過洛基似乎也很期待，俐落而有效率地一一解決了大量眷屬的【能力值】。

然後。

「Lv.6——！追上艾絲了——！」

「好啊！」

蒂奧娜與伯特等人的吼叫聲轟然響起。

【能力值】的昇華，也就是【升級】。他們歷經未到達領域的決戰，獲得了夠多的高級【經驗值】，從Lv.5升上了Lv.6。升級(rank up)正如字面所示，能夠急遽提升他們的能力(能力值)，在他們體內蘊藏突破極限高牆、通往更高巔峰的可能性。

蒂奧娜兩手拿著洛基給她的更新用紙又跳又叫，狼人(werewolf)伯特難得不顧其他團員的眼光嚎叫，嘴巴彎成笑的形狀。

「蒂奧涅妳……不用問也知道呢。」

「對啊，安琪還有娜維，妳們呢？」

「我們看來還有一段艱辛的路要走……」

蒂奧涅跟蒂奧娜一樣達成了升級，心情有些愉快地問道；貓人(cat people)安琪與人類娜維一個聳肩，一個答以苦笑。以垂頭喪氣的青年團員(勞爾)為首，【眷族】第二軍的冒險者們都停留在Lv.4。

「妳看妳看，艾絲！看，我Lv.6了！」

「嗯……恭喜妳，蒂奧娜。」

「嘿嘿！這下不會再輸艾絲了——！不對，我就這樣直接趕過妳！」

艾絲做完了更新，下了中央塔來到中庭，興奮得叫個不停的蒂奧娜跑向她。艾絲對她淡淡一笑，天真爛漫的亞馬遜少女也笑逐顏開。

她輕快地跳起來，像平常一樣抱住艾絲。

「艾絲呢？該不會到Lv．7了吧？」

「那可能有點……」

沒辦法。艾絲輕聲說，視線落在手中的紀錄紙上。

艾絲・華倫斯坦

Lv．6

力量：I30→84　耐久：I39→89　靈巧：I58→98　敏捷：I57→93　魔力：I45→H101

獵人：G　異常抗性：G　劍士：H　精神回復：I

與「遠征」前的能力參數(ability)——她跟少年(貝爾)還有女神(赫斯緹雅)一同遭遇月夜的黑衣襲擊之後的數字——比較之下，熟練度上升值總計超過230。除了深層區域「龍壺」的攻略之外，還有與「汙穢仙精」的死鬥，再加上與【猛者(奧它)】的交戰。將這些算進去，即使是Lv．6，上升幅度這麼大也很合理。

知道獲得了超越極限、抵達巔峰的回報，艾絲這時也不禁感受到近乎安心的喜悅。「給我看給我看！」艾絲把紀錄紙拿給吵著要看的蒂奧娜，「哦～」她發出讚嘆，兩人相視而笑。

——至於比其他團員晚了點做更新的蕾菲亞。

「蕾菲亞，恭喜啦！妳也能【升級】囉！」

在褪下上衣、露出細滑背部的她身後，洛基為好消息大聲喝采。

「……咦？」

蕾菲亞拿起衣服正要穿上，一聽停下了動作。

在她的背上，彷彿朱紅碑文的成排【神聖文字(hieroglyph)】每隔一定時間就高低起伏發光。

蕾菲亞凝視著笑咪咪的主神幾十秒，然後連滾帶爬地逼向她。

「您，您，您說【升級】！也就是說我，我——」

「對啊，可以變成Lv.4囉——」

「成——成功了！」

蕾菲亞高興地大叫。

她用雙手抓著的衣服遮著胸部，只差沒蹦蹦跳跳起來。

是啊，畢竟說真的，自己有好幾次差點送命。

蕾菲亞不只一次或兩次做好喪命的覺悟了，Lv.3的她奔馳在連艾絲他們第一級冒險者都陷入苦戰的深層區域，奮鬥不懈，活著回來了。既然蒂奧娜他們得到了足以升級的高級【經驗值】，那自己的【經驗值】自然也能帶來符合「豐功偉業」的評價。

蕾菲亞也賭上自己的一切，完成了不輸給艾絲他們的「冒險」。

「還有幾個孩子發掘了新的『魔法』或『技能』……這次的『遠征』收穫夠豐富啦～」

先不論收入的損益就是。洛基又補充了這一句，一旁的蕾菲亞則是臉頰發熱。

填滿胸口的，是對於成長的實際感受，以及慢慢追上艾絲他們的喜悅。再來就是——對某隻兔子……更正，是某個少年的競爭心。

——我成功了，怎麼樣！看到沒！

在各方面被蕾菲亞認定為宿敵（競爭對手）的少年貝爾・克朗尼慌張失措的樣子清楚浮現眼前，讓蕾菲亞好不得意。不過是在心裡。

少年Ｌｖ．１就獨自擊敗「彌諾陶洛斯」，還升上了Ｌｖ．２。急速成長並達成「豐功偉業」的那個少年曾一度讓蕾菲亞感到畏縮，不過自己可沒有輸給對方。

只在這一刻，蕾菲亞暫時耀武揚威了一下下。

（不過不可以驕矜自滿，那個人Ｌｖ．比現在的我低，想怎麼拚都行，而且他還有奇怪的「魔法」，所以我得有正確的心態，要比對手更努力，拉大差距……！）

蕾菲亞從原本的興奮忘我，一下子變得充滿幹勁；洛基彷彿在她背後看見了熊熊燃燒的火焰，「？」一臉納悶。

「啊——還有啊，蕾菲亞？這是我個人的建議……妳能不能現在先不要升級？」

「咦……咦咦？」

蕾菲亞一瞬間停住了，不由得發出困惑的聲音。主神這個建議等於是忽然潑了她一桶冷水。

她不解地看向主神，洛基先把【能力值】的更新用紙交給她。

蕾菲亞・維里迪斯

Lv．3

力量：I 84→86　耐久：H 121→184　靈巧：G 207→240　敏捷：G 252→271　魔力：B 723→797

魔導：H　異常抗性：I

沒有新學會的「技能」。比起上次之前的「遠征」，能力參數的更新值果然很高，尤其是「耐久」與「魔力」特別出色。

她繼續用衣服遮胸，從一手拿著的紙上抬起頭；洛基向她解釋：

「仔細看過了嗎？那我依序解釋給妳聽……蕾菲亞，妳升上Lv．3時，『魔力』的能力參數是多少？」

「呃……是S。」

「對吧？我是覺得目前這個階段就升級，有點浪費喔。畢竟蕾菲亞的誇張魔力，可是不輸里維莉雅呢。」

「誇、誇張魔力……」

蕾菲亞雖聽得冒汗，但也懂了。

洛基的意思是說「Ｌｖ．３的蕾菲亞」還有成長空間。

就像艾絲一樣，蕾菲亞還沒到達【能力值】的能力極限、「器量」的上限。

「一般派系的團員（傢伙），一能夠升級都急得跟什麼似的。因為Ｌｖ．一提升都會變得超強，能力參數的上升值根本不能比咩。」

「就是啊……」

「在意那幾十、幾百的數字根本沒用。想到『練到極致』所需的勞力與時間，還不如老老實實升到下一個階段。」

「不過呢，」洛基接著說，坐到床上。

「這些丟失的小小數字，在自家（我們家）派系卻有可能致命。」

當同Ｌｖ．之人相爭時，是什麼要素決定勝敗？

講得單純點，就是能力參數的差距。

再來就是在前Ｌｖ．培養的能力參數，也就是反映在目前Ｌｖ．的潛在值（extra point）。

當然，這跟冒險者們的技術——「技巧與戰術」、「魔法」或「技能」也有很大關係，所以數值的優劣並不能決定勝敗。

但也的確能夠成為優勢（advantage）。

更進一步來說，等級上升一個階段後，能力參數每上升一點，所需的【經驗值】當然也比之前的Ｌｖ．更多。

「所幸我們有芬恩他們在，不怕累積不了經驗。只要能像這次這樣跟著他們『遠征』就能大幅成長，對不對？」

「啊，啊哈哈哈……」

一般派系會以【升級】為優先也是因為這點。

不同於偉大前輩雲集的【洛基眷族】，其他派系探索迷宮總是在玩命。藉由升級增強戰力，對他們而言是當務之急。他們身處的環境，無法輕易隨時隨地獲得高級的【經驗值】。

對於洛基壞心眼的笑容，蕾菲亞答以僵硬的笑臉。

「好吧，目前的狀況或許是這點造成的弊害……蕾菲亞，妳自從改宗到我們【眷族】以來，升級的間隔變短了對吧？」

「是的，短很多……」

蕾菲亞第一次升級花了三年的時日，那是在她十一歲就讀「學區」的時候。

在「學區」又待了一年後，她加入【洛基眷族】，一年後升上Lv.3，之後又過了兩年也就是今天，獲得了升上Lv.4的資格。

那隻白兔突飛猛進的成長只是異常，蕾菲亞的成長速度已經夠快了。

她借助芬恩等人與艾絲的力量，腳踏實地的進步。

「聽我們說這麼多次，妳可能覺得很有壓力，但主神（我）與首腦陣容（芬恩他們）都希望蕾菲亞妳能成為里維莉雅的後任。不管要花多少勞力與時間，我們都希望妳不只成為超級蕾菲亞，更要成為超殺蕾菲亞。」

看到洛基對自己投以笑容，蕾菲亞的神情變得嚴肅。

「回顧妳Ｌｖ．2的最終【能力值】，絕對還有成長空間。『魔力』的能力參數才B而已，實在太可惜了……我想想，至少要達到A的後半。」

「……」

「當然，這只是我們的任性要求。決定權還是在蕾菲亞妳，由妳自己做主。如果妳說現在就想升級，我不會阻止妳，妳覺得呢？」

聽到洛基交給自己判斷，蕾菲亞暫且閉口不語。

她思忖半晌，一會兒後，點點頭。

「我明白了，我願意以目前的Ｌｖ．再努力看看。」

正如洛基所說，她有壓力。

以往蕾菲亞可能會對旁人的期許感到不安，窩囊地膽怯畏縮。

然而現在，她一心只想回應這份期許。

最強魔導士（里維莉雅）的後任。為了與自己視為對手的那個少年較勁，為了成為艾絲等人的力量，如今她覺得自己必須以更高的巔峰為目標。自從上次的「遠征」以來，她經歷了前所未有的激烈戰鬥，改變了她的心態。

蕾菲亞現在能夠認同，自己的確是有所改變了。

「Thank you，蕾菲亞。聽了芬恩他們帶回來的情報，我想讓『遠征』暫停一段時日，況且手頭也緊。在下次『遠征』前，就慢慢增強力量吧。」

「是。」

蕾菲亞一邊對洛基回以笑容，一邊轉動脖子，看看自己背上維持待機狀態的【能力值】。持續發光的【神聖文字】告訴她只要主神動手，隨時都可以升級。

請洛基仔細上鎖，等整個【能力值】停止發光後，穿好衣服的蕾菲亞離開了房間。

「哎呀呀，又沒搆著Lv.7了。」

團員們大致都更新過【能力值】後。

派系中最後進行更新的首腦陣容裡，格瑞斯雙臂抱胸發著牢騷。

「看來還不夠呢，這下我真想問問奧它到底做了什麼。」

「世界最高等級的Lv.7仍然只有兩人，是吧……」

除了格瑞斯之外，洛基的神室裡還有苦笑的芬恩，以及嘆氣的里維莉雅。

拿著更新用紙的芬恩他們，也仍然保持在Lv.6。首腦陣容從窗邊俯視著團員們群聚在中央塔底的中庭，對自己的能力值有的喜悅，有的懊惱；只有這一刻，首腦們也不禁流露出著急之色。

「芬恩你們是負責領導的一方嘛，反過來說，沒人領導你們。這就是優秀前輩的煩惱啦。雖然不甘心，但比起以前男神與女神（宙斯／赫拉）的派系，看來我們的經驗還不到家呢。」

環顧著著急的眷屬們，洛基也將雙手交疊在後腦杓。

就跟高級冒險者在「上層」會覺得力不從心一樣。對Lv.6來說，從目前抵達的樓層賺取【經驗值】不能說很有效率。繼芬恩他們之後，艾絲等人遲早也會碰上這堵牆。

這次與「仙精分身（最終頭目）」的激戰，【經驗值】似乎也因為分配給小隊每一個人而略顯不足。洛基如此做結。

「好啦，那麼時間有限，來講講今後的事吧。就跟以往一樣，戰利品就麻煩你們去換錢囉？」

「嗯，我知道。畢竟這次的『遠征』可是大虧損呢。『魔劍』加上不壞武器（Durandal），最後再來個毒妖蛆（poison vermis）特效藥的蒐購……」

「而且大多數的武器素材還得當成報酬，讓給鍛造大派系（赫菲斯托絲眷族）哩……」

「啊——不要再提這件事啦——！我頭都痛了——！」

「晚上還要開宴會嗎？」

「當然啦——！我要開遠征慰勞會——！」

洛基等人互相確認今天的預定計畫。

確認得差不多後，芬恩好像想起了什麼，告訴洛基：

「忘了報告一件事……關於出現在『上層』的彌諾陶洛斯。那件事似乎與女神芙蕾雅有所關聯，奧它出現在我們面前了。」

「……哦？」

「只要調查一下，應該能找到證據。雖然沒造成什麼損害，但畢竟艾絲他們跟奧它打了一場……要不要跟公會打個小報告？」

「啊——這事諸神大會也有提到，但結果還是不了了之……老話重提只是白費力氣。別理她啦，別理她。」

「這樣好嗎？」芬恩一問，洛基輕輕揮了揮手。難得看到主神被人設計卻無意還手，眷屬們都懷疑地瞥她一眼。

洛基無視三人的眼光，以一臉若無其事的表情說「我有其他地方要去，解散——」就要走出房間——內心卻在淌著冷汗。

洛基與芙蕾雅締結了密約。

正確來說，是因為自己的個人欲望，而被人抓住了小辮子。

她無法干涉芙蕾雅的行動，而想當然耳，她不能把這種事告訴眷屬們。這樣會有損本來就等於沒有的主神威嚴。

洛基腳底抹油打算溜出房間，芬恩等人看著她的背影，一副拿她沒轍的樣子。

「老子看肯定是有什麼問題……跟那邊那個女神之間。」

「又是跟酒有關嗎？真是……」

「嗯——，好吧，就當作是賣對方一個人情好了。」

孩子無法對神說謊。

同樣地，洛基的謊言對芬恩等人也不管用。

他們相處了太長的歲月，足夠看穿隱瞞的祕密了。

◆

【能力值】更新結束後，【洛基眷族】直接上大街。目的是拿戰利品換錢等等「遠征」的後續處理。

全體團員離開總部，各自帶著物品往都市各個角落散去。

「我是【洛基眷族】的芬恩．迪姆那。如同之前派人來通知的，我們『遠征』回來了。麻煩將這些『魔石』換成現金。」

「好的～久候多時了～！蜜西亞．弗洛特負責為各位服務，歡迎各位回來──！」

「這次我們在深層區域屢次發現未經確認的怪獸。雖然這項情報只對少數派系有用，不過還是請公會警告一聲50層以下的『遠征』具有高度危險性。其他包括團員們的升級在內，詳細情報都整理成這份報告書了。」

「收到了──。我看看……咦咦咦咦咦咦咦咦咦咦咦咦咦咦!?Lv．6有三個人!?」

有人將大量「魔石」搬到專用換錢室，順便把從地下城帶回來的情報與冒險成果等等呈報管理機構（公會）。

「那個——，會長……價錢能不能再開高一點？」

「怎麼，勞爾？咱已經很大方了，你對咱的收購價有意見嗎？」

「不是啦，那個……這次『遠征』我們虧損好多……希望能盡量多賣點錢……」

「不行啦，勞爾，出手要再猛一點。——拜託嘛，會長，我們有困難！」

（咦，妳這裝乖的態度是哪來的啊，安琪——）

「小人族（帕魯姆）會長大哥，拜託您了！以後我們會特別照顧您的商行（店），做好多好多特別優待的！對不對，莉涅！」

「是、是啊，娜維小姐！團長也是，那個【勇者（Braver）】也說會長大哥很有包容力，是值得尊敬的同胞！……好像是。」

「哎呀，會長，您換香水了嗎？這股優雅的香氣，就連身為精靈的我都不禁心醉神迷……總覺得今天的會長，看起來英氣凜然呢。」

「會、會嗎？嘿，嘿嘿嘿嘿……真沒辦法，妳們是老主顧，咱就再多加幾個零頭吧！」

「「「謝謝會長——！」」」

「…………女生真奸詐。」

有些人帶著「掉落道具」或迷宮的礦物、採集物，以商人或商業類【眷族】為對手，投身名為談生意的火熱戰鬥。

「椿，老子來啦。」
「喔喔喔喔喔喔！等你好久了，格瑞斯！來，快點，快點！」
「別催啊……喏，這是說好的『深層』武器素材（掉落道具），收下吧。」
「啊啊，就是這個，就是這個！炮龍的獠牙，炮龍的鱗片……！呼哈哈哈哈！要打何種武具好呢……！嘿，還有吧，全部拿出來！」
「雖說是契約定好的……但真有點不爽啊。」

有的人前去支付報酬給協助「遠征」的派系。

「哎呀，伯特．羅卡？真稀奇呢，你竟然會陪人運送『遠征』的物品。」
「老頭說人手不夠把我帶出來的，別逼我說出口啊。別說這了，把這個交給那個打鐵女。」
「這是？」
「我讓她重打的銀靴（弗洛斯維爾特）的費用。告訴她雖然還不夠，但剩下的錢我很快就會付清。」

「呵呵，你總是一點都沒變呢。」

有的人託鍛造神代為償還武器的欠款。

「喔喔，妳回來啦，里維莉雅。四肢健全，看起來好得很嘛。」
「託妳的福。別說這了，雷諾娃，抱歉，我又弄壞了。」
「嘻嘻嘻嘻嘻嘻嘻……信不信我詛咒妳呀？」

也有人將「魔寶石」破損的魔杖送修。

「好久不見——，阿蜜德——！」
「喂，妳小聲一點啦，在人家店裡耶。」
「啊哈哈，您好，我們回來了。」
「我們回來了……阿蜜德。」
「歡迎妳們回來，蒂奧娜小姐、蒂奧涅小姐、蕾菲亞小姐……艾絲小姐。」
至於少女們，則是前往朋友等待的診療院。
【迪安凱特眷族】診療院高掛著光球與藥草的徽章。久未造訪的設施內，今天也一樣擠滿了

高級冒險者。

在這當中，人類少女阿蜜德面帶笑容，出來迎接艾絲她們。

「『遠征』辛苦了。聽說各位遇到異常狀況（Irregular），停留在第18層……一切都還好嗎？」

「哎，這次的戰鬥真的格外慘烈……不過幸好有阿蜜德給我們的靈藥（potion）與萬靈藥（elixir），才能勉強保住一條命。當然，特效藥也是喔。」

「我也是，幸好有魔法靈藥（magic potion）的幫助！謝謝您！」

「我們的治療藥能幫上各位的忙，真是再高興不過了。」

聽了蒂奧涅與蕾菲亞的謝意，心地溫柔的治療師晃動著一頭銀白長髮，面露微笑。有如精緻人偶般端整的相貌，雙頰線條變得和緩，彷彿為艾絲她們的平安無事感到喜悅。

就在這時。

阿蜜德好像注意到了什麼，注視著蒂奧涅。

「蒂奧涅小姐……您是不是身體有哪裡不舒服？」

「……看得出來嗎？」

「因為我好歹也算是一名治療師。」

診療過無數病人與傷患的阿蜜德，似乎看穿了蒂奧涅臉色的些微變化。即使蒂奧涅注意著不讓艾絲等人察覺，對一流的治療師卻不管用。

蒂奧涅搔搔臉頰。

「啊——，沒什麼大不了的……只是最近常做惡夢。有沒有能幫助睡眠的藥？」

「我明白了，那麼我開給您具有安眠效果的天使草藥草。」

「真不好意思。拜託妳不要告訴艾絲他們，還有那個笨蛋。」

蒂奧涅隔著櫃檯，把臉湊過去小聲商量，對阿蜜德的好意回以苦笑。

「怎麼了——？」蒂奧娜跑來問小聲交談的兩人，不過阿蜜德說「我們在談原料（掉落道具）的買賣」掩飾過去，然後若無其事地改變話題。

「各位今天一整天是不是會很忙？」

「嗯，等會我要去【古伯紐眷族】，請人家幫我維修大雙刃（烏爾加）。蒂奧涅也要去對吧？」

「說的也是，備用的反曲刀（佐亞斯）都用完了……還得訂做補充用的飛刃（霏爾嘉）才行。」

「艾絲小姐也是，對吧？」

「嗯，我也得請人家幫我看看不壞劍（絕望之劍）……」

不只要拿「魔石」或「掉落道具」換錢，還得保養或修理武器或防具，或是重買一把新的。

每次都是這樣，遠征後多的是事情要做。

艾絲她們在櫃檯上買賣治療藥的原料，一面請阿蜜德補充道具，思緒一面飄向堆積如山的事務。

「對了，洛基今天也有一起離開宅邸，對吧?妳們知道她怎麼了嗎？」

「她只說有事要辦……」

「大概是去預約慶功宴的餐廳吧——？」

蒂奧涅不經意地想起這事，提了出來；蕾菲亞回答，蒂奧娜哈哈笑著。經她們這麼一說，艾絲也想起一出大門就分頭行動的主神的身影。

（她那時候，表情好像不太高興……）

艾絲微微仰望天花板，偏了偏頭。

「哦，妳一個人嗎？」

「艾絲美眉他們忙著處理『遠征』的後續事宜啦——」

洛基開門走進房間，在裡面等著她的，是一尊彷彿富國王子的男神，以及擔任他隨從的精靈少女。

某一家蓋在鬧區的高級酒館。

一間高度隔音的房間被包下，正適合用來密談。

洛基拉過椅子，一屁股坐在狄俄尼索斯圓桌座位的對面。

「那個軟腳蝦怎麼了？」

「荷米斯好像還沒回來，說是去地下城了……眷屬（孩子）們代替他到場。」

狄俄尼索斯視線飛往他處，只見佇立牆邊的犬人（chienthrope）少女面露僵硬笑容，向洛基打個招呼。除了她以外，還有一名虎人（weretiger）大漢在嘆氣。

「那個軟腳蝦，聽說他在第18層硬是跑去找芬恩他們，他沒事嗎？不會是在地下城嗝屁了吧？」

「呃～，我們的『恩惠』還在，所以不用擔心……。況且我覺得那個神就算殺也殺不死的……感覺他會一邊啊哈哈地笑著，一邊突然跑回來。而且團長(亞絲菲)也在。」

對於洛基所言，犬人少女露露妮怯怯地回答。硬被派來這裡的她依然面帶笑容，說出對主神不怎麼明確的信賴。

「遠征」歸返的路上，荷米斯等人出現在【洛基眷族】營地的事早已傳到他們耳裡。他們也知道從第18層出發的當天——也就是昨天——不知道為什麼，荷米斯等人沒有跟著【洛基眷族】離開，繼續留在安全樓層(safety point)。

「既然洛基也到了，我們進入正題吧。」

洛基等人聚集於此不為別的，就是為了出面尋求對策，對抗在都市伺機而動的組織。

黑暗派系(Evils)的殘黨，還有「色彩斑斕的怪獸」以及「怪人(creature)」等組成的地下勢力。為了對抗這些以「都市破壞者(厄倪俄)」做為幕後黑手的集團，洛基等人決定組成同盟。他們有的為了報仇，有的為做個了斷，追蹤黑暗勢力的動機各有不同。

【洛基眷族】的主要戰力如今已從「遠征」歸返，派系同盟即將正式展開行動。

「哎，不用特地討論，要做的事早就決定了。除了『巴別塔』之外，地下城還有一個出入口……把它找出來。」

洛基他們諸神從敵對勢力的動向，找出了一個解答。

那就是人們向來以為地下城只有一個出入口，其實還存在著第二個。肯定有一條小路，讓敵對勢力避開管理機構（公會）或冒險者們的眼光，將食人花（怪獸）運送到地表。

「嗯，當然。只是在那之前……洛基，妳的眷屬（孩子）們在遠征地點有沒有什麼進展？他們不是抵達了色彩斑斕的怪獸出現的『深層』嗎？」

以狄俄尼索斯這句發言為開端，所有人的視線集中到洛基身上。

洛基維持了一會兒沉默，然後微微睜開自己的細眼，一邊觀察他們的反應，一邊開始說道：

「聽說那裡有個成魔的『仙精』，而且強到差點反過來擊敗芬恩他們。然後……敵人的目的就是在地表召喚那種『仙精』。這是我們的結論。」

怪人們暗示的「她」這個存在，真面目就是「汙穢仙精」。

即使被怪獸吞噬仍然繼續存活，存在方式顛倒過來的天神使者。

存在於事件核心的「寶珠胎兒」跟怪人一樣，都是那個存在生出的產物，以食人花等等做為觸手收集並持續攝取「魔石」，進化為「仙精分身（demi spirit）」。

而敵人的目的，是在地表召喚「仙精」。

他們企圖讓強大的「仙精分身」降臨藍天之下，破壞歐拉麗這個地下城的「蓋子」。

——「摧毀迷宮都市（歐拉麗）」。

白髮鬼（奧力瓦司・亞克特）在第24層糧食庫（pantry）說過的話，重回曾經親臨現場的眷屬們腦海。臉色變糟的露露妮喉嚨發出聲響，虎人青年也睜大雙眼。菲兒葳絲努力控制著不顯露出情緒，看向自己的主神。

聽了洛基等人推測出的敵方計畫（劇本），男神一手掩面，靜靜呼出一口氣。

經過一段沉默後，男神抬起臉來，歪扭著他玻璃色的雙眸。

「得盡早找出來才行……第二個出入口，以及很可能已經被運進來的『寶珠』在什麼地方。」

天神沉重的聲調，震撼了房間裡所有人的耳朵。放在桌上的濃紫葡萄酒反射著天花板的魔石燈光，散發妖異的光輝。

孩子們全都閉口不語，至於洛基，則是坐沒坐樣地讓椅背嘰嘰作響，出聲說道：

「話是這樣說，反正你又是想讓我們首當其衝吧？打架都叫我們打。」

「哈哈哈，我會幫忙的。只是不是有句話叫各盡其才嗎？」

被洛基用責難的眼神挑明「別想瞞混過關」，狄俄尼索斯忘了原先嚴肅的神情，臉上現出神清氣爽的笑容。相較於女神兩隻半睜著的眼，男神的皓齒閃閃發光。

目睹教人胃痛的神意往來，「我要回家～」露露妮快要哭了。被犬人少女哭著拜託陪她來的虎人青年再度嘆了口氣。

閉起雙眼的菲兒葳絲佇立在主神身旁，只是默默任由事態發展。

「……好吧，算啦，跟都跟了嘛。總之要從哪裡找起？我是覺得到最後還是得地毯式搜索，不過可疑的地點差不多有頭緒——」

「呃～，關於這件事～……」

這時，露露妮打斷了洛基的話，怯怯地舉手。

「是這樣的，主神（荷米斯神）旅行回來後，說有事想拜託洛基女神你們……那個，要我傳話。」

露露妮說荷米斯表示如果自己無法到場，就要她代為傳話；洛基一聽，雙眉緊皺。

她正在提防是不是又有麻煩事時，狄俄尼索斯笑了笑：

「這件事我已經聽說了，我想對洛基你們來說，也不是件壞事。或許還能藉此轉換心情。」

「？」

對於洛基送來的懷疑目光，狄俄尼索斯這時做出認真的神情。

「而且有一項消息讓我在意。都市就交給我們搜索，麻煩妳去做另一件事。」

當天晚上。

正當初更夜色即將覆蓋整片天空時，平時所沒有的喧囂襲捲了都市每個角落。

這是因為自「遠征」歸返的【洛基眷族】的「豐功偉業」——伯特、蒂奧娜與蒂奧涅進入了Lv.6的消息，傳遍了眾人耳朵。

不等公會正式發表，愛好娛樂的諸神就先飛速將消息傳遍整座都市，這個話題立即讓歐拉麗為之沸騰。

有人說，【洛基眷族】這會完全與擁有【猛者（王者）】的【芙蕾雅眷族】並駕齊驅了。

有人說不對，【洛基眷族】是趕過他們了。

有人說如今那個派系，才是迷宮都市的最前線。

每家酒館都有人在熱烈爭論歐拉麗的雙巨頭，哪一個才是都市最強的派系。吟遊詩人（bard）們歌頌英勇第一級冒險者的詩歌，隨著演奏的樂器旋律充斥大街。發出怪聲與笑聲的諸神當然是大肆慶祝。除此之外，懷抱著嫉妒、豔羨或是自己有朝一日也能大成的野心的冒險者們，對此也各有反應。一臉興奮的亞人（demi-human）小孩們，穿起襤褸披風或鍋子頭盔扮成冒險者，在巷子裡到處奔跑，蹦蹦跳。

再加上自從男神（宙斯）、女神（赫拉）喪失地位以來，好久沒聽到進入第59層的消息，都市街頭巷尾都在談【洛基眷族】的名聲。他們享有勢必受人傳頌的次代英雄寶座，都市上方的無垠星空也灑下祝福之光。

那個派系的不世之功，使得諸神、冒險者與民眾都大為狂熱。

「那麼，慰勞大家『遠征』的辛勞——乾杯～！」

至於這些當事人。

由嗜酒如命的主神帶頭，大家在習慣光顧的酒館舉行慶功宴。

蓋在西大街的酒館「豐饒的女主人」。

在眾多客人熱鬧滾滾的華美店內，好幾張桌子排在一起，啤酒杯在上頭高高舉起，發出豪邁的聲音相撞。艾絲也用小動物般的舉止偷偷舉起玻璃杯，喝了柑橘色的果汁。

「別喝多了失態喔，伯特。」

「才不會好嗎。」

「蕾菲亞——！我可以拿那邊的肉嗎？」

「可、可以啊……可是蒂奧娜小姐，您這已經是第五盤了……」

「食物會一直送上桌，不要那麼猴急啦。啊，這個麻煩再來一份。」

「糟糕，老子可沒把這裡要花的錢算進去喔，芬恩。」

「算啦算啦，慶功宴大家就吃個痛快吧。要是有問題，就拿洛基的私房錢補好了。」

「喂——芬恩——！你說認真的嗎——！不過OK的啦——！大家——！這回我做東，儘管吃儘管喝——！」

『喔喔——！』

聽到里維莉雅的叮嚀，伯特大概是上次學乖了，板著臉孔；蒂奧娜與蒂奧涅食欲比平常更旺盛，嚇壞了蕾菲亞；格瑞斯斜睨著這副光景，大啤酒杯仰頭猛灌，芬恩則是笑著。早就喝得面紅耳赤的洛基一聲令下，勞爾等其他團員之間也發出精神百倍的高吼。

如同主神的宣言，追加的料理不斷上桌，泡沫輕彈的啤酒與這家酒館自傲的水果酒，連大桶裝都來了。點綴餐桌的蔬菜起司煎蛋料理、悶烤鮮魚與厚切牛排等等，蒂奧娜大快朵頤、欲罷不能的料理，也由楚楚可憐的店員們一份接一份送上桌。貓人店員更是忙到嗚喵哀叫，眼睛都花了。

慶祝遠征歸返的【洛基眷族】照慣例舉行的宴席，也吸引了周圍客人們的注目。再加上那個話題推波助瀾，比平時更多的好奇目光提心吊膽地投向他們。

就像被美麗花朵吸引的蜜蜂一樣，別人都盯著艾絲瞧；缺乏表情的她一面感受著他人的視線，一面在心中享受宴會的氣氛。

「艾絲小姐，要不要幫您拿什麼菜？」

「沒關係，蕾菲亞……謝謝。」

「……呃，艾絲小姐？是不是有什麼事令您掛心？」

「？」

「看您好像在發呆……啊，如果是我誤會了，請您原諒！」

被蕾菲亞這麼一說，艾絲有一點驚訝。

因為她的思緒的確飛往其他地方了。

當店裡深處傳來員工們與女店主「希兒，琉回來了喵——！」「琉!?」「這群笨丫頭！做妳們的事！」亂成一團的吵鬧聲時，艾絲回想起剛剛才得知的少年（貝爾）等人的消息。

舉行慶功宴之前，艾絲辦完了換錢與武器維修等事情，到處走走，去跟派系外的少數幾個熟人報告自己已從遠征歸返。然後當她正要為了贈送隨身口糧的事跟露露妮道謝時，正好聽到主神（荷米斯）等人回來了。同時，她也聽說了貝爾他們的事。

不知為何少年等人沒跟後續部隊同行，留在第18層，艾絲本來還在擔心他們，這下終於鬆了口氣。不過貝爾等人一路上好像遇到很多狀況，聽說他們走出摩天樓(巴別塔)設施時遍體鱗傷。

（明天去探望他們一下好了……啊，可是我不知道他們總部在哪裡……）

一邊聽著蒂奧娜等人吵嚷的聲音，艾絲想著不知為何詳細位置不明的【赫斯緹雅眷族】大本營，正在冥思苦索時……

「啊，明天我們要去都市外唷——」

臉色微醺的洛基，冷不防地冒出這麼句話來。

「怎麼回事，沒頭沒腦的……」

里維莉雅狐疑地彎著眉毛，代替【眷族】道出心聲。對於善變主神的指示，其他團員們也露出傻眼或苦笑的表情。

面對這樣的眷屬們，洛基仍舊紅著臉，滿意地微笑。

「既然遠征也結束了，就當作休息，來趟員工旅遊吧！」

「咦！旅遊？好像很好玩——！」

「妳還當真啊，白痴。」

「你說什麼——！」

蒂奧娜的怒吼聲四處擴散，不過艾絲等人也跟伯特說的一樣，沒把洛基的話當真。洛基不是第一次做這種毫無計畫的發言，而且大抵總會發生些狀況，把團員搞得暈頭轉向。

就在團員們自然地提高警戒，心想洛基又在打什麼鬼主意時，只有芬恩似乎理解了神意，現出笑容。

「妳打算去哪裡旅遊？」

「嗯～，詳細情形回總部再說，不過呢——」

講完開場白後，洛基掀起嘴角。

「就在出了都市不遠的地方……港都（梅倫）啦。」

第二章

港都梅倫

Гэта казка іншага сям'і.

Порт вуліца нямераных

梅倫是位於歐拉麗西南方的港都。

彼此距離大約三K（公哩），可說近在咫尺。在巨大半鹹水湖——羅洛格湖的湖岸一帶繁榮發展的城鎮，地位如同歐拉麗通往海洋的大門口。

與大海相通的半鹹水湖，連日有著數不清的異國船隻入港，卸下大量的貨物。大多數貨物都是進口到歐拉麗的商品。貿易品在運進都市內的交易所前，會先聚集在梅倫這裡。歐拉麗享譽世界的魔石製品，也是在梅倫與外國品項宛如彼此輪替般送到海外。

這裡對歐拉麗而言，是發展海外市場的要地。

「嗚啊——！好久沒來了——！」

通往巨大海灣與港口的繁華大街。

在描繪出和緩下坡的街道正中央，蒂奧娜興奮的叫聲響起。

艾絲她們【洛基眷族】昨晚就如同洛基所預告，離開歐拉麗來到了港都。雖然不至於像蒂奧娜那樣大叫，但艾絲看到熙來攘往的人牆對面，視線前方一片廣大的半鹹水湖與幾艘船停泊的港口，也不禁讚嘆。

「真的，有幾年沒來了？」

「自從鑽進地下城以來，都沒來過了呢——！」

蒂奧涅對港都的景色不禁展露微笑，蒂奧娜笑著回答她。

跟貿易品一樣，有很多人是經由這個港都踏進歐拉麗的。大陸出身的人會從北方或東方的陸路敲開迷宮都市的大門；反過來說，來自遠東等島國或海國的人，會先來到梅倫。蒂奧娜與蒂奧涅也是其中之一。

只有艾絲與其他少數幾人，被周圍的景觀奪去了目光。即使是在場的團員，大半也都像蒂奧娜她們那樣，對這裡感到懷念。

「這條巨黑魚，好大喔——！都市也有賣巨黑魚，但我第一次看到這麼大的！」

「鱗片也跟怪獸一樣發達呢……」

看到穩穩躺在攤子上的大魚，蒂奧娜興奮得不得了。這條巨黑魚的長度絕對不下一M（米度）。蕾菲亞說的沒錯，這種魚具有歪扭而堅固的鱗片，時常被人誤認成怪獸。一般認為牠們會進化成這個形態，全是為了保護自己免受怪獸攻擊。除了巨黑魚之外還有蝦蟹等等，港都特有的活跳跳新鮮海產放在攤子上出售。

石造建築櫛比鱗次的街道，因為異國人群、商人與漁人而呈現一片繁榮。

路旁有鋪著地毯販賣珍稀工藝品的小販，有擺滿魚類或海螺等現撈海產的帳棚小屋，有要求殺價宛如談生意的許多聲音。若只看這條繁華大街，甚至有點像是異國集市（bazaar），不過漁夫等眾多皮膚曬黑的人，以及飄來的海風香氣，都告訴人們這裡是臨海都市。

「蕾菲亞也是渡海來到歐拉麗的，對吧？」

「是的，我還是學生的時候，常常跟朋友一起到這個港都散心。」

「那妳知道哪裡的東西好吃嗎？等會帶我們去嘛～！」

蕾菲亞被蒂奧娜抱住，慌張失措，不過她似乎心裡也很雀躍。其他團員也一樣。以少女團員們為中心，大家無不臉頰泛紅，不禁邊走邊東張西望。

在她們當中，艾絲將手放在自己的胸口。

（我不記得這個湖泊，也不記得這樣的城鎮……）

從早到晚與怪獸交戰的記憶，被回濺的鮮血鏽蝕，艾絲不確定自己有沒有來過這座港都。她甚至覺得自己好像一直都待在地下城裡，停留在歐拉麗之地。

（……可是，我好像知道這股香氣。）

不過，獨特的海風香氣搔動了艾絲的記憶深處。

這陣帶有溼氣的風，是不會吹到被巨大市牆隔離的歐拉麗的。

淡水與海水混雜的半鹹水湖，氣味比海洋溫和多了，溫柔地擁抱著艾絲。輕撫金髮的微風香氣，令艾絲瞇起眼睛。

「怎麼了，艾絲？妳好像很高興，是不是也覺得興奮？」

「……里維莉雅，有來過這座城鎮嗎？」

精靈王族看穿了其他人不會留神的【劍姬】的表情，艾絲向她反問。

對於她的詢問，里維莉雅說「這個嘛」，抬起頭來。

「在進入歐拉麗之前來過，之後也來過幾次，不過不多。居住在森林裡的精靈，似乎有很多人不習慣這種海風的香氣……但我很喜歡。當我看到那個不自由的村落所沒有的、這片湛藍的景色時，那可是相當感動。」

眺望著遠處半鹹水湖出口前方可隱約看見的大海，里維莉雅微笑了。

如同芬恩希望能復興小人族，艾絲聽過里維莉雅之所以離開王族(high elf)的村落，是為了一睹未曾見過的世界。

據說她剛與芬恩等人邂逅時，按照本人的說法是「被逼著簽下惡魔的契約」，硬是被拉進了洛基的【眷族】，沒有一天不是互相叫罵的。真要說起來，她只不過是想雲遊四方，根本無意來到歐拉麗。

而即使是這樣的里維莉雅，也說在來到歐拉麗的路上，看到世界的各種風景，一次又一次震撼了她的心靈。她追求新發現與「未知」的探究精神，曾幾何時發掘出她做為冒險者的資質，如今完全成了迷宮都市的一分子。但里維莉雅也向艾絲說過心裡話，說有朝一日她想離開歐拉麗，再度環遊世界。

艾絲忽然開始思考，當她離開時，自己會在做什麼。

即使明白這是不可能的，艾絲仍不禁想像，自己屆時也許會跟著里維莉雅離去……就像個離不開母親的孩子，使她感到有點難為情。

「好啦，大家別左顧右盼的，前進吧——！大海……不對，大湖在呼喚著我們——！」

「那個在說什麼啊……」

在艾絲她們當中最吵的洛基帶頭前進，蒂奧涅嫌煩。

望著主神邊哼歌邊走在街上的背影，艾絲回想來到此地的經過——昨晚發生的事。

「為了找尋地下城的另一個出入口，首先我們要調查港都（梅倫）。」

宴會結束後，大夥兒回到宅邸的大餐廳，洛基如此告訴全體團員。

「梅倫就是附近那個港都吧？為什麼不在都市內找，要去外面？」

團員各自在桌邊坐下時，蒂奧娜在艾絲座位旁邊提出疑問。

但一部分團員跟她不同，露出了恍然大悟的表情。

「蒂奧娜，妳知道水棲怪獸是怎樣登上地面的嗎？」

對於芬恩面帶笑容的提問，蒂奧娜用手指抵著下巴。

「這個嘛，我想想……從『巴別塔』下面爬上來的？」

「魚哪會走路啦，笨蛋蒂奧娜。」

亞馬遜姊妹來了一段耍笨與吐槽後，里維莉雅解釋道：

「地下城的出入口只有『巴別塔』正下方的『大洞』……一般是這麼認為的，但嚴格來說並非如此。在這歐拉麗的外面，有著水棲怪獸通行的路徑，與連接水邊的出口。」

「也就是，港都（梅倫）……」

接續里維莉雅所言，艾絲說出了答案。

「與都市只有一步之遙的大型半鹹水湖（羅洛格）裡，有個與『下層』相通的洞穴。魚型怪獸們就是從那兒登上地面的。聽說人們是在諸神降臨後，才發現了洞穴的存在。」

聽了格瑞斯的補充，「是喔——，我都不知道耶——」蒂奧娜輕佻地說，蒂奧涅一副受不了她的樣子。

「湖底洞穴在十五年前，由男神與女神的派系在【波塞頓眷族】的協助下，完全塞住了。如此地下城的怪獸絕不可能再出現……本來應該是這樣的。」

然而此時，芮薇絲等怪人與黑暗派系殘黨的暗中活動，暗示了「巴別塔」以外，地下城還有其他的出入口。

也許是堵塞起來的湖底洞穴再度開啟，使得食人花等色彩斑斕的怪獸，能夠從半鹹水湖被運送出來……這種可能性無法忽視。

芬恩接著說完後，以那雙碧眼瞥了洛基一下。

「的確，是有必要調查一下，不過……」

「我是覺得沒可能啦，看第24層那些傢伙的樣子。」

里維莉雅閉起一眼含糊其詞，伯特也表示同意。

一旁座位的艾絲與蕾菲亞交換一個眼神，也想起伯特所說的第24層糧食庫事件。

黑暗派系的殘黨將多數食人花關在黑籠裡。他們是有可能從那裡前往「下層」，搬到地下城的水邊後放走怪獸，但是……

「嗯，我懂你們想說什麼。可是啊，照狄俄尼索斯的說法，好像有人在梅倫附近目睹到從未看過的怪獸。……說是看起來像噁心的蛇，長條的黃綠色怪獸。」

聽到狄俄尼索斯提供的情報，艾絲等人全都臉色大變。

噁心的蛇，既長且大，黃綠色……這些都符合食人花怪獸的特徵。

在團員們的矚目下，芬恩開口道：

「既然有可疑情報，那只能調查了。而且說不定那裡會有線索。」

團長的意見得到在場所有人一致支持。

【洛基眷族】為了調查，決定前往港都梅倫。

「可是，離開都市需要公會許可吧？就是那堆麻煩到死的手續。至少明天是絕不可能出發的啊。」

歐拉麗——以這個場合來說是公會——最怕的就是以第一級冒險者為首的都市戰力外流。除了部分特例之外，沒有人能自由出入都市，【眷族】想獲得外出許可，必須通過繁雜的手續。有時候甚至要花掉好幾天的時間。

一想到要讓公會發行許可證，蒂奧涅已經開始沒勁了，正用手托著臉頰時——

「放心唄。我已經得到公會的許可了。」

洛基輕鬆自在地說。

「……不會吧？」

「真的啦，真的。我在窗口硬拗了半天，要職員把申請文件直接交給主神（烏拉諾斯）。文件上我用暗號（神聖文字）

寫了『我去幫你調查食人花的事，不准妨礙我』，結果三兩下就過啦。」

蒂奧涅的臉頰從手心滑了下來，洛基對她哈哈大笑。

也許是覺得從中作梗會引來不必要的懷疑，或是想利用【洛基眷族】解決食人花的相關案件，總之公會之主就這樣答應放行了。

看到洛基拿著蓋有管理機構印章的卷軸晃啊晃，就連芬恩這時也不禁苦笑。

「今天妳跟我們一起出總部，原來是為了要許可證啊……」

「但、但手腳也未免太快了……」

「……有點可疑？」

「很可疑喔……」

坐在同一桌的蒂奧娜、蕾菲亞、艾絲與蒂奧涅有了不祥的預感。

連被主神的破天荒行徑鍛鍊過的其他團員也提高戒心，這時洛基露出滿面的笑容。

「事情就是這樣，所以芬恩你們這些男生就在都市看家吧？」

『嘎!?』

「我要與艾絲美眉她們——幾個姊妹淘來去梅倫住一晚！」

不理會以伯特為首的男性團員粗聲抗議，洛基得意洋洋地如此宣布。

「喂！這怎麼回事？給我說清楚！」

「梅倫是一定要去，但也不能不留半個人在都市啊——。不知道會發生什麼狀況嘛。而且我已經答應公會要留【眷族】大約一半人員下來當保險了。」

「我是在問妳！為什麼只有女的能去！」

「對了，芬恩，我還要麻煩你盯緊狄俄尼索斯他們的動向。那傢伙竟敢把麻煩事塞給我，偶爾我也要抓到他的小辮子。而且我不信任荷米斯那傢伙，鬼鬼祟祟的。」

「妳竟敢不甩我——————————！」

自顧自地繼續交代事情的洛基讓伯特大發雷霆，勞爾等人拚命攔阻他。芬恩等首腦陣容唉聲嘆氣，女性團員們只覺得厭煩。

艾絲她們一臉難以言喻的表情面面相覷，就在主神的個人意見下，只限女性的梅倫調查行動拍板定案。

「真的就只有我們來呢……啊～，團長～」

「啊哈哈哈……」

蒂奧涅在熱鬧的梅倫街道上發牢騷，蕾菲亞發出乾笑。她說得沒錯，來到港都的【洛基眷族】只有女性成員。

美麗動人的精靈與貓人、楚楚可憐的人類，性好女色的主神招攬而來，引以為傲的冒險者們，吸引了周圍人群的注目。尤其是美貌可比女神的艾絲與里維莉雅，更是集男性的視線於一身。

「好——，我是覺得他應該在港口啦——」

洛基沒說要去哪裡就在街上大步前進，也不需要艾絲她們幫忙，揹著個大型背包。塞得飽飽的背包裡面放了什麼，似乎是祕密。

任由眷屬們懷疑地看著，洛基終於走出擁擠人群，踏進港口。

「哇……！還是一樣好有魄力喔！」

近距離看到港口的景觀，蕾菲亞發出歡呼。頭上綁著擦手巾，有模有樣的水手到處走動，港口很大，雜亂無章，而且停泊著無數船隻。

純白的船帆在藍天下隨風搖動。大小各異的帆船在碼頭下錨，多到數也數不清。其中特別是大到需要抬頭仰望的商船更是震撼力十足，許多團員都被奪去了目光。艾絲也是其中之一。

「艾絲，妳看傻眼啦？」

「……嗯，好厲害喔。」

艾絲的視線，受到正要出港的大型船舶吸引。蒂奧娜將手交疊在後腦杓對她笑著，環顧四周。

沿著半鹹水湖的形狀呈現弧形的港口，熱鬧程度不下歐拉麗。強壯的水手們從船上卸下貨物，載貨台放著木桶或木箱的馬車不知要奔向何處。看似客輪的船舶，從打扮入流的精靈到像是旅客的獸人，許多亞人從甲板經過木橋下了船。

港口前方鋪展開來的羅洛格湖景色壯闊。巨大的半鹹水湖看不到對岸，白雲下朦朧的水平線正有如大海一般。湖水反射著照在水面上的太陽光，散發著與蕾菲亞眼眸同色的蔚藍波光。

送來海潮香氣的港口微風，四處迴盪的水鳥鳴叫，再配合水手們不同於冒險者的嘈雜聲，即使閉上眼睛也能感受水與陸地的界線。這片光景與地下城的發現或與「未知」的遭遇有所不同，但又令人心靈平靜，使得艾絲忘記了言語。

「大家，在那邊——！」

聽從主神的聲音，艾絲她們沿著碼頭不斷南下。

經過堆積如山的木桶與貨物旁邊，走了一會兒後，洛基似乎終於找到她要找的人，對視線前方的神物高聲大叫：

「喂——，尼約德——！」

「嗯？這不是洛基嗎！」

聽到洛基的聲音，一尊氣宇軒昂的男神轉過頭來。

只在後腦杓束起的頭髮呈現茶色。臉上浮現的笑容流露出溫和的性格，然而面孔五官卻又顯得精悍。個頭高大得與伯特比肩，脫下上衣的上半身筋骨強壯。這樣一位好體格的男神，在歐拉麗是難得一見的。再加上他肩膀扛著漁網搬運的模樣，初次見到他的艾絲等人，產生了「大海男兒」的印象。

「上次見面就好像昨天的事耶，我們幾年……不對，是十幾年沒見了吧？」

「以諸神（我們）的時間觀念來說，不過是一眨眼哩。一陣子偷懶沒見就這麼久了。沒有啦，我有時候也會想來露個臉喔？真的，真的。」

「少騙人了。」男神尼約德笑著說，他的肌膚雖然在太陽下流著汗水，卻仍然白皙。毫無日曬痕跡的模樣，讓人一窺天神永恆不變的特質。尤其是穿著及膝短褲的雙腿，有如每天讓海浪洗滌般優美。

放下漁網與洛基親暱交談的模樣，讓人感覺到兩神不只有一面之緣，而是有更深的交情。

「里維莉雅好像也過得很好啊。妳們的風評，每天都從市牆內側傳來喔。」

「別太捧我了，尼約德。名聲這種東西總是會被誇大。」

尼約德對里維莉雅，也是用無憂無慮的笑容攀談。

看到王族回以小小微笑，蕾菲亞怯怯地問了：

「里維莉雅大人，您認識這位男神嗎？」

「我在進入歐拉麗之前，受過他許多照顧。不過他跟洛基似乎在天界就有交情了。為歐拉麗帶來海產恩惠的【尼約德眷族】的名字，妳們想必也聽過吧？」

「哦～」「經妳這麼一說……」蒂奧娜與蒂奧涅說，艾絲也露出恍然大悟的表情。

梅倫除了做為貿易港繁榮發展，另一個特徵就是漁業發達，港口有四分之一是漁港。而營運、管理漁港的就是【尼約德眷族】。

【尼約德眷族】的派系形態，是海邊城鎮常見的漁業類【眷族】。眼前的羅洛格湖自不待言，他們也會到連接湖泊的外海捕魚。尼約德的眷屬們捕撈的大量魚貝類不只會拿到剛才梅倫的市場上賣，還會在歐拉麗的市面流通，為市民帶來新鮮的海產美味。他們與經營大農場的【狄蜜特眷族】並列為與迷宮都市糧食供應息息相關的兩大派系。

「所以，什麼風把妳吹來的？忽然帶著這麼一大夥人闖來。好像沒看到芬恩跟格瑞斯他們？還有，妳揹著的那包東西是……」

在周圍勞動的漁夫團員們圍繞下，尼約德詫異地看向洛基的背包。

洛基咧嘴一笑。

「其實我們是來查一些事情，順便來趟員工旅遊～。為了『散散心』，我有點小問題想問尼約德你。」

「妳想問什麼？」

「你對這附近的地理環境，當然是再熟悉不過了吧？所以呢……」

兩尊神臉貼臉，小聲地交頭接耳。在艾絲她們視線的前方，傳來「祕密景點啦，祕密景點！」「沒有人知道的那種！」「稱得上人間樂園的好所在……！」等斷斷續續的說話聲。

看到她一再強調說明，尼約德似乎有所察覺，交互看看艾絲她們與洛基的行李，露出嚴肅的神情，悄聲在洛基耳邊呢喃了些什麼。

洛基不住點頭，臉上展現出滿面笑容。

「謝啦——尼約德！之後我再把情形統統告訴你！」

「欸，洛基，我可不可以一起——」

「不行。」

洛基二話不說拒絕了尼約德的請求，身子一轉，對眷屬們叫道：

「我問到我要問的啦！好，我們走──！」

伴隨著主神越來越高亢的音調，艾絲她們的不祥預感也一樣，即將達到最高潮。

聽從尼約德的情報，一行人從梅倫漁港繼續南下，走出城鎮後。

那個地方，就在隱藏於高大樹木與巨岩背光處的場所。

「好棒喔──，一片白耶──！」

「我還以為這裡只有港口或岩石地，原來還有這種水濱啊……」

「好美喔……」

面對視野中鋪展開來的白色沙灘，蒂奧娜、蒂奧涅與艾絲都顯得驚嘆不已。

這是湖岸邊自然形成的潟湖，周圍有樹木與巨大岩石環繞，相當開闊。左右兩邊聳立著陡峭的懸崖。當然除了艾絲她們以外沒有別人，正可說是祕密海灘。

細波發出靜謐水聲打上沙灘。

彷彿與世隔離的海岸景緻，讓蕾菲亞與其他團員們都不禁喜笑顏開。

「好了，艾絲美眉還有大家──穿上這個吧──！」

然而天神的噪音卻妨礙了這片美景。

就像時候終於來臨，洛基擺出奇怪的姿勢高聲吶喊，將背包裡的東西一股腦兒倒出來。

——亙古以來，降臨下界的諸神，總是為人族帶來了各種文化或發明。

在這些發明當中，有著俗稱的「三神器」。

說是三種，不過各類種族或文化圈各有其不同內涵。例如能讓非獸人變成獸人的獸耳頭箍，以及富有伸縮性，在冒險者之間相當普及的緊身褲，其他還有燈籠褲、黑長襪（絲襪）、水手服……這些涉及概念問題的諸神發明，往往引起哪一項才能列為「神器」的議論，有時甚至演變成流血鬥爭。一部分思考被神侵犯而產生某些喜好的求道者，其熱烈爭論永無停止之日。

然而，有一項神器具有普遍價值，受到所有人的一致肯定。

那就是「泳裝」。

「這才是妳來梅倫的真正理由吧……」

在主神的強制命令下，貓人安琪穿上了少少的布料，兩隻手臂遮著胸部與暴露的肚臍，羞紅了臉發出呻吟。

跟腰上細尾扭來扭去的她一樣，換好衣服從岩石後面走出來的團員們，都盡可能地遮起自己的身子。羞赧少女們的美妙肢體，如今除了胸部與臀部之外，都在太陽底下一覽無遺。

「雖然在第18層洗過幾次涼水澡……」

「但是穿上這種泳裝，好像反而更難為情了……」

蕾菲亞與少女莉涅身體扭個不停。

比起大多泳裝屬於所謂的連身款，跟內衣沒兩樣的布料面積，似乎反而勾起了少女們的羞恥心。還在發育的蕾菲亞，從上半件可清楚看見乳溝，附有短裙的下半件柔軟地陷進小巧臀部。

「您一路上，就自己把這麼多人的泳裝帶過來……!?」

身穿連身款泳裝的亞莉希雅，連長耳朵的尖端都紅了。擁有成熟身材的精靈美女，瞪著視線前方鼻子粗重呼氣的主神。

「唔喔——!唔呵——!棒透啦——!太陽底下魅力四射的耀眼肢體，這裡是樂園嗎!?」

性好女色的女神興奮達到頂點。

洛基拿調查湖泊這個冠冕堂皇的藉口說服團員們，卻掩飾不住邪念。她用布滿血絲的雙眼凝視著害羞或極度反感的眷屬們，並將握緊的拳頭筆直伸向天空。

「奇怪，里維莉雅呢——!?我可愛的里維莉雅在哪——!?」

「她在那邊的岩石後面，拿著泳裝僵住了……」

「什麼~，我要看里維莉雅穿泳裝啦~!既然這樣，我直接去幫她換——!」

「——給我站住!」「快住手——!」「不准妳讓里維莉雅大人做那種事——!」

洛基衝向岩石後面，被精靈團員們全力阻止。眾人以亞莉希雅為首，把主神壓倒在沙灘上。

「咕哇——!?」洛基本來還在大叫，但她們緊貼自己的桃紅色柔嫩肌膚，「咕嘿嘿……」令她很快就破顏而笑。晚了一步的蕾菲亞看到這一幕，不禁冒汗。

而里維莉雅則跟蕾菲亞說的一樣，面對兩手拿著的超小一件泳裝，化為時間暫停的一尊石像。

（……跟蕾菲亞她們說的一樣……好、好難為情喔……）

至於艾絲。

她往下看著自己穿著泳裝的身體，臉頰淡淡染紅。

白色的兩件式泳裝。跟其他人不同的是，下半身纏了一條長長的裏裙。

洛基強迫她穿的戰鬥衣(battle cloth)起初也讓她很排斥，但這件泳裝比那套衣服更讓人害羞。即使這裡沒有【眷族】以外的人也一樣。

幸好男性陣容不在這裡。艾絲摩娑著暴露在外的上臂，不禁這麼想。

「艾、艾絲小姐！艾絲小姐的，泳裝打扮……！」

「哇啊——」「果然很漂亮呢——」「好好喔——」「真羨慕——」

艾絲慢了一點才換好泳裝，蕾菲亞她們這時注意到她了。細緻的肌膚、連腳尖都顯得纖瘦的雙腿，還有線條優美的迷人翹臀都令她們讚嘆不已，不只是蕾菲亞，就連其他團員都讚不絕口。

不知為何連心中的幼小艾絲都變成了泳裝打扮，兩眼昏花。

艾絲的臉頰更紅了，平常其他女孩不太令她在意的豔羨目光，此時卻讓她好想低下頭去。

「蒂奧娜她們……不可能會怕羞呢。」

「不會啊，對不對？又不會少塊肉。」

「跟平常穿的也差不多嘛——」

貓人安琪瞥了一眼蒂奧涅與蒂奧娜，兩人完全沒在害羞。

兩姊妹都穿著蒼色泳裝，如同蒂奧娜所說，跟她們平常的穿著沒什麼差別。泳裝十分單薄，乍看之下有如羽衣般透明，好像能看見底下的肌膚。兩人絲毫不覺得害臊，露出她們豐滿的胸部，或柔軟有彈性的大腿等褐色肢體。

不久後，洛基對里維莉雅的泳裝死了心，在成員們的面前大聲喊道：

「好了，大家暫且拋開工作，玩個痛快吧!!海水浴改一個字，湖水浴！戰鬥少女們的片刻休憩——！當然也有走光鏡頭喔——！」

『沒有！』

主神的邪惡企圖讓少女們滿臉通紅，一齊回嘴。

無論如何，少女們就以慰勞平時的辛苦為由，開始享受湖水浴。

「雖然沒海水那麼明顯，但還是有點鹹鹹的——！」

「蒂奧娜小姐，您太早跳進去了吧！」

「別說這些了啦，蕾菲亞也一起去吧！」

「啊，哇哇哇！」

搶第一個衝出去的蒂奧娜跳進水面。她像小狗般甩著頭，暢快地撩起貼在額頭上的瀏海。也許是受了少女天真爛漫的模樣所刺激，比較年輕一點的少女團員們也笑逐顏開，在白色沙灘上留下腳印，毫不客氣地踏進湖裡。

時值仲春，夏天的腳步聲還很遠。湖水雖然說起來還有點冰，但對於在環境嚴苛的地下城受過訓練的冒險者們來說，不過是雞毛蒜皮的小事罷了。她們在岸邊嬉戲，互相潑水，潟湖轉眼間充滿了歡笑聲。

晃蕩的雙胸，扭動的腰肢，泳裝陷進肌膚時的調整動作。

望著少女們興奮地享受湖水浴的景象，洛基的愉悅也達到了最高峰。

「哈啊，真是眼福～。雖然不是海邊，但是有泳裝跟可愛女生……咕呼呼，這真是最棒的組合～」

「真是個色老頭……」

蒂奧涅受不了主神一副快流口水的德性，她緩緩抬頭仰望高空。

「沒去過南國，不知道那邊是不是也像這樣？」

低喃的聲音被吸進藍天當中。

眩目的陽光，灑落在只有一群少女的沙灘上。

「………」

在這當中，艾絲一個人佇立在水濱角落，彷彿無處容身。

那副模樣與其說是孤傲的【劍姬】，倒比較像是小孩子害怕打在沙灘上的白浪。

「艾絲小姐！願意跟我們一起玩嗎？」

「…………呃……」

蕾菲亞注意到艾絲落單，表情喜孜孜地來找她玩。

面對渾身溼透的蕾菲亞，艾絲的視線稍微投向其他方向。

在遠離岸邊的前方，團員們只有臉露出水面漂浮著，更遠的地方可以看到蒂奧娜舒暢地游泳。

水底好像很深。

「……我，還是……算了，好了……」

「？」

看到艾絲好像有點反常，一副心神不定的樣子，蕾菲亞正偏頭不解時。

「怎麼——，艾絲美眉？妳該不會還怕水吧——？」

洛基靠近過來，漂亮地一語道破。

「咦！」

「…………」

「艾、艾絲小姐……您不會游泳嗎？」

——糟糕！

艾絲舉止一下子變得怪異起來，一雙金瞳忙著左右動來動去。而她這種反應說明了一切。

聽到蕾菲亞驚愕的叫聲，「怎麼了怎麼了——？」連蒂奧娜與蒂奧涅等人都過來了。兩人聽困惑的晚輩說完事情來由，起初還露出納悶的表情，但很快就皺起眉頭，「經妳這麼一說……」

「對耶，她在地下城，好像都不太願意靠近水邊……」

「她差點掉進水裡時，也都是用風(魔法)啪唰啪唰地踢著水面脫身呢……」

承受著蒂奧娜她們的視線，艾絲說不出話來了。

她絞著兩手，纖纖玉指扭扭捏捏地搓來搓去。

「……我每次想游泳，就會沉下去……」

一會兒後，她紅著臉頰，用細小的聲音坦白了。

「咦咦～！真的嗎？」

「騙人的吧？」

「可、可是！您在地下城不是常常洗涼水澡嗎？在第18層也是，我明明看您浮在水面上……」

「腳踩得到底的地方沒問題……但只要臉一碰水……」

看蒂奧娜、蒂奧涅與蕾菲亞都叫了起來，艾絲比平常更吞吞吐吐地回答。她頭垂得越來越低，羞得無地自容。

看到她這樣，蕾菲亞實在無法不吃驚。應該說她沒想到自己向來崇拜的少女，居然有這麼一個弱點。

【劍姬】艾絲・華倫斯坦。

十六歲，旱鴨子。

成天鑽地下城，只顧著戰鬥的代價就是這樣。

「真沒想到艾絲美眉竟然還不會游泳。妳去過那麼多次水邊樓層，我還以為……嗯？等等喔，這也就是說——只要把艾絲美眉拖進水裡，我就能贏妳？」

堂堂天神轉瞬間露出下流的笑臉。

「在水裡就隨我上下其手啦——！覺悟吧！艾絲美眉——！」

「——！」

「哎唷喂呀!?」

洛基飛撲過來，然而艾絲眼色一變，拿出九成實力迎擊。

忘記手下留情揮出的一巴掌，「咕喔喔——！」把主神打得在沙灘滿地滾；這時蒂奧娜握住了艾絲的雙手。

「那麼艾絲，就練習到會游嘛！」

「咦……」

「就是啊，這是個好機會。一直拖延不會有好結果喔？」

「我、我也願意幫助艾絲小姐！」

「………呃，嗯。」

微笑的蒂奧涅與幹勁十足的蕾菲亞也加入戰局，讓艾絲不便回絕，只能點頭。不顧少女心中彷彿暴風雨即將到來的大海般浪吼風號，旱鴨子矯正課程宣布開始。

「總之，我想先看看妳有多不會游。」

「艾絲，妳可以站到水裡一下嗎？」

「好、好的……」

艾絲講話方式變得有點怪怪的，脫下纏在腰上的裹裙。

她想既然這樣只能下定決心了，於是鼓起幹勁，把金色長髮綁在後腦杓。

艾絲眼角瞄到其他團員們也好奇地遠遠觀望，怯怯地走到水邊，把腰部以下泡進湖水裡。

「妳仰躺著浮得起來，對吧？試試看。」

「……」

「哦——，浮得起來耶，浮得起來。」

「不愧是艾絲小姐！」

「什麼嘛，看來很輕鬆啊。那妳把臉泡到水裡，然後打水——」

「————————————————————（噗咕噗咕噗咕噗咕噗咕!?）」

艾絲發出悲慘的聲音沉沒。

「咦咦咦咦咦咦咦咦咦咦咦咦咦咦咦咦咦咦咦!?」

「消失得超快的——!?」

「蒂、蒂奧娜！快救人！」

蕾菲亞與蒂奧娜高聲尖叫，蒂奧涅近乎慘叫地指示救生。

連周圍其他團員都嚇了一跳；艾絲——!?艾絲小姐——!?蕾菲亞與蒂奧娜也趕緊跑過去，跳進湖裡。

「不行，我看是里維莉雅的特訓，對艾絲美眉造成了深沉的心理創傷……！」

「里維莉雅到底是做了什麼啦！」

蒂奧涅口沫橫飛地對臉上留著楓葉印記復活的洛基吐槽。

至於當事人精靈王族，還在岩石後面化為一尊雕像。

「艾絲，妳還好嗎!?」「您要不要緊!?」

「………對、對不起。」

讓蒂奧娜與蕾菲亞攙扶著，艾絲被救上了岸。

少女看到了母親笑吟吟揮手的走馬燈，肩膀上下起伏，大口喘氣。

至於其他團員從沒看過【劍姬】這副模樣，都明白了事情的嚴重性，喉嚨發出咕嘟一聲。

後來她們等艾絲恢復精神，又試了仰泳等姿勢，但都沒用。艾絲只要一動腳，身體就像泥巴船一樣下沉。

「比我想的還糟呢……」

「可是，也只能練習了啊～」

「與其說是怕水……應該是一想游泳，就因為緊張而太用力……」

「也就是說是條件反射了？真的，里維莉雅到底做了什麼啦……」

蒂奧涅與蒂奧娜一臉苦澀，一旁的蕾菲亞則努力輕撫艾絲的背。

浮在水面。

艾絲雙腳發軟，雙手撐在沙灘上；在她的心中，幼小艾絲已經看不到人，只是吐出一堆氣泡

偷偷觀察狀況的其他團員，此時也都聚集到艾絲她們身邊。

「嗯～，那妳跟我一起練習看看嘛，艾絲？我會握著妳的手。」

「蒂奧娜……嗯。」

看到同伴為了自己這麼付出，艾絲一面感受到前所未有的歉疚，一面握住蒂奧娜伸出的手。

兩人就這樣往湖邊走去。

蒂奧娜倒退著走在水底，艾絲兩手都讓她牽著，支持著。

艾絲絕不讓臉碰到水面，一雙細腿像小動物般啪唰啪唰擺動著，一心只想著不要沉下去。

「艾絲，再放鬆一點？嗯嗯，很好喔。這樣一定游得來的。」

「真、真的？」

「那我放手看看喔——」

「!?」

「一，二……」

「等、等等，等等，蒂奧娜——」

「好，我放手了——」

「～～!?」

蒂奧娜一放手，做出萬歲姿勢的瞬間，艾絲就像陷入恐慌的兔子般拚命掙扎。她發出「咕嘟咕嘟咕嘟咕嘟!?」的淒慘聲音，空虛地下沉。

陷入混亂的少女死命伸手，好不容易用雙手抱住了蒂奧娜的身體。

她撲進摯友的胸口，跟幼兒一樣不停發抖。

（好可愛。）

看到艾絲這樣，蒂奧娜軟綿綿地笑了。

「好可愛。」

「好可愛。」

「真可愛。」

「這樣的艾絲美眉也不賴哩——。反差萌——」

從岸邊眺望這幅光景的蒂奧涅與洛基等人，也都道出一樣的感想。

團員們齊聲叫可愛，只有蕾菲亞盯著被艾絲抱住的蒂奧娜，發出咕呶呶的呻吟聲。

後來，結果艾絲還是沒能克服對水的恐懼，湖水浴就這麼結束了。

玩個過癮後，就輪到原本的目的——調查。

「既然要調查湖底洞穴……呃呃，所以還是只能潛水了，對吧？」

「想也是。妳知道洞穴的位置嗎，洛基？」

蕾菲亞欲言又止，瞄了艾絲一眼。

言外之意是在說「妳成不了戰力」，讓【劍姬】不禁沮喪；貓人安琪向洛基問道。

「我有事先調查過喔——。從這邊再往南走一段路，就在靠近湖峽的地方。蒂奧娜——，蒂奧涅——，拜託妳們囉——」

「知道了——！」

「趕快弄一弄吧。」

想到要調查「洞穴」免不了要進行不習慣的水戰，蕾菲亞等人原本以為全體團員都得出動，正在緊張，聽到洛基全部交給蒂奧娜與蒂奧涅，都連連眨眼。

看到亞馬遜姊妹向前走去，艾絲忽然抬起頭來。

「蒂奧娜、蒂奧涅……妳們這件泳裝，難道是『水精護布』？」

艾絲剛才又是害羞又是溺水，沒精神留意蒂奧娜她們的泳裝，這時才終於注意到。

她們穿著深蒼色的衣裳。即使布料很少，但仍然是蘊藏加護的「仙精護布」無疑。

「猜對囉——。是我為兩人準備的。在處理水類的冒險者委託(quest)時，這是不可或缺的嘛。」

洛基代替蒂奧涅她們得意地回答。

「仙精」織入魔力製成的護布，以特別加強的屬性而論，性能甚至在高級鐵匠(high smith)打造的防具之上。水精護布(undine cloth)具有對水性攻擊的抗性與抵銷熱浪的抗暑效果等等，是冒險者的愛用品。

不過，這件防具要在水中才會發揮其真正價值。

即使是冒險者，比起陸上，在水中的動作仍會遲緩相當多；但只要裝備水精護布就能快速游泳，擴大活動範圍。對水的阻力與水壓也會更有耐力。

雖然價格偏高，但是在進行消滅水中怪獸等活動時，可說是必備的裝備品之一。

洛基一邊被蕾菲亞她們責備「竟然把『仙精護布』做成泳裝……」一邊繼續說：

「而且蒂奧娜她們擁有發展能力『潛水』，在水中本來就能游得比魚還快。一旦裝備起水精護布，那可是如虎添翼……不對，是如女戰士(亞馬遜人)添斧槍(halberd)！」

「這什麼譬喻啊。」

蒂奧涅瞪著拿遠東成語發明出奇怪格言的洛基。

能在升級時獲得的發展能力「潛水」具有與水精護布幾乎相同的效果。若要舉出差異之處，就是「潛水」還能帶來打擊等威力的加成等等，更著重於「水戰」方面的效力。

據說對於在大海活動的海神大派系(波塞頓眷族)的團員而言，這是必備能力。

「我記得『潛水』應該是很少見的能力……」

「聽說在海上活動的天神眷族(familiar)比較容易發掘出這項能力……」

蕾菲亞與安琪等人竊竊私語，討論蒂奧娜她們習得的能力。

「她們怎麼會得到那種能力……」「是怎麼學會的……」對於團員們的這些疑問，蒂奧娜與蒂奧涅回答：

「來到都市（歐拉麗）前，我們常在漁村或島國接受委託擊退怪魚（怪獸），混口飯吃。」

「有有有！在水裡怎麼打都打不好～。我火大起來打了一堆，結果就變得擅長水戰了～」

這對不服輸的姊妹拿殺敵數較勁，更助長了這種現象。

聽她們這樣說，蕾菲亞等人正在乾笑時，洛基翻找著背包，把一個東西扔給蒂奧娜與蒂奧涅。

「喏，傢伙給妳們。如果食人花出現，就用這個砍死牠們唄——」

「這是？」

「以前讓古伯紐他們用迷宮珊瑚（under coral）與海象怪的獠牙做的水戰用武器（克倍爾之刃）。我從宅邸倉庫裡挖出來的。」

這把短劍的長度，與蒂奧涅的主武裝反曲刀（kukri knife）相當。彷彿水之結晶的碧藍（marine blue）透明劍身輕得驚人。

蒂奧娜與蒂奧涅收下兩把對水戰裝備，咻咻揮動幾下後，說：「那我們去去就回。」輕快地跑了出去。

兩人走到了湖岸盡頭，用整齊劃一的動作跳進湖裡。

「……那個，現在說這或許太晚了，但如果只要蒂奧娜小姐她們下水，我們好像沒必要換泳裝……」

蕾菲亞一身泳裝目送蒂奧娜她們下水後，輕聲低喃這麼一句話；洛基一副事不關己的臉，「唔喔——，上啊——，加油啊——！」假惺惺地聲援。

羅洛格湖湛藍清澈，不輸給南國的海水。

藉由魔石製淨化裝置，都市（歐拉麗）或港都（梅倫）的排水隨時保持清潔，湖底清澄透明，視野相當清晰。蒂奧娜與蒂奧涅轉眼間就遠離了艾絲她們待著的潟湖，一手拎著《克倍爾之刃》向前游去。

「唔北寶漂樣喔——」

（我聽不懂妳在說什麼啦。）

蒂奧娜邊吐出大量氣泡邊講話，蒂奧涅回她一個眼神，表示受不了她。

水中世界籠罩在陸地上所沒有的靜謐氛圍中。綠色、藍色或灰色的美麗小魚屢屢游過蒂奧娜她們前面。岩塊或石頭散亂的湖底長了海草，平穩地晃蕩著。

但看向其他地方，漂流木塊或船隻的破碎殘骸就會闖入視界。優游的巨黑魚群閃過蒂奧娜她們，兩人默默地俯視著船底被咬破的沉沒船隻。

「！」

驀然間，蒂奧娜的眼睛捕捉到了令人毛骨悚然的光點。

在船隻殘骸的後面，陰暗空間的深處。

只見赤紅眼光閃爍一下，接著，一條身軀跟蒂奧娜她們一樣大的怪魚可怕地現形。

可以想見沉船的原因就是這隻怪獸——「突襲怪魚」。

蠢動著血紅眼球的魚類怪獸，離開牠湖底的巢穴，往獵物飛衝過來。

「吼喔喔喔喔喔喔！」

面對如砲彈般殺來的敵人，蒂奧娜高舉沒拿武器的右手過頂。

「！」

「噗啾!?」

她用比起在地上時毫不遜色的動作，狠狠揍了怪魚一拳。

絲毫未減的鐵拳威力，大到粉碎了怪獸的面孔。慘遭反擊的「突襲怪魚」灑著鮮血，以驚人之勢猛烈摔到湖底，掀起一片煙塵。

（好久沒潛水了，總覺得動起來超靈活的——）

（一定是護布的力量啦。）

蒂奧娜把右臂轉了好幾圈，蒂奧涅對她聳聳肩。

交換視線、心有靈犀一點通的雙胞胎姊妹，實際感受到了「潛水」加上水精護布收到的效果。

（蒂奧涅——，妳大概能潛多久？）

（一小時左右小意思。）

蒂奧娜與蒂奧涅憑藉著洛基的情報前進。

兩人左右轉頭確認四周情形，潛入更深更深的地方。她們沿著傾斜的湖底潛水，自頭上湖面射進水裡的日光也逐漸遠去。

然後，就在兩人幾次與半鹹水湖中橫行的怪獸交戰後。

（就是那個吧……）

她們發現了在找的東西。

在羅洛格湖的最深處附近，蒂奧娜與蒂奧涅的雙眼，看見了令人屏息的巨大「蓋子」。全長遠超過十M，大圓形的封印。

「蓋子」的材質不知是「白聖石」，抑或是迷宮的礦物「白剛石」。與周圍岩床不同色彩的白堊大蓋子，看著也像是海底神殿的大門。

如橫穴般形成於斜面的大洞，現在被「蓋子」塞住了，但它的規模原本一定連龍都能通行。遙遠的「古代」，曾有數不清的水棲怪獸從這裡登上陸地。

蒂奧娜與蒂奧涅降低高度到正面，仰望威儀凜然的大蓋子。

（我說啊，這個……）

（應該是怪獸的化石……不對，是「掉落道具」。）

一片雪白的大蓋子當中，存在著漆黑異物。

那是超大型……不，是比那更大，超乎規格的怪獸的黑骨（掉落道具）。令人聯想到龍的頭蓋骨、如大蛇般又長又大的脊梁骨、好似翅膀的巨大魚鰭等等，缺了幾個部位的骨骸蜷曲著夾雜在白色石材裡。

蒂奧涅說得沒錯，就像化石一樣。

蒂奧涅她們即使對大蓋子所知不多，也知道了這具屍骸的真面目。

（「海中霸王（利維坦）」……）

「古代」自地下城登上地表，擁有力量的遠古怪物(怪獸)。

牠與「陸上王者(貝西摩斯)」、「獨眼龍」並列為人族宿願「三大冒險者委託」的一項目標，是大海裡的災厄。十五年前，男神(宙斯)與女神(赫拉)率領著最強的冒險者軍團，成功討伐了這個怪物。

（我是有聽說黑龍的「鱗片」能嚇阻怪獸……）

據說大約一千年前，飛離歐拉麗之地的「獨眼龍」在下界各地掉落了幾片「鱗片」。這些鱗片持續散發力量波動，其他怪獸無一例外，對怪物之王的氣息恐惶悚懼，不敢靠近。這種現象已經得到證實。

這具「海中霸王」的骨骸，也跟那個一樣。

一般認為迷宮怪獸被守護神(烏拉諾斯)的絕大神威封住，無法入侵地表。就算萬一有怪獸溜了出來，看到這具黑骨想必也會逃之夭夭，更不要說被怪獸破壞了。

男神(宙斯)等人的【眷族】討伐了「海中霸王」後，將遺骸帶回來，做成蓋子的一部分，藉以讓封印變得無懈可擊。

「海龍封印(Leviathan Seal)」。這是公會命名的正式名稱。

面對描繪出黑白對比，永不開啟的湖底大門，蒂奧娜與蒂奧涅忘卻了時間，凝視著它。

（……來檢查一下蓋子有沒有裂縫吧。）

視線離開空洞的黑骨眼窩，蒂奧涅她們開始辦正事。

她們檢查大洞，看看有無怪獸通過的痕跡，或是能稱為祕密通道的小路。兩人分頭靠近蓋子確認每個角落，四周的岩床也到處看過一遍。

但最後什麼也沒找到，只是白費力氣。

（蓋子上一個傷痕都沒有～）

（好吧，雖然早就知道了，但我得說這麼堅固的封印，怪獸是不可能突破的……真要說起來，牠們好像根本不敢靠近。附近也沒有可逃走的地道……）

斜睨著頭下腳上揮動手臂的蒂奧娜，蒂奧涅嘆口氣。

就連一路上好幾次來襲的怪獸，在封印周邊都感覺不到一點氣息。不讓怪物靠近的大蓋子依然健在。

（怪獸不是不敢靠近這個蓋子嗎？那是不是應該檢查離這裡稍遠一點的地方啊？比方說在大幅繞道的地方，挖了個新洞之類的。）

（我才不要漫無目標地在這麼大一個湖裡到處亂找……）

蒂奧娜與蒂奧涅會合，用眼神交換意見。亞馬遜姊妹束手無策，讓氣泡往頭上漂去，環顧四周一圈。

（——！）

這時，蒂奧涅的雙眼變得如鷹眼般銳利。

她的視野遙遠深處捕捉到的，是在水中搖曳的兩大條長長身軀。

皮膚的顏色是黃綠色。

Copyright ©Kiyotaka Haimura

（蒂奧涅！）

（錯不了！是食人花！）

兩人踢著水加速前進。

怪獸游泳的位置離湖面不到十M。而上方水面有不只一艘的船底撥水前進。蒂奧娜她們決定殲滅食人花，逼近敵人。

「！」

水的震動，讓怪獸發現了急速逼近自己的少女們。

兩隻食人花啪地一下，綻放牠們緊閉的花苞，露出醜惡的獠牙與口腔。牠們將所有觸手轉向兩人，要驅趕進逼的威脅。

「真的有耶——，嘿！」

面對殺來的大量鞭子，蒂奧娜用人魚都甘拜下風的身手流暢地躲開。順便還在擦身而過之際，一手握著〖克倍爾之刃〗揮砍過去。

伴隨著吐出的一堆氣泡，食人花的觸手被切斷了。

「!?」

趁著鞭子被砍成肉塊造成的空隙，蒂奧涅即刻突擊。

她霎時間撲進僵住的食人花懷裡，跟妹妹一樣揮動碧藍刀刃，閃光成雙。

「！」

「————————啊啊!?」

水戰專用武器大顯神威，輕易斬裂了食人花不怕打擊的硬皮。遭受描繪弧線的蒼藍閃光一道斬擊，失去花頭的一隻怪獸氣絕身亡。

至於剩下的一隻，扭著身體企圖逃跑。

（糟糕！沒解決掉!?）

許久未接觸的水戰，使得第二道斬擊砍得淺了。

身受重傷的食人花像在向太陽光求救，急速往水面上升。

蒂奧涅與蒂奧娜追了過去——然而這時，新的一艘船從湖峽駛了進來。

——糟了！

眼看巨大船船出現在前進方向上，食人花像要發洩怒氣般，將觸手射向船底。

「洛基！」

艾絲犀利的聲音穿過眾人之間。

當【劍姬】比任何人都早察覺到危機時，留在陸上的【洛基眷族】成員們，也目擊到湖面上的異狀。

「船被……？」

「有東西纏著船身！」

伸出水面的黃綠色觸手，纏住了剛駛入羅洛格湖的蓋倫帆船。
只見留有切斷痕跡的鞭子把巨大船身拉得傾斜，接著食人花隨即出現。製造出大浪的怪獸，就要順勢咬住蓋倫帆船了。
「慘了，艾絲妳們快救人！」
蕾菲亞等魔導士移動到開闊的湖岸，立即開始詠唱；不只如此，艾絲她們也以附近船隻為踏板，打算火速趕去。
「——嘎!?」
然而，就在前一刻。
一個人影從蓋倫帆船一躍而起，砍飛了食人花的腦袋。
「什……」
大型級的頭顱飛上空中，一邊旋轉飛行，一邊往湖面墜落。
伴隨著水花激起四濺，纏住船身的觸手鬆開，虛軟失去力量的怪獸長條身軀也沉入水中。看到這幅光景，艾絲她們都僵住了。
「什麼，什麼什麼？」
「打倒了食人花？」
蒂奧娜與蒂奧涅從水面猛地露出臉來，也都啞然無語。
連歐拉麗的高級冒險者都難以對付的食人花，遭到了瞬殺。

駛到湖上的周圍船隻籠罩在慌亂的騷動中，但蒂奧娜她們沒去注意，仰望著眼前漂浮水面的異邦大船。

這時——咚的一聲。

屠殺了食人花的黑影，伴著彎刀(scimitar)的光輝，從空中降落在附近的漁船上。

「勞高・魯・嘰塔……迪・席呂特。」

聽到不同於通用語，屬於某個種族的語言，蒂奧娜第一個做出反應。

她像被電到般一回頭，只見一名女性站在船上。

褐色肌膚集嚇壞了的漁夫視線於一身，獨特的服飾十分暴露。在這些要素當中，她以黑色面紗蒙住嘴巴，遮住了臉的下半部。

在搖晃的沙土色頭髮下，靜靜注視著自己的同胞眼眸，讓蒂奧娜輕啟雙唇。

「芭婕……」

蒂奧娜與蒂奧涅好像看到了不敢置信的事物般睜大雙眼，豈止如此——像要給予更大打擊般，蓋倫帆船上有人發出聲音。

「有熟面孔。」

「——」

聽到那稚幼，同時又隱藏了老成的聲調，蒂奧涅她們這次真的凍住了。

猛一抬頭，只見巨船甲板上有著眾多女戰士(亞馬遜人)俯視著她們——還有一尊幼小女神。

隨著海風搖曳，有如鮮血的紅髮；跟眷屬們一樣是褐色肌膚。個頭雖然只是個年幼可愛的小女孩，身上卻配戴著假骷髏串成的首飾，以及長了獠牙的面具；不只如此，面具底下顯露的眼光，還散發著異質性與天威。在她的身邊站著一名女戰士（亞馬遜人），與站在背後漁船上的女子同樣是沙土色頭髮。

艾絲她們從岸上觀望著，蒂奧涅臉色驟變。

對著船上面露淺笑的女神，她喊出對方的名字：

「迦梨……！」

第三章

女戰士之國

Гэта казка іншага сям'і.

Краіна жанчыны салдатасалдата

巨大的蓋倫帆船緩緩入港。

仿照雙劍造形的船錨、設置於船頭的戰士塑像，還有自船腹伸出、有如斧槍的巨大船槳等等，代表女戰士的船舶設計吸引了多數人的目光，來自異國的集團就這樣登陸了。

看到一群亞馬遜人由戴著面具的幼小女神帶頭魚貫下船，就連健壯的漁夫們也一下子變得混亂不安。

「迦梨！」

這時出聲叫住她們的，是身穿泳裝的蒂奧涅。

蒂奧涅追上遇到她們沒多久就直往港口駛來的船舶，急著趕了過來。緊跟身後的蒂奧娜也一樣。看到姊妹倆非比尋常的氛圍，聚集而來的人群自動讓出一條路。

艾絲她們換好衣服趕來時，看到的是幾乎一觸即發的對峙光景。

「妳來做什麼？」

「這麼久沒見面了，一開口就講這種話啊，蒂奧涅？」

「少說廢話，快回答我！」

「沒什麼，觀光罷了。」

面對從一開始就怒言相向的蒂奧涅，面具女神——迦梨邊說著「傷腦筋」，邊若無其事地回答。

她叫一名亞馬遜人去應對急忙跑來的城鎮官吏。她們似乎事前就準備好了，不客氣地把入港許可證拿到對方眼前。

「少給我睜眼說瞎話……！」

「真的啊，妾厭倦了一成不變的日常生活，來尋求刺激了。」

看到蒂奧涅緊皺雙眉，迦梨只彎起了嘴唇。沒加入問答的蒂奧娜也癟著嘴，毫不隱藏驚訝的表情。

至於艾絲，則注視著集團當中最靠近女神的兩名人物。

沙土色頭髮、看似姊妹的亞馬遜人。

——很強。

長久埋頭於戰鬥的【劍姬】直覺如此告訴她。

告訴她視線前方的亞馬遜人，身懷可與第一級冒險者並肩的實力。

（Lv．5……不對，6？）

如果艾絲的直覺正確，那實在太可怕了。

對方應該是都市外的【眷族】不會錯。艾絲只知道歐拉麗或地下城等狹小的世界，但她明白在走出迷宮都市的外界，要讓「器量」昇華相當困難。以這點為前提，那對隱藏了第一級冒險者級存在感的姊妹，散放著顯而易見的異樣色彩。

再加上那人瞬間就殺死了食人花，她們究竟是跨越了什麼樣的試煉？疑問源源不絕。

（而且，那個人……一直在看蒂奧涅。）

解決了食人花的中長髮(semi-long)女性表情不變，散發的氛圍比自己(艾絲)還要沉默寡言。

而與她成對的，髮辮及腰的亞馬遜人，定睛注視著頂撞迦梨的蒂奧涅，嘴角是笑著的。

她也很快就注意到偷看的艾絲，拋來一個視線。

彷彿爬蟲類的黏人視線，使艾絲自然提高了警戒。

「不過話說回來，幾年沒見……」

迦梨先是抬頭正眼看著蒂奧涅，雙手碰碰自己女童體型的胸部，然後重新望向蒂奧涅富有起伏的雙峰。

「長大好多呢……」

「妳在說哪裡啊……！」

感慨良深地低喃的迦梨，也瞄了蒂奧娜的相同部位一眼。

「嗯，妳跟以前一樣呢。」

「妳在說哪裡——!?」

被迦梨興趣缺缺地這樣說，蒂奧娜爆發了。

她跟平常一樣揮著雙手原地跺腳，艾絲也習慣性地從背後架住她。

「汝等的名聲，妾也有所耳聞。說是叫【洛基眷族】對吧？主神何在？」

「我在這。」

洛基走過哇哇大叫的蒂奧娜身旁，從人群中走上前，與迦梨面對面。

朱紅頭髮的天神毫不客氣地盯著對手瞧，隨即露出大膽無畏的笑容。

「果然是這麼回事啊……好吧，算啦。妳也看到了，這兩個孩子現在的爹娘是我，小矮子二號。有何貴幹？」

「唔嗯，妾是初次見到妳，不過……真是沒料啊。妾或蒂奧娜都還比較有料呢。」

「喂妳這死小鬼頭第一次見面就怎樣想打架嗎！我就跟妳打妳這臭小鬼!?」

本來是自己在挑釁卻反中對手的激將法，洛基一下子氣得臉紅脖子粗。第一印象真是不能再糟了。

看到主神跟蒂奧娜一樣火山爆發，「請、請冷靜下來！」「妳把事情越搞越複雜了，安靜下來啦！」這次換蕾菲亞與安琪等人上前阻止。

毫不理會被好幾人攔住還在大聲叫罵的洛基，迦梨看向仍舊瞪著自己的蒂奧涅。

「妾要在這座城鎮住一段時日。如果妳們也在，那就另尋機會見面吧。」

「開什麼玩笑……」

「妳真的很討厭妾呢。汝就這麼憎恨妾……憎恨妾等嗎？」

「我根本不想再看到妳這張嘴臉……」

對著迦梨與她身後的亞馬遜人們，蒂奧涅不屑地說。

看她這樣，女神面具底下的眼眸瞇細了。

她帶著亞馬遜人們，轉身背對蒂奧涅她們。

「妾可是想死妳們了，妾的寶貝孩子（女兒）們。」

離去之際，她留下這句話，就走出了港口。

「她說，孩子（女兒）……」

蕾菲亞看看走遠的女神等人，又看看站立不動的蒂奧涅，輕聲說著。

她戰戰兢兢地，向被她攔住的洛基問道：

「蒂奧涅小姐她們，跟那位女神她們的關係是……？」

「……唉。這個嘛，我想妳們應該已經發現了……」

本來氣得七竅生煙的洛基，大嘆一口氣後放鬆力道。

她從蕾菲亞等人的拘束中脫身，邊抓頭邊回答：

「那個就是蒂奧涅她們以前隸屬的【眷族】。就是在來到我們家以前，第一個所屬的派系。」

無視於睜大眼睛的蕾菲亞與艾絲她們。

沉默不語的蒂奧娜，注視著姊姊的背影後，仰望晴朗得教人討厭的天空。

「【迦梨眷族】是君臨『提爾史庫拉』這個國家的女神，以及她的派系。」

夜晚。

在包下來做為港都（梅倫）調查據點的旅館，艾絲她們在大廳聽里維莉雅與洛基解釋。是關於看得出來與蒂奧涅她們關係匪淺的【迦梨眷族】，以及相關的種種故事。

「提爾史庫拉……就是位於歐拉麗遙遠東南方的半島國家，對吧？」

「正是，那是被海洋與斷崖絕壁環繞的陸上孤島……以國民只有亞馬遜人聞名。我想很多人應該聽聞過。」

「就跟軍神（阿瑞斯）的王國（拉幾亞）一樣，可以說是國家類【眷族】吧。我是不覺得那個小矮子二號有多會治國就是……」

里維莉雅回答貓人安琪，一旁的洛基補充說明。

「不行啦，我跟蘿莉適性超差的。」「臭屁小矮子有炸薯球大奶妹一個就夠了好不好……」「那個討厭的面具妹是怎樣啦，可惡，有夠氣人的～！」主神講到後來全是在抱怨，里維莉雅與艾絲等人都沒吭聲。

「聽聞那個國家禁止男性入境，就算有也是奴隸，或是必須充當繁衍後代的工具，才能獲准留在當地。」

「在學區課堂上有稍微提到，當時給我的印象，是相當野蠻的國家……」

「妳沒說錯。聽聞當地居民持續互相廝殺鑽研，沒有一天聽不到吼叫與歡呼。鮮血與鬥爭的國度……又被稱為女戰士（亞馬遜人）的聖地。」

里維莉雅一面回答蕾菲亞，一面繼續說明。

「同時她們也是歐拉麗以外保有突出戰力的少數世界勢力之一。比起各國，她們偏向鎖國政策，外界人們能知道的情報有限，不過……」

里維莉雅說到這裡，頓了一頓。

她環顧各自坐在長沙發上的艾絲等人，說出了以下這句話：

「有傳聞說姊妹領袖的阿爾迦娜與芭婕，在這兩年升上了Ｌｖ．６。」

蕾菲亞等人咕嘟一聲，吞了口口水。

即使在歐拉麗，第一級冒險者也為數不多，而且又跟里維莉雅等人同樣是Ｌｖ．６，實力絕不容小覷。

自從定居在迷宮都市以來，少女們常常忘記放眼市牆外的世界情勢，此時心中都感到戰慄。

「里維莉雅，她們沒有地下城，為什麼能變得那麼強……能升級呢？」

頭一個追問的是艾絲。

白天遇上的亞馬遜人集團重回她的腦海。那對姊妹只是特別突出，其實其他人肯定也身懷與高級冒險者同等的實力。明明沒有地下城的恩惠，為什麼能變得那麼強？艾絲提出疑問。

里維莉雅沉默片刻後，開口說道：

「聽說她們每天，在競技場舉行『儀式』……也就是賭上性命的搏鬥。捉來的怪獸自不待言……就連亞馬遜人之間也不例外。」

這句話讓艾絲她們驚愕不已。

「我記得有個探險家在見聞錄裡寫了喔，他寫到偷偷潛入提爾史庫拉，死裡逃生時的狀況……『該國日夜進行稱不上儀式的自相殘殺行為』。」

「妳是說拉斯提羅・佛洛的大陸異聞錄嗎？」

「對對，就是那個。」

「宅邸裡的書庫也有那本。」洛基點頭回答里維莉雅，然後像翻書一樣，背誦自己的記憶內容。

「『容我仿照她們的讚美歌這麼說：該地的亞馬遜人，才是真正的戰士』……這段文字，我記得很清楚哩。」

洛基這段話一出口，大廳頓時鴉雀無聲。

無論是對提爾史庫拉這個國家一無所知的艾絲等人，還是略知一二的蕾菲亞她們，都忘了言語。並不是因為她們親耳聽見了女戰士（亞馬遜人）國家的實情。

而是因為蒂奧娜與蒂奧涅，竟曾隸屬於那種國家——曾經是【迦梨眷族】的一分子，這項事實令眾人難掩動搖。

像是從乾渴至極的喉嚨硬擠出聲音，蕾菲亞低聲說：

「這、這樣的話，蒂奧娜小姐，還有蒂奧涅小姐……」

「她們是提爾史庫拉出身，那個國家是她們的故鄉。在入團之前，她們的確是這麼說的，而且還說……」

蒂奧娜她們是在五年前，改宗加入【洛基眷族】的。

彷彿回想著往昔的光景，洛基靠在長沙發的椅背上，抬頭看向天花板。

『我們不知道殺了多少同胞（自己人），即使這樣還是要拉我們加入？』

當時洛基前去拉兩人加入派系時，蒂奧涅就是這麼答覆她的。

跟芬恩等人一起在場的里維莉雅，也好像想起了那一幕，閉上眼睛不說話。

「……！」

洛基所說的話，讓蕾菲亞她們大受衝擊。

她們從不知道那樣天真爛漫的蒂奧娜，還有長期追求團長的蒂奧涅，竟然有著這樣的一段過去。甚至是現在親耳聽見了，都還無法置信。

的確，至今沒人告訴過她們兩人的過去經歷，但她們倆從以前到現在，從未顯露出一點陰影。

（我都不知道……）

艾絲也不知道有這種事。

當時的艾絲比現在更專注於磨練自己，其他事一概不關心，所以對於蒂奧娜她們的入團，只覺得又多了兩個新團員。

等到蒂奧娜一次又一次對艾絲笑，從不氣餒地一直跟不善言談、只會慌張的她往來後，她才跟兩人加深了友誼。

艾絲感覺得出來，可以說是被蒂奧娜她們害的，也可以說是托她們的福，才有現在椿等人說

「變得圓滑」的自己。艾絲也受到這對表裡如一的姊妹感化了。

「……」

聽完整個故事的艾絲，看向敞開的窗戶。

蒂奧涅背對著她們，佇立在寬敞的陽台上。

「欸，蒂奧涅——，我們進去裡面嘛——」

蒂奧涅站在欄杆前面瞪著街景，蒂奧娜頻頻跟她講話。

【洛基眷族】整間包下的南洋風旅館位於港都（梅倫）中央地帶，規模很大。從五樓建築的最高層陽台，可以將街道與港灣一覽無遺。

下錨船隻的燈火宛如鬼火，團團包圍著沉入暗影之中的湖面。

燈塔的光從東南方撕裂了黑暗海面。

「……她們來這裡，有什麼目的啊。」

蒂奧涅啟唇說道，俯視著視野下方的港都。

她朝向待在城鎮某處的女神與她的眷屬們，吐出磨去感情的聲音。

「我不知道，不過啊——，想也沒用啊。搞不好真的是來觀光的。」

蒂奧娜垂著眉毛，看著姊姊那張側臉，言行態度就跟平常一樣。

被妹妹靠著欄杆湊過來看自己的臉，蒂奧涅狠狠瞪她一眼。

「妳在說什麼沒大腦的話啊！迦梨……那些傢伙怎麼可能會去沒有爭端的地方!?」

「……」

「妳忘了那些傢伙那幾年逼我們做了什麼嗎？如果是這樣，那妳可真是天真到極點了！」

看到蒂奧涅反常地怒吼，蒂奧娜也不高興起來，兩人開始吵嘴。

「那妳想怎樣？現在的我們有事要做耶！妳是要丟下正事不管，殺去迦梨那邊嗎？蒂奧涅，妳這樣說很奇怪耶！」

「我又沒有那樣說，笨蛋！幹嘛誣賴我啊！」

「是蒂奧涅妳先跟我找碴的啊！」

「我是說我看不慣妳只會傻笑！」

「妳什麼意思啊！」

陽台上的激烈爭吵，把房裡的艾絲她們都嚇了一跳。

不等她們起身勸架，蒂奧涅已經猛一轉身，背對蒂奧娜。

她要趕到窗邊的艾絲她們讓路，被雙手交疊在後腦杓的洛基與閉起一眼的里維莉雅注視著，直接穿過大廳往外走去。

看到姊妹倆幾乎是吵架分手，艾絲猶豫了一瞬間，看看閉口不語的蒂奧娜後，就去追蒂奧涅。

「蒂奧娜小姐……您還好嗎？」

「嗯，沒事……」

艾絲離開房間後，蕾菲亞與其他團員走到蒂奧娜身旁，她對大家點點頭。

「……那個，我聽說蒂奧娜小姐妳們，曾經跟今天遇到的迦梨女神在一起……」

「是真的。」

蕾菲亞難以啟齒地一問，她答得乾脆。

其他團員與精靈少女，都倒抽一口氣。

「那麼，呃，那個……」

「對不起，蒂奧涅不在，我不知道能不能擅自說出我們的事……」

聽到蕾菲亞無法繼續說下去，蒂奧娜的視線落在地板上。

沉默籠罩眾人時，她說了聲「不過」，仰望頭頂上的星空。

她露出有些遙遠的眼神。

「其實我本來，並不希望蒂奧涅再遇見迦梨她們的。」

「蒂奧涅。」

背後有人叫自己。

蒂奧涅走在染上蒼藍夜色的走廊上，用側臉對著追上來的艾絲。

「真難得，妳竟然會像這樣追過來。」

平常幾乎都是反過來的。蒂奧涅看都不看艾絲的眼睛，不由得酸溜溜地說。

艾絲停下腳步，斷斷續續地說了：

「因為我，在給大家造成困擾時，都是蒂奧娜與蒂奧涅幫我……所以……」

大概是試著想表達自己的心意吧，平時不愛說話的少女拚命挑選著字眼。

但就連她這種可愛地教人著急的地方，現在聽著都嫌煩。

「艾絲，妳現在別管我。我現在是個討厭鬼。」

「蒂奧涅……如果妳，有什麼煩惱……」

她是想說「可以找我們商量」嗎？

蒂奧涅不等她說完，搶著說道：

「妳不是也有話不敢跟我們說嗎？」

「！」

「這樣會不會太詐了？自己的事不說，只會追問別人的隱私。」

蒂奧涅拒人於千里之外，強硬表示出拒絕的意思。

艾絲低頭了。

「對不起……」

幾不可聞的道歉在走廊上響起。

反而是忍不住回嘴的蒂奧涅咬緊了牙關。她快步走開，像要逃離艾絲。

「糟透了……」

蒂奧涅陷入嚴重的自我厭惡，沒去自己分配到的房間，而是隨便打開一個空房間的門。她走進無人客房，直接倒在床上。

疲勞感一口氣湧上來。

「為什麼又要出現在我們面前啊……」

她握緊床單。

蒂奧涅像被引誘進夢鄉般，閉上變得有如千斤重的眼瞼。

從出生在這世上的那一刻起，蒂奧涅她們就在那個國家了。

陸上孤島，提爾史庫拉。

早在一尊女神降臨之前，女戰士的國度就在進行名為自相殘殺的「儀式」了。

她最久遠的記憶，是燒灼背部的熱度，以及不知道是自己還是姊妹發出的哭聲。

「神的恩惠（Pharna）」。從出生的瞬間起，蒂奧涅她們就被算進了女神的眷屬末座。

據說提爾史庫拉的亞馬遜人在學會講話前，會先學到殺死怪物（哥布林）的方法。藉由「恩惠」打從一開始就獲得解放的潛在能力，以及被扔到幼小怪獸面前的第一場洗禮——淘汰行為，讓才剛學會站的幼兒成為戰士。事實上，蒂奧涅懂事時握著的，不是母親的手，而是跟個頭一樣高的刀刃。

她不認識父母，連聲音都沒聽過。

雖然她對家人不感興趣，不過當她與唯一一個妹妹見到面時，別人不用說什麼，她就知道對方是自己的手足。蒂奧娜一定也是如此。

「聽說蒂奧涅是姊姊，蒂奧娜是妹妹。」

「是喔。」

雖然別人告訴她們的血緣關係，對年幼雙胞胎而言只不過是個記號，但確實成了連繫兩人的情誼。

在提爾史庫拉，只有「真正的戰士」才受到尊崇。

在女戰士的聖地，強悍的力量才是正義，是真理。強者將受到讚賞，獲得地位與名譽。相反地，連戰死榮譽都無權享有而敗北的弱者，將成為支撐國家與強者的勞動力。伴隨著流血的鬥爭是成為「真正戰士」的手段、階段，是國家自古以來的習俗。提爾史庫拉正可謂體現亞馬遜人本能的國度。

而「古代」轉移到神時代（新時代）後，出現在國內的女神（迦梨）也熱愛鬥爭。

她的「恩惠」與不斷進化的能力（力量），讓戰鬥更加激烈化。帶來強大力量的她被敬拜為獨一無二的主神，沒有人阻止她們，搏鬥與殺戮的儀式就這樣日趨繁榮。

蒂奧涅對於被迫接受的戰鬥歲月，從不曾感到痛苦。

她甚至沒有任何疑問。

不把來襲的怪獸殺掉，死的就是自己。極為單純，而且出自本能。

更何況她是亞馬遜人。或許是種族的天性吧，蒂奧涅確實因為戰鬥而亢奮，熱血沸騰。

她並不討厭埋頭於戰鬥之中，實際感受到自己有多少力量的歲月。反過來說，年幼的女孩也只知道這些。在戰場（競技場）屠殺怪獸，然後回到生活起居的石造大房間。每天就是在兩個地點之間往返。那座同胞狂熱的歡呼聲四起，冰冰冷冷的石造競技場，曾經是蒂奧涅唯一知道的世界。

直到她與同胞女孩們開始打鬥，鬥爭的每一天才產生了破綻。

蒂奧涅自己感覺，她還很小的時候，廝殺的敵人就從怪獸變成了亞馬遜人。

年紀與個頭相仿的同胞比以往的任何對手都要強，蒂奧涅第一次陷入苦戰，但就像迄今對怪獸做的那樣，她很快就奪走了對手的性命。

「啊——」

蒂奧涅第一次聽到的同胞臨死慘叫，非常地微弱。

明明跟怪獸一樣都是回濺的血花，同胞的鮮血卻感覺更加鮮明。

看到儀式當中規定必須戴上的面具底下，對手的眼瞳逐漸失去光彩，蒂奧涅胸中感到一陣騷動。那是種難以形容的感覺。回到石頭房，平時靜不下來的妹妹（蒂奧娜）也噴了一身同胞的血，在那裡發呆。那天晚上，蒂奧涅無意識之中一次又一次用冷水清洗自己的身體。

與同胞女孩們戰鬥的次數一天天增加。

用武器砍死，空手打死，以技巧勒死。打從自我認識以來，只知道戰鬥的幼小身體並沒有建構什麼像樣的倫理觀念。然而，蒂奧涅胸中的騷動卻不肯消失。她不懂同胞跟能夠毫不猶疑地屠殺的怪獸有何區別。毆打皮肉的觸感、砍斷骨頭的觸感長久殘留在手上。奪命之際必然衝口而出的慘叫與尖叫，在戰鬥結束後依然緊咬耳朵不放。

連戰連勝的蒂奧涅，獲得觀眾席的女英豪們歡呼讚揚。就像在說：吞噬弱者血肉變強的妳值得尊崇，妳的存在方式是正確的。而從最高的主神座位俯視自己的女神（迦梨），總是面帶笑容。

當時的蒂奧涅連自己是不是累了都不知道。感情始終是麻痺的，不去看胸中名為騷動的異樣感受。曾幾何時，只需跟怪獸戰鬥的日子開始讓她心情輕鬆許多。

不過，這樣的歲月當中也有一線光明。

有個亞馬遜人就像她的姊姊。年紀只跟自己差兩、三歲的她像個大姊姊，個性大方，蒂奧涅以外的其他女孩，還有蒂奧娜都很黏她。住在同一個石頭房裡的她，每當蒂奧涅戰鬥回來，就會微笑著說「妳回來了」。她比同個房間裡的任何亞馬遜人都要強悍，總是先待在房間裡，迎接蒂奧涅等人回來。

也許蒂奧涅曾在她身上尋求母愛。她替身體療傷的手雖然粗魯，但很溫柔。蒂奧涅尋求他人肌膚的溫暖，曾跟她還有蒂奧娜等人擠在一起睡。那冰冷如石牢的大房間，的確曾是蒂奧涅的「歸宿」。

「儀式」有著法則，同一間石頭房的亞馬遜人不會對戰。這是女孩們在持續戰鬥中發現的法則。

這讓蒂奧涅心裡放下一塊大石。蒂奧涅不用跟有如親姊妹的她戰鬥，還有熟稔的這些女孩，更不要說妹妹蒂奧娜。這個歸宿永遠不會改變。

她本來是這麼相信的。

五歲生日那天，蒂奧涅一如平常被叫到戰場（競技場），在那裡——

◆

「……」

蒂奧涅睜開眼睛。

完全沒有睡到覺的感覺。都是名為追憶的夢境害的。跟兩天前一樣，睡醒的感覺糟透了。

她坐起身，撩起被汗水弄溼的瀏海時，發現就在自己身邊的床上，睡了另一個人。

是蒂奧娜。

她沒回兩人的房間，這個老妹卻特地把自己找出來，好像在這房間裡過了一夜。

蒂奧涅一語不發，注視著妹妹的睡臉。

從以前就是這樣，每次蒂奧涅有什麼心事，她就會來到自己身邊度過同一段時光。什麼也不說，只是依偎著蒂奧涅。就像尋求自己的血親。

好像回到了那時候一樣。

加入【洛基眷族】之前。

只有兩人的那段日子。

低頭看著妹妹容顏的蒂奧涅，無言地走出房間。

「……」

門關上後，蒂奧娜睜開了眼睛。

在梅倫迎接早晨的艾絲等人，組成幾個小組上街。

目的是打聽關於出現在半鹹水湖的食人花相關情報。

「食人花？不知道耶……畢竟海裡或湖裡多得是怪獸嘛。」

「如果把撞上船隻算進去，怪獸哪天沒有造成損害？哎，不過也因為這樣，我們船匠才有錢賺啦。」

「最近很少出人命了喵──。港都（梅倫）也變得和平了喵。」

「就算怪獸出現，只要交給【尼約德眷族】就沒事啦。那裡的漁夫們可是比半吊子的冒險者還強喔。若是真的對付不來，請公會向歐拉麗求救就行了。」

擺攤做生意的青年（人類）、少見的女性（精靈）船匠、兜售冰涼果汁的曬黑少女（貓人）、老舊酒館的主人（矮人）。包括艾絲與蕾菲亞在內，負責打聽情報的團員們，向梅倫的居民們到處問話。

「大家好像都不知道有食人花怪獸呢。」

「嗯。都說昨天出現的怪獸是第一次看到……」

從巷口望著每天都人潮洶湧的繁華大街，艾絲與蕾菲亞談論著。

她們跟其他團員一起在陰涼處休息片刻，「而且，」艾絲輕聲說。

「湖泊與大海，治安好像都很好……」

「經您這麼一說，的確是呢……如果那種食人花（怪獸）出現，應該會造成很嚴重的災情才是。」

連高級冒險者都難以應付的食人花一旦出沒此地，湖泊可不只是陷入混亂就能了事。然而就她們聽到的，居民們都說羅洛格湖以及近海地區相當平靜。

這點與食人花的目擊情報起了一點小矛盾。

「好像也不是在造成災害前先撲滅怪獸……究竟是怎麼回事呢？」

在納悶的蕾菲亞身邊，艾絲默默注視著路上行人。

「排水道……好像沒問題。」

貓人安琪與人類莉涅她們暫時離開港都（梅倫），回到了歐拉麗。

歐拉麗會將廢水排洩到流經附近的河川，再排到羅洛格湖。「突襲怪魚」等怪獸從半鹹水湖沿著這條河川逆流而上，在都市的地下水道定居繁殖的問題，向來令公會煩惱不已。

前陣子，洛基與伯特才在舊地下水道遇到食人花。
怪獸是從湖泊游上來的，而食人花有可能反過來，從都市地下水道流到半鹹水湖。安琪她們想到這個可能性，於是來到了歐拉麗的排水口。
「精製金屬（秘銀）的柵欄，有確實堵住排水口……」
「我是聽說有一次被怪獸破壞入侵，公會修繕過了。」
都市廢水嘩啦啦地響，從設置了銀白柵欄的巨大圓洞奔瀉而出。地點在歐拉麗西北方，走下平緩斜坡就會來到這處都市下水道出口。
抬頭往前一看，排水口位於看得見市牆與門衛值勤室的位置，正如莉涅所說，以精製金屬的柵欄緊密封鎖了起來。可與大型級匹敵的食人花不用說，就算是突襲怪魚或小型怪獸也無法進出。也沒有被打壞的痕跡。
在團員們眼前，藉由淨化裝置而不帶惡臭的乾淨廢水流往河川。
「食人花不是從排水道入侵湖泊的……至少最近沒從都市流到那裡。」
安琪將手放在她纖細的下巴上沉吟思索。
「噁心的食人花啊……昨天那個的確把我嚇了一跳。」
尼約德一邊搬運扛在肩上的東西，一邊回答洛基。
地點在【尼約德眷族】大本營「船城（Noatun）」。

跟各自行動的艾絲她們一樣，洛基也親自到處收集情報。在面對湖泊的漁港附設的宅邸，她在倉庫裡聽老交情的尼約德怎麼說。

「尼約德在港都（梅倫）算是個大家長，對吧？有沒有聽說什麼可疑的話題？」

「說是大家長，但我們派系頂多就是管理這一區的漁業，沒做什麼大不了的事喔。也算不上海神（波塞頓）的後繼人。」

「嘿咻。」尼約德一面對洛基說的話苦笑，一面把東西放在倉庫角落。

「很遺憾，我這邊是拿打魚當人生志業，跟那些火藥味扯不上關係。」

「什麼意思啊——」

「饒了我吧。聽妳說妳們來到港都（梅倫）的真正目的時……我也是大吃一驚耶。」

說完，尼約德嘆了口氣。

他背對盤腿坐在木箱上的洛基，把手放在脖子後面。

洛基沉默地注視尼約德的這種舉動。

「我想妳只要問過鎮上的人就會知道，這幾年來，梅倫沒發生過什麼嚴重事故，一派和平。……真的，直到昨天都是這樣。」

男神說食人花襲擊【迦梨眷族】的船那件事，嚇得港口民眾很久沒這樣出一身冷汗了。

就算以結果來說，是蒂奧娜她們打鬥把怪獸趕到水面，但半鹹水湖中躲了食人花仍是無可撼動的事實。那些凶暴的食人花竟然沒襲擊人或什麼，只是待在湖底不走……這種事真的有可能嗎？

洛基覺得說是馴獸師（tamer）怪人為了某種目的讓怪獸潛伏湖底，還比較有說服力。
「說到這個，你們跟公會關係還是一樣壞嗎？」
「嗯？是啊……還是老樣子。他們千方百計想拉攏那些並非冒險者的漁夫，而且每次我們拒絕，就毫不客氣地對進口都市的魚貝類（商品）課稅。」
改變話題後，尼約德如此回答，像是實在受夠了一樣。
他談起從洛基等人為了進入歐拉麗而搭船來到港都（梅倫）時……不對，是更早以前就持續至今的爭執。
「畢竟說來說去，近在眼前的歐拉麗就是我們最大的交易對象。他們那邊說是都市方面的全體意見，但鬼才會信，根本是報復行為。他們完全在利用我們的弱點。雖說隸屬的城市不同，不過我真羨慕受到優待的農產品派系（狄蜜特）啊。」
「你還是一樣辛苦呢——」
尼約德說著下界日子有多不好過，他提到的公會，並非歐拉麗的公會——管理迷宮都市的「本部」。
而是這座港都裡的另一個公會。
「洛基妳們去過『公會分部』了嗎？」
尼約德忽然這麼問。
「嗯。」洛基對著他再度開始幹活的背影回答：

「我剛讓里維莉雅過去了。」

石造門廳比起歐拉麗的公會本部狹窄多了。

雖然光看規模已經是很宏偉的建築，但夙夜匪懈管理迷宮的那座萬神殿（Pantheon）實在太巨大了。隨便看一下，身穿制服的職員人數也不比本部，很多不是在窗口做應對，而是忙於入港手續或核對貿易品清單等事務工作。

港都梅倫的公會分部。

這是中心機構公會本部在歐拉麗外設置的一個據點。據點的職責依地區而有不同，梅倫分部扮演的主要角色是監督進出大海的港口，以及管轄以魔石製品為首的都市進出口商品。

獨自造訪的里維莉雅，側眼觀察與歐拉麗本部截然不同的光景。

「食人花怪獸……？唔嗯，我沒聽說。」

來自正面的一句回答，拉回了里維莉雅的視線。

隔著窗口櫃檯站著的，是一名長臉人類。個子瘦長，顯得有點過於消瘦。一絲不苟地綁在一起的黑髮，顯露出此人神經質的一面。

男人說自己叫魯柏。

他是公會分部的總負責人，也就是分部長。

「確定嗎？」

「我不懂妳在懷疑什麼。歐拉麗……公會本部也沒有送來任何這種新怪獸的情報。」

被里維莉雅再三確認，魯柏用厭煩的口氣明確地說。

這太奇怪了。就算公會高層——主神（烏拉諾斯）限制了新種的情報，組織內部也不可能不分享大小消息。由於怪物祭（Monster Philia）與第18層的事件等等讓很多人目擊到食人花，因此隱瞞這種怪獸的存在，應該是沒有意義的。

不過如果他們說「這事跟都市外的分部無關」，那也無可奈何。

「但那種食人花（怪獸）的確出現了。難道不該出面思考對策，進行調查嗎？」

「交給【尼約德眷族】那些人處理就行了。公會若是隨便介入，他們一定會說水邊是他們的地盤，不准我們插嘴。向來如此。」

魯柏不屑地說，彷彿說明了兩方關係的惡劣。

理所當然地，不屬於歐拉麗的派系沒有必要加入公會陣營。公會無法發揮強制力的【尼約德眷族】對公會而言恐怕有如眼中釘。

知悉食人花戰鬥能力的里維莉雅，很明白那種怪獸絕非漁夫們所能對付，但說了八成也沒用。

「比起這個，我倒希望妳們能處理一下那些來自異國的亞馬遜人。」

魯柏不耐煩地橫眉豎目，向她提出要求。

（「比起這個」，是嗎……）

里維莉雅閉起一眼，反過來注視著分部長；他自然不可能知道里維莉雅心裡在想什麼，繼續說道：

「她們是沒引起多大騷動，但民眾已經向我們抱怨，說她們樣子嚇人，難以靠近。而且很多人語言不通，甚至有民眾申訴商品被擅自拿走……」

「不是你們准許她們入港的嗎？」

「是這樣沒錯，可是……」

魯柏這時含糊其詞。

「……這座港都的規則很複雜，公會與城鎮各自擁有一半的自治權。」

「你是說這次准許入港，是城鎮主導的？」

「是啊。」魯柏點頭，似乎很不服氣。

「追根究柢，梅倫本來只是個受到怪獸威脅的漁村。但後來海神大派（波塞頓眷族）系在此地設置據點，再加上與歐拉麗一同繁榮發展，才會成為今日人們口中的迷宮都市的大門口。」

海神大派（波塞頓眷族）系在梅倫這個水棲怪獸產地設立據點，是很有名的事。他們堵住湖底洞穴，之後一面重複檢修「大蓋子」，一面盡力維持海上和平。十五年前「大蓋子」加上了「海龍封印」，確定永遠不會被突破後，海神與祂的眷屬們就從港都（梅倫）踏上旅程，目的是驅逐潛藏於世界各大海中，具有高度威脅性的怪物等等——至於【尼約德眷族】則是在海神大派（波塞頓眷族）系活躍的背後持續打魚，長年為城鎮帶來財富的派系——

雖然很多部分與自己的知識重複，但里維莉雅還是傾聽魯柏解說。

「公會很久以前就在進行投資，還協助港口擴大規模……然而梅倫的每一代當家，都堅持不肯交出自治權。」

站在被奪權的一方想，當然會抵抗了；不過她沒說出口。

「如妳所知，梅倫當中不只公會支持的商行，也有以異國為首的許多共同體進進出出。這也是原因之一。」

「縱然是歐拉麗也無法發揮強權，是嗎。」

一般認為大規模的港口講求中立性。政治支配港口常常導致衰退。

雖說梅倫的物流大多集中到歐拉麗，但想必也有很多船舶以這座港口為中繼站航向其他目的地。送往鄰近城鎮或其他都市的貨物也無法忽視。講得極端點，如果由公會挑揀港口的使用者，必定會影響到其他層面。

即使從第三者的觀點來說，也不該由公會單方面統治梅倫。

「因此做為妥協案，我們將自治權一分為二。正確來說，包括貿易在內的所有歐拉麗相關事項，由分部介入擔任窗口……」

「其他就由梅倫這邊負責。」

「正是如此。」

魯柏臉色陰鬱地表示肯定。

當時的決定，是因為有【波塞頓眷族】這個與歐拉麗互助卻又保持獨立的海神大派系做後盾，還有做為友善鄰人力挺城鎮的【尼約德眷族】也發揮了極大影響力。

公會分部長所說的梅倫的複雜自治結構，就是這樣形成的。

「我們沒有反對【迦梨眷族】入港，就這點來說，我們是脫不了責任……但迎接她們入港的畢竟是城鎮那方，是那個討厭的梅鐸家當家。」

魯柏一副尷尬表情，帶著怨言做結。

【尼約德眷族】只有跟港都(梅倫)方面來往密切。

雖然說不上針鋒相對，但是與梅倫爭執不休的公會分部，也因為這種背景而與尼約德等人水火不容。這事里維莉雅早就知道了。

「總之……目前的梅倫就像猛獸在鎮上徘徊。」

「……」

「公會是妳們的主人，我希望【洛基眷族】能協助我們公會。」

聽了魯柏高高在上的口吻，里維莉雅只是閉著一隻眼睛，並不作聲。

「所以我說，我們沒有別的意思……只是想問個問題。」

精靈亞莉希雅控制著臉孔不抽搐，拚命陪笑。

「回去。」

相較之下，與她對話的五十來歲男子卻是冷言回絕。

這裡在港都當中靠西邊。這棟建築物蓋在這裡，就像要嚇阻位於東邊的公會分部。這就是梅倫歷代鎮長梅鐸家的公館。

【洛基眷族】為了打聽情報而登門拜訪，但亞莉希雅與娜維連屋子都進不去，就在寬敞的大門口，跟現任當家博格・梅鐸面對面。

「我沒什麼話跟妳們這些公會的黨羽說。」

博格是個下巴蓄白鬍的人類。體格魁偉，腹部沒有鬆弛肥肉，渾身肌肉不輸給漁夫。眼光也很銳利。雖然禿頭，但那副風貌只要戴起帽子，就活脫脫是個童話故事裡領導船員的船長。

「我們絕不是為了公會的企圖而來。昨天出現在湖裡的食人花……我們在找那個的相關情報。如果您知道些什麼，能不能告訴我們呢？」

「……」

聽到亞莉希雅再三拜託，博格沉默了。

他注視著彷彿象徵了清純身心的真摯精靈，一會兒後開口。

「……回去。」

他只說了這麼一句。

眼看博格轉身回到屋子裡，亞莉希雅等人束手無策，只好也走出大門口。

「本來還在期待鎮長會知道些什麼……結果完全不理人呢。」

「雖然早就聽說梅倫與公會分部不和……沒想到心結這麼深。沒辦法，就別麻煩他們了吧。」

亞莉希雅嘆著氣，回答搔著臉頰的娜維。兩人親身體會到雙方從她們出生前就持續至今的長年不睦，離開了公館。

「……」

博格在公館的窗邊，表情凶惡地瞪著她們走出庭園的背影。

太陽即將自高空傾向西方天空的午後時分。

在鎮上問話的艾絲與蕾菲雅這一組，先去港口一趟。

走過異國木造帆船(dhow)、客輪或貿易船出入的貿易港區，很快就到了尼約德等人管理的漁港。身穿異邦服裝的商人或旅人漸漸變少，由漁夫們取代他們大步走在路上。比起探索(地下城)或商業類另有一番特色的漁業類【眷族】——罕見的派系，讓艾絲她們重新環顧四周。

很多漁夫打著赤膊，或是短衣搭配長褲。種族差異很大，有大力士矮人扛著令人不敢相信自己眼睛的大魚，也有一群小人族拿著魚叉，巧妙地操作漁船駛向湖中。

巨黑魚或鮮紅的蝦子等等，半鹹水湖的淡水魚或大海捕撈的鹹水魚被豪邁地扔在地上，也有些人把魚或貝類烤來吃。燒烤的鹽巴香味配上油脂噴濺的聲音，還沒吃午餐的蕾菲亞她們目光也不禁受到吸引。

在狼吞虎嚥地大嚼新鮮海產的漁夫們當中，混雜了蒂奧娜與蒂奧涅的身影。

「您在做什麼呀，蒂奧娜小姐……」

「本來是在問話啦——，但我肚子餓了嘛。他們說只要付錢就讓我吃，所以我就開動囉！」

吃烤魚吃得比漁夫們還猛的蒂奧娜回過頭來，看向驚慌的蕾菲亞。

蒂奧娜她們本來應該跟艾絲等人一樣負責探聽情報，但因為遲遲沒有進展，所以中斷休息一下。除了蒂奧娜與蒂奧涅之外，還有一些團員吃過了飯在休息。

「……蒂奧娜，蒂奧涅還好嗎？」

「嗯~，火氣很大，但目前應該沒事。早上我們都是去迦梨她們不在的地方，而且我有一直看著她，不讓她做什麼奇怪的事。」

艾絲一邊觀察蒂奧涅，一邊偷問蒂奧娜。

從昨晚到現在，蒂奧涅的臉一直很臭。同一組的兔人（humebunny）菈克塔等其他團員，都被她弄得坐立不安。

現在蒂奧涅好像在掩飾煩躁，把午飯塞進嘴裡。「再來一份。」她用瞪的一再催促，高壯結實的漁夫們都嚇得連聲答應。

盯緊蒂奧涅，跟她共同行動的蒂奧娜苦笑著說：「好像跟平常顛倒過來了呢——」

「那蒂奧娜，妳還好嗎？」

那麼蒂奧娜又是如何呢?艾絲說出心裡的想法後——

「我沒事啦，艾絲。我想妳也知道啊，我不擅長想東想西的。」

蒂奧娜像平常一樣回以笑容。笑得滿不在乎，好像沒事兒似的。

那天真無邪的笑容，看起來似乎有點硬撐，是艾絲的心理作用嗎？

只是到了最後，艾絲還是無法多問。

「不過啊……妳們這幾位小姐還真能吃呢。我們也見過不少冒險者，但第一級冒險者就是不一樣呢。」

跟蒂奧娜她們圍著烤網的漁夫當中，一個體格特別強壯的男人面露大方笑容。

是個黑髮黑瞳，身高將近二M的人類。

「那邊那個瘦小的小姐，【劍姬】大人也很能吃嗎？」

「艾絲不像我們這麼能吃啦——。不過她愛吃炸薯球。」

「您是……？」

「我叫羅德，算是這兒的團長。」

羅德大方地回答看向自己的艾絲。

艾絲頓了一頓，向自稱團長的他問道：

「【尼約德眷族】……羅德先生你們，一直都在捕魚？」

「是啊，因為我們就只會這個。不只這個羅洛格湖，也會出海打魚。比起待在陸地，被波浪搖晃的時間應該比較長喔。」

【尼約德眷族】是只為了捕魚而存在的派系。大海男兒們對自己的本事應該很有自信，但無論是他們還是主神，都絲毫無意與其他派系抗爭以擴大勢力。

與其說是派系，倒比較接近工會或是漁協。

「在這鎮上長大的男人們，大多會成為漁夫，跟隨尼約德神。」

「我有點好奇，在港都（梅倫）除了【尼約德眷族】之外，沒有其他漁夫先生了嗎？」

「想另起爐灶是可以，但沒人會想這麼做。尼約德神是位好神，而且還能得到『恩惠』。不管什麼樣的傢伙，都能藉此發揮超越常人的力量。」

羅德回答了蕾菲亞的詢問，順著他的視線看去，倉庫前一個體格細瘦的人類，自己一個人搬運著大網子。他的背上想必也刻有【能力值】吧。

「想靠打魚吃飯，成為神仙的眷屬最快。況且如果想去怪獸出沒的海上，還是要有『恩惠』比較好啦。」

羅德說現在這個時代，就從自衛方面來說，「神的恩惠」對漁夫也是不可或缺的。

因為一旦四面八方都是海，要是被怪獸襲擊，就沒人能來救自己了。

「最重要的是，我們都很喜歡尼約德神。那位大人從小就照顧我們……與死去的老爸還有老頭們長久以來保護著城鎮，我們都喜歡那位神仙。」

也因為有尼約德這位漁業神長年在港都（梅倫）落地生根，所以沒有天神在這裡成立新的漁業派系。

這也是【尼約德眷族】一手包辦漁業的原因之一。

面貌精悍的羅德臉上浮現孩子般的笑容，其中帶有對主神的信賴與敬愛。

「羅德先生跟大家，也有在消滅怪獸嗎？」

「啊～……這個嘛。我們有時候會受鎮上的人拜託，打魚時順便解決怪獸。」

艾絲確認了一下在鎮上問到的情報。

如果不是直接誕生於地下城，而是為了繁殖而弱化的地表怪獸，領受了「恩惠」的漁夫就綽綽有餘了。除了怪獸之外，他們還會擊退海盜，個個都是精兵。聽羅德所說，他從孩提時代以來，出海已經幾十年了，撐過不知道多少次驚險場面，升上了Ｌｖ．２。就艾絲所看到的，部分漁夫也擁有初級冒險者中堅程度的實力。

只要情況沒有太困難，戰鬥都是他們自己解決，歐拉麗也很少派冒險者來。

「您有在海裡或湖裡……看到過食人花怪獸嗎？」

「妳說昨天出現的怪物嗎？我是今天早上才出海回來，沒親眼看到，不過……還是問一下好了，妳說的不是大水蛇（aqua serpent）吧？」

艾絲等人點頭回答粗壯雙臂抱胸的羅德。

漁夫當中最通曉港都（梅倫）水邊情形的男人，板著臉開始說道：

「老實說，我心裡有頭緒。打魚的途中，我在羅洛格湖跟這附近的海域看過好幾次。一個擁有長條身軀，像蛇一樣的影子，在船底下……水裡游泳。」

「……！」

「我真以為那是大水蛇還是啥的……」

講到這裡，羅德頓了一下，抬起頭來。

「可是啊，妳們幾個所說的怪物從來沒襲擊過我們。」

羅德環顧周圍，其他漁夫們也點頭同意，表示他們從沒遇襲，也沒清楚看見過牠的模樣。

聽到這段話，艾絲、蕾菲亞與蒂奧娜她們，都露出了納悶的表情。

「……？欸，你帶在腰上的那個袋子是什麼？每個漁夫好像都有。」

這時，蒂奧娜忽然問道。

正如她所說，在漁港裡來來往往的漁夫們腰上，都掛著比冒險者常用的隨身包(pouch)更大一點的布袋。

「哦！眼睛挺尖的嘛！」

被蒂奧娜一說，羅德高興地叫道。

他像孩子炫耀珍藏玩具那樣，右手拿起腰袋給大家看。

「這是魔法粉末，只要灑在水面上，怪獸就不會靠近啦！」

「咦咦？」

羅德講得充滿自信，讓蕾菲亞她們跟蒂奧娜都大吃一驚。

蒂奧娜接過袋子想看看裡面裝什麼，用力打開了緊緊封住的袋口。

「啊，小心點喔。」

「咦——嗚哇！好臭！」

霎時間刺鼻臭味飄散出來，拿著袋子的蒂奧娜整個人往後仰。

「嗚！」艾絲與蕾菲亞等人也趕緊以手摀鼻。

「討厭，先說一聲啊～！這裡面是放了什麼啦～！」

蒂奧娜被薰得滲出眼淚，探頭看看袋子裡的東西。

蕾菲亞她們也忍著惡臭，在蒂奧娜身邊把臉湊在一塊。

「是生的東西嗎？好像各種東西磨成了粉狀……」

「這個顏色，感覺好噁心喔——」

粉末由紅、黃、黑等雜七雜八的各種色調混合而成，再加上那股異味，就像是把生物死屍打碎收集而成的。閃爍細微亮光的謎樣粉末，讓蒂奧娜皺起眉頭。

「說怪獸不會靠近……連歐拉麗都沒有這種道具（item）（陷阱道具），對吧？」

「我看正好相反，是魚餌吧？比方說摻了血肉什麼的，吸引想襲擊船隻的怪獸～之類的。」

確認過袋子裡的東西後，蕾菲亞、蒂奧娜與其他團員竊竊私語。

正如蕾菲亞所說，歐拉麗沒有販賣能驅除怪獸的方便道具。不過只有艾絲知道，有種道具擁有同等的效果。

這是幾天前，她聽死命逃到第18層的少年（貝爾）說的。他說跟他們很有交情的派系的藥師，偶然間做出了所謂的「臭袋」。

貝爾說那種散發強烈惡臭的道具讓「中層」怪獸不敢靠近，他們能抵達安全樓層，都得感謝道具的效力。

這種粉末，或許跟那種臭袋是同一類道具。

可是……這點程度的怪味，真有可能趕走棲息水裡的怪獸嗎？

「我聽說這個粉末是歐拉麗發明的耶？」

看到蕾菲亞她們懷疑的神情，羅德等漁夫也一臉不解。

「都市不是有那個人嗎？就是那個有夠誇張的，好像叫蝦虎者還是蚵仔者……」

「【萬能者[Perseus]】？」

「對啦對啦，就是那個。不是那個人做的嗎？」

的確，那個稀世的魔道具製作者[Item Maker]或許辦得到……但蕾菲亞等人的表情還是顯得有點不解。如果這個什麼魔法粉末的效果貨真價實，那為什麼不是在迷宮都市[歐拉麗]，而是出現在港都[梅倫]的市面？

「請問一下，這個粉末是誰給羅德先生的呢？」

「是博格老爹……就是鎮長[梅鐸]家。他從都市買來，免費送給我們。不只漁夫，經常出入梅倫的船都可以要。很久以前就是這樣了。那個老爹對我們真的很好。」

羅德乾脆地回答蕾菲亞的問題。

「不過就算灑了，『突襲怪魚』之類的還是會來襲，所以說不上完美就是了……但有了這個粉末之後，怪獸造成的災害的確減少很多喔。」

漁夫頭子說，現在不管哪艘船都會邊灑這種粉末邊航行。

（昨天，【迦梨眷族】被食人花（怪獸）襲擊……難道是因為，她們沒有這種粉末？）

聽了羅德所言，艾絲陷入沉思。

梅倫出身的漁船，還有經常使用港口的客輪或帆船都有這種粉末。而【迦梨眷族】她們這次是第一次進入梅倫港。

當然，她們應該不知道有這種粉末。

「……」

艾絲從蒂奧娜手中接過袋子，把手伸進去。

她撈起各種顏色混雜、散發微弱光輝的粉末，讓它從手心灑落。

艾絲目不轉睛，凝視著流洩的粉末。

「話說回來……妳們【洛基眷族】能不能想辦法處理一下那些亞馬遜人？」

「……怎麼了嗎？」

「沒啦，也沒發生什麼事……只是漁夫（我們）還有鎮上的人，都怕她們怕得要死。那些傢伙一看就知道超強，然後又在街上大搖大擺地走動，所以……」

巧的是，跟里維莉雅受到公會探詢一樣，羅德也抓抓頭髮，找她們商量【迦梨眷族】的事。

蒂奧娜一臉嚴肅地聽著時，其他漁夫也開始苦苦哀求。「那些人好可怕！」「根本就是猛獸啦，猛獸！」看到他們這樣哭訴，艾絲等人也一臉為難。

「……」

其間，一個人站在遠處的蒂奧涅，用尖銳眼神瞪著城鎮那邊。

「——羅德，大事不好啦！」

很快地，她們與漁夫們的對話就被打斷。

一名獸人漁夫氣喘吁吁地衝進漁港。

還沒問怎麼了，青年先連珠炮似地叫道：

「那些亞馬遜人在大街上鬧事！馬克他們在那些人手裡！」

漁港的喧囂一瞬間變成驚詫。

在臉色大變的羅德與漁夫們身旁，艾絲等人也瞪大雙眼。

轉眼間大家哄動起來，只有蒂奧娜猛一回神，環顧周圍。

「糟糕……！」

她隨即發出呻吟。

慢了幾秒，艾絲也發現了。

「怎、怎麼了，蒂奧娜小姐、艾絲小姐……？」

「蒂奧涅不見了。」

「她衝出去了！」

艾絲與蒂奧娜同時告訴驚慌的蕾菲亞。

不等她跟其他團員一起慌張起來，艾絲她們就跑了出去。

「蕾菲亞，洛基就在隔壁宅邸，妳去叫她！」

「我們先過去了。」

留下指示後，兩名第一級冒險者化為一陣風。

她們拋下慌張失措地採取行動的羅德等漁夫與蕾菲亞等人，急速趕往城鎮。

晴空萬里無雲。

白雲繚繞的青空今天照常俯視著港都。燦爛陽光將半鹹水湖的湖面照得波光粼粼，散放美麗的翡翠綠(emerald green)光輝。

與如此風和日麗的天氣相反，梅倫大街遺忘了平時的熱鬧，鴉雀無聲。

路上行人停止了動作。

不，不對，是不敢動。

啞然無語的他們，視線集中在街道中央、單手抓起漁夫脖子的一名亞馬遜人。

「找我，有事，嗎？」

女子說著笨拙的通用語，臉上浮現笑容。

Copyright ©Kiyotaka Haimura

她有著綁成髮辮的及背沙土色長髮。露出褐色肌膚的獨特服飾無疑屬於亞馬遜人，腰上纏的不是毛皮，是鱗皮——「掉落道具」的龍(dragon)皮。

雖然擁有稱得上美貌的姿容，然而炯炯發光的眼瞳與翹起的嘴唇，卻讓人不得不聯想到爬蟲類。那副相貌跟妖豔差得遠了。男人面對她能想到的，是大蛇面對獵物的光景。人族不該有的長舌頭舔了舔嘴唇。

對於女人的問題，強壯的年輕漁夫什麼都說不出來。

他被一條柔細手臂掐住脖子，懸空的雙腳掙扎晃動著，喉嚨為了吸進空氣，發出笛子般的聲音。他拚了命想掰開咬住皮膚的手指。

「拜託饒了他吧！因、因為妳長得太漂亮，他看傻眼了，才會撞到妳的肩膀！所、所以……！」

被抓起的漁夫的同伴從旁求饒。

亞馬遜人只把臉轉了過來，對著眼角含淚、慌亂失措的男人。

「在我的國家，用肩膀撞到戰士……就表示要廝殺了。」

這番宣言，讓男人臉色變得慘白。

抓住脖子的手越捏越緊，漁夫的身體像痙攣般開始發抖。

圍觀人群終於開始發出慘叫，跟女人一夥的亞馬遜人集團不懷好意地笑著看好戲。女人同樣擁有沙土色頭髮的姊妹，表情也紋風不動，只是旁觀。

抬頭看著翻白眼、手臂下垂的漁夫，女人瞇細了眼睛。

這時。

「放手。」

從旁伸出一隻褐色的手，抓住女人的一隻手臂。

是蒂奧涅。

「……是蒂奧涅啊。」

「我叫妳放手，阿爾迦娜。」

承受著快把骨頭握斷的渾身握力，女人的笑意仍然不變，甚至越來越深。

受到蒂奧涅幾乎要把人瞪死的視線，女人——阿爾迦娜好像已經失了興趣，放了漁夫。

男人的身體咚碰一聲摔落地上，同時，她甩開了蒂奧涅的手。

「妳到哪去了？我一直在找，妳與蒂奧娜。」

「妳能說通用語啊。我還以為妳是滿腦子只想著戰鬥的猴子呢。」

斜睨著漁夫的同伴拚命把人拖走，蒂奧涅見對方講的不是種族語（亞馬遜）而是通用語，面帶怒容用鼻子哼了一聲。

阿爾迦娜顯得毫不介意，欣喜地說著：

「女神（迦梨）教我的。女神（迦梨）什麼都會教我。她教我變強的喜悅……也讓我知道外界（外面）的獵物都在說什麼。」

她的眼瞳環視人群。

「我早就想知道了……我的獵物都在叫些什麼。憤怒嗎？求饒嗎？」

見阿爾迦娜暴露出嗜虐性情，蒂奧涅帶著唾棄之意嘖了一聲。

什麼都沒變。她只對強大力量，對流血「鬥爭」感興趣。

面對在故國（提爾史庫拉）與自己有一段深遠宿怨的亞馬遜人，蒂奧涅無法阻止血液的騷動。

她的手握緊拳頭。

「我聽說了喔，蒂奧涅？妳在外面的世界，好像變得很強？」

「……」

「我還聽說，妳跟我一樣——變成了【怒蛇（蛇）】。」

「——少把我跟妳扯在一塊。」

蒂奧涅身上發出某種東西斷裂的聲音。

經過矯正的講話方式，變回了天生的粗魯口氣，其相貌染上了憤怒之色。

嘴唇彎成月牙形的阿爾迦娜，頭慢慢地偏向一邊。

「那麼——妳變強多少了？」

一瞬間，大街上產生一段空白時間。

下個瞬間。

「「！」」

雙方的腳踢進了對手身上。

蒂奧涅的上段踢被左臂擋下，同樣地阿爾迦娜的上段踢，也被她以左臂擋下。

轉瞬間，一場拳腳鏖戰開始了。

「蒂奧涅!?」

蒂奧娜與艾絲抵達現場，但晚了一步。

人群害怕遭到波及，慘叫著互相推擠落荒而逃；在這幕光景的後面，兩人疾風驟雨般的拳打腳踢，激烈打鬥如同起舞。黑色與沙土色長髮捲起舞動，能輕易打碎普通人軀體的拳腳互不相讓。隔著防禦響起的鈍重聲響令鼓膜戰慄。

雙方不分軒輊……不對，比起蒂奧涅——

看到兩人使著極為相似的體術，艾絲胸中穿過一道如小針般的尖銳動搖。

以空手戰鬥而論，蒂奧涅與蒂奧娜即使在【洛基眷族】當中，仍然擁有無人能及的強悍實力。力量來說格瑞斯為上，速度則是伯特占優勢，但從「技巧」的觀點來看，女戰士(亞馬遜人)特有的武術比任何人都剛烈。艾絲若是沒有劍，想必也會三兩下就被打趴在地。

而功夫如此了得的蒂奧涅，卻被敵手阿爾迦娜打得節節後退。

長長的四肢如蛇一般低吼，連續給予蒂奧涅一頓痛打。她猜招猜得極快，對手還來不及反擊就先採取行動。等級肯定是Lv.6，【能力值】恐怕是她略勝一籌。

面對目光炯炯的阿爾迦娜，蒂奧涅表情扭曲，以怒氣蓋過焦躁，不服輸地加快攻擊速度。

艾絲與蒂奧娜輕易跳過湧來的人潮，急著想阻止兩人，然而……

「！」

有人擋在她們面前。

是與阿爾迦娜血脈相連的，另一個沙土色頭髮的亞馬遜人。

「讓開，芭婕！」

「……魯・慕。」

對著喊叫的蒂奧娜，面無表情的芭婕，從圍住嘴巴的面紗底下說出一句話。

那是艾絲所不知道的語言，但聽不懂意思，也能明白其中的拒絕之意。

蒂奧娜柳眉倒豎，從右邊撲過去想硬是推開她，艾絲也配合著從左邊疾馳，試著從對方身旁跑過去。碰上兩個第一級冒險者默契十足，在地下城培養出的聯手行動——芭婕同時對付兩個人。

她一手接住蒂奧娜揮出的拳頭，幾乎同時踢踹地面，朝著艾絲使出飛踢。

「「!?」」

對手雖然身體浮空，卻只用一隻手臂就對蒂奧娜使出圓轉摔技；艾絲雖緊急閃躲，仍有幾根金髮被氣勢驚人的腳刀切斷。

根本無暇受到驚嚇。艾絲她們以手撐地，想迅速重整零亂的姿勢，但芭婕不給她們喘息的餘地，即刻進攻。她如陀螺一般旋轉，上段、中段、下段，拳腳從各種角度像速射砲一樣沒頭沒腦地來，同時攻擊左右兩邊的艾絲與蒂奧娜。

——好快！

與冷漠的眼神正好相反，施展怒濤連擊的芭婕令艾絲瞠目而視。

沒有武器的劍士（自己）贏不了這種對手。艾絲霎時體悟到這點，從劍鞘中拔出代用的劍——代替送修的不壞劍（絕望之劍）使用的單手劍，但就在這時，剩下的女戰士（亞馬遜人）集團也發動突擊。

「……！」

她們可能明白對付進入臨戰態勢的兩名第一級冒險者，即使是芭婕也要吃虧，帶著武器加入戰局。

芭婕對付蒂奧娜，亞馬遜人們對付艾絲。

蒂奧娜她們已經展開激烈格鬥戰，一旁的艾絲也被拉進混戰之中。

「哈哈哈哈哈哈哈哈哈！妳變了，蒂奧涅，妳變了喔！」

「……！」

——另一個戰場，與哈哈大笑的阿爾迦娜打鬥的蒂奧涅，怒氣直線上升。

那是對對手的激憤，也是對自己的煩躁。她的技能【狂化招亂（Berserk）】每當受到損傷（damage）攻擊力就會上升，越是憤怒效果就越強。即使這種特殊技能使她的拳擊威力不斷上升，阿爾迦娜卻能隔著防禦對蒂奧涅造成打擊，架開她的攻擊。即使是能粉碎敵人的攻擊，打不中對手的身體也沒意義。

「技巧」精湛度略勝一籌的阿爾迦娜，像鏡子一樣使著酷似蒂奧涅的體術。

不過，這也是當然的。

因為蒂奧涅施展的體術，就是眼前這個亞馬遜人，伴隨著疼痛逼她學起來的。

「咕！」

威力特強的高腳踢，硬是把蒂奧涅踢到了正後方，退到路邊一字排開的攤販前。

蒂奧涅勉強做了防禦，她無視發麻的雙臂，立刻就想衝上前——但她不幸地注意到了。

「噫……！」

（小孩子!?）

注意到自己背後，有個人類女孩嚇得縮成一團。

這裡怎麼會有小孩？她先是焦急，隨即責怪自己失去理智，竟然蠢到在大街上開始戰鬥。這個女孩是來不及逃跑，才會留在這裡。

小孩淚眼汪汪地抬頭看著自己，蒂奧涅一時之間說不出話來；一個影子逼向了她。

「——」

是阿爾迦娜。她帶著凶狠笑容，高舉拳頭揮來。

現在勉強還躲得開，但背後的少女就不行了。攻擊擦到一下都能輕易震飛馬車的衝擊力道將會打爛她；光是被擊碎地面的餘波掃到，纖細手腳都會折斷。

而對手絲毫不會介意遭到波及的女孩。不可能會放在心上。

女戰士（亞馬遜人）的雙眼，只看得到蒂奧涅。

不帶一點猶豫，阿爾迦娜擊出了拳砲。

「——！」

蒂奧涅一把將女孩推到一旁，拳擊就這樣直接命中她的身體。

「蒂奧涅!?」

她發出轟然巨響破壞、撞破了背後的攤販，猛烈撞上更後面的房屋牆壁。

蒂奧娜與艾絲停止應戰轉頭一看，龐大粉塵在她們的視線前方漫天飛舞。

「喀……!?」

蒂奧涅雖勉強做了防禦，但仍在壁面刻下數量驚人的裂痕，吐血了。

至於施展攻擊的阿爾迦娜，眨了好幾下眼睛，面露不解的表情。

「剛才那是，什麼意思……？妳挺身保護了，那個嗎？」

她看看千鈞一髮之際逃出虎口，跌坐在地上發抖的女孩，再把視線拉回。

對著將身體剝離牆壁、單膝跪地的蒂奧涅，開口道：

「妳變了，妳變了呢，蒂奧涅……變強了，但也變弱了。」

然後，她給蒂奧涅一個由衷失望的眼神。

「妳不再是戰士了。」

阿爾迦娜好像大感掃興，身上失去了戰意。

艾絲她們那邊仍舊被困住，傳出金鐵交鳴的聲音；蒂奧涅搖搖晃晃地站了起來。

「以前的妳，從不會袒護那種垃圾。妳真應該在故鄉（提爾史庫拉）繼續與我們廝殺才對。」

「開什麼，玩笑……！誰要待在那種地方……！」

見蒂奧涅用怨恨的目光回答自己，阿爾迦娜瞇細雙眸。

她的嘴唇描繪的，是嘲笑。

「妳……還在後悔殺了瑟魯達絲嗎？」

蒂奧涅身邊的時間暫停了。

「妳不是因為殺了她，才能變強的嗎？」

緊接著，她的視野染成一片通紅。

「————————————！！」

不成言語的咆哮自口中迸發。

蒂奧涅忘了傷勢與疼痛，放縱狂暴的衝動，再度揍向對手。

「——好了，到此為止啦。」

然而，就在拳頭即將逼近準備接招的阿爾迦娜時。

啪啪拍手的聲音響遍整條街道。

那平靜卻蘊藏神威的聲調，讓蒂奧涅的身體反射性地搖晃一下，握緊的拳頭也像恢復理智般停住了。阿爾迦娜也轉向聲音傳來的方向。

是洛基，她帶著氣喘吁吁的蕾菲亞等冒險者出現了。

「妳們再繼續激動下去，就不只是給別人惹麻煩，而是惹禍了。」

在漁港那個方向，從艾絲她們後方出現的女神微微睜開眼睛，對戰場喊停。兔人菈克塔用正有如兔子的身手，將癱坐地上的少女帶離戰場。

與芭婕等人打鬥的蒂奧娜跟艾絲看到她，也放下了握住的拳頭與劍。

「阿爾迦娜、芭婕，汝等也住手。」

從跟洛基正好相反的位置，蒂奧涅她們附近也傳來一個聲音。

是帶著幾名亞馬遜人的女神迦梨。

「抱歉啊，洛基，這些丫頭來到外面世界，好像有點太興奮了。」

迦梨裝出一副傷腦筋的樣子發牢騷，看向洛基。

「就當兩敗俱傷可以嗎？妳那個【劍姬】也把妾的孩子打得很慘。」

「啊——好啦，我知道啦，快走，快走。然後不要再出現在我們面前了。」

不同於芭婕始終巧妙應付蒂奧娜，其他亞馬遜人多多少少都受了點傷。被打得無法還手的她們瞪著艾絲，就像看到弒親仇人。但艾絲倒覺得雖說對方人多勢眾，但竟然能阻擋得了自己，讓她心裡有點介意。

洛基「噓，噓」地揮手像在趕蟲子一樣，迦梨對她回以笑容，就轉身離去。

「再見了，蒂奧涅。」

「……」

斜眼拋來一個眼神的阿爾迦娜，還有沉默無言的芭婕，悠然走過艾絲、蒂奧娜她們與蒂奧涅面前。亞馬遜人集團乖乖跟在主神後面，都離開了。

「艾、艾絲小姐！蒂奧娜小姐！妳們都還好嗎？」

「我沒事，不過……」

「痛痛痛……被打得好慘喔～」

艾絲一面感謝蕾菲亞十萬火急把洛基帶來，一面收劍入鞘，蒂奧娜則是摩娑著手臂。她的褐色肌膚有幾處跌打損傷的痕跡。

跟姊姊一樣被對手壓制住的蒂奧娜，雖然顯得不甘心，但將視線移向她現在更在意的對象。

「蒂奧涅小姐……」

蕾菲亞與艾絲也看向那邊。

在人煙散去的街道中央，蒂奧涅暴露出背影站著。

她持續注視著那些走遠的亞馬遜人，直到她們消失。

「看來比想像中，還要嚴重啊……」

一陣風帶走了洛基的低喃，直接送到蒂奧涅的身邊。

黑色長髮隨風飄揚的少女，連嘴角鮮血都忘了擦，一手緊緊握住仍在作痛的胸口。

「……」

瑟魯達絲。

與少許回憶一同埋葬的名字，打亂了蒂奧涅的內心。

被揭露的可恨記憶，不願回想的過去片段，在腦海裡迅速打轉。

蒂奧涅不知如何處理這份無處宣洩的感情，仰望跟追憶的景色一樣，頭頂上遼闊的藍天。

那天的天空一樣蔚藍。

被灼熱太陽燒灼的競技場，籠罩在驚人的火熱氣氛中。

鋪了泥土的廣大戰場（競技場），被鮮血所染紅。

「——仄・威高！仄・威高！仄・威高！」

周圍掀起如雷齊呼，激昂的讚美歌，圍繞著呆站戰場（競技場）中心的蒂奧涅。

從觀眾席俯視場地的亞馬遜人們，對嬌小的身軀灑下祝福。

「仄・威高」。這是種族（亞馬遜人）當中也僅限鬥國（提爾史庫拉）特有的詞句。

意思是——「妳才是真正的戰士」。

連續給予自己的祝詞讓聽覺失去意義，幼小的蒂奧涅變得聽不見任何聲音，走到眼前的存在身邊。她用顫抖的手，拿掉倒臥血海中的同胞——自己殺死的亞馬遜人的面具。

那是張熟悉的臉龐。

是為蒂奧涅療傷，依偎在一起入眠，滋潤了她乾枯心靈的臉龐。

她是蒂奧涅的摯愛，就像姊姊一樣，蒂奧涅或許從她身上尋求過母愛。

「瑟魯達絲……」

即使痙攣的嘴唇說出名字，她暗淡無光的眼眸，也永遠不會再有反應了。

「儀式」的確有著法則。

但蒂奧涅她們誤解了那個法則。

沒什麼大不了的，同個房間的同胞之所以不用交戰，是為了等時機成熟。

一邊鍛鍊肉體這個「器皿」的同時，與室友建立情誼。讓她們愛別人。

然後，讓她們與摯愛互相殘殺。

為了讓她們克服憤怒。為了讓她們跨越悲傷。為了讓她們流盡眼淚。

超越感情，委身於鬥爭之人才有可能成為「真正的戰士」。

一切都是為了成為「真正的戰士」而鋪路。

「啊，啊──」

拿下對方的面具時，蒂奧涅聽見了原本置身的世界應聲崩潰的聲音。

也許殺死了摯愛，讓蒂奧涅第一次得到了倫理觀念。

在怪物與同胞的廝殺當中，毫無疑問地奪取性命的──畸形的倫理觀念到了這時，在蒂奧涅的內心第一次變得與常人無異。

像姊姊又像母親的她在這個時候，又教導了蒂奧涅再普通、再重要不過的事。教導了她失去摯愛的悲痛。

同時，她也對蒂奧涅留下了傷害。不對，不是她。是這個國家、那個主神、追求「真正的戰士」的惡俗，還有同胞們——

蒂奧涅流著血淚，朝著天空發出咆哮。

「妳才是真正的戰士！妳才是真正的戰士！妳才是真正的戰士！」

目睹一切的同胞們高聲嘶吼，祝福對天吶喊的少女。就像讚頌通過儀式而更接近天神的古代戰士。

亞馬遜人們的祝詞，除了詛咒之外什麼都不是。

出生以來第五個生日，蒂奧涅殺了摯愛，升上了Ｌｖ．２。

而從這一天起，她的眼眸逐漸變得混濁。

高掛空中的月輪，平等地照亮山嶺、森林與湖泊。

梅倫夜幕低垂。

從低矮鎮牆圍繞的港都，不管何時何地，都能遠望聳立東北方位的巨大市牆。即使黑夜到來也一樣。在看不見內部的市牆背後，光之洪水就像噴水池一樣。像在肯定「世界最火熱的都市」這個宣傳語句，徹夜不眠的迷宮都市彷彿日夜顛倒般，朝著夜空大放光明。這對梅倫的居民們而言是熟悉的景色，對打算前往歐拉麗的過客而言是教人興奮的光景。

比起這樣的歐拉麗雖然遜色，不過梅倫的夜晚也很熱鬧。

掛在柱子或建築物牆上的魔石燈亮起，橙色燈光填滿了繁華大街。攤販櫛比鱗次的市場簡直就像在辦祭典，人潮不斷。造船廠工匠與漁夫的身影特別顯眼，旅人們受到海產料理吸引，各自進入店家。

異國之人混雜的港都只能說人潮洶湧。

酒館裡，眾多亞人與少數幾位天神，跟陌生人把盞。

「蒂奧涅現在怎麼樣，里維莉雅？」

在【洛基眷族】包下的旅館附近的一間酒館。

圍繞在酒客間的喧嘩聲中，洛基坐在兩人座位的圓形餐桌旁，對來到店裡的里維莉雅問道。

「有蒂奧娜與艾絲陪著她，但是……不行，她情緒失控了。看得出來她心亂如麻。」

她拉過洛基對面的椅子，邊坐下邊簡短地說：「看她那樣，不太樂觀。」

里維莉雅之前沒跟艾絲她們會合，獨自收集情報，此時似乎對於白天發生騷動時，自己沒在現場的事感到懊悔。

聽到騷動而趕到現場的她還有亞莉希雅等人，看到的是冷清的繁華大街、站著不動的蒂奧涅，以及一旁看著她的艾絲等人。

等她們向慌忙現身的魯柏等公會人員致歉，修繕了毀壞的店家，處理完一切後續事宜時，已經是傍晚時分了。回到旅館後，她直到剛才都在為蒂奧涅進行治療，並安撫她的心情。

看里維莉雅忍著不嘆氣，洛基仰頭灌下之前點的廉價酒（麥酒）。

「既然食人花出現了，我們也只能繼續調查啦，不過……最壞的情況，或許我得只讓蒂奧涅她們先回歐拉麗喔。」

「先不說蒂奧娜，我不認為現在的蒂奧涅會乖乖聽話……」

「嗯～。晚點我也去跟她兩個人談談看好了。」

洛基她們憂慮了一會兒，決定現在先將蒂奧涅她們的事放一邊。

她們談起特地來到酒館的主要目的，交換追查到的食人花情報。

【眷族】主神與副團長暫時離開團員們，就兩個人開始討論此事。

「先整理一下情報好啦。蒂奧娜她們說湖底洞穴沒有異狀。封印好端端的。雖然沒有搜遍整個湖泊，不過假若湖泊跟地下城的第二個出入口毫不相干……」

「這就表示昨天出現的食人花，是經由地表潛伏於半鹹水湖。」

「就是這麼回事。歐拉麗的地下水道潛藏著食人花。有某些傢伙……某個幕後黑手從都市運出一些可疑玩意，比方說可能關了怪獸的箱子或籠子，偷偷搬到湖泊來。」

對於洛基的看法，里維莉雅也頷首肯定。

黑暗派系的殘黨，或是與怪人們有所關聯之人，很可能就在港都（梅倫）這裡。

「今天妳在鎮上到處走走，有查到什麼嗎，里維莉雅？」

「恐怕跟妳差不多。水邊本身治安良好，聽說目前比起怪獸，海盜還比較棘手。關於食人花，從昨天到今天似乎都沒有目擊情報。」

「公會分部那邊呢？」

「自始至終都是分部長，一個叫魯柏的男人（人類）跟我談，不過……有些可疑的地方。」

里維莉雅如此說完，閉起一眼。

「妳是說有點蹊蹺？」

「是有點不太自然。他拿出實際上我看並不困擾他的話題，想讓我的注意力從食人花轉移到【迦梨眷族】上。」

洛基全面採信里維莉雅對魯柏的懷疑。

芬恩的頭腦與「直覺」值得信賴，不過里維莉雅的洞察力也很敏銳。她的眼光能看穿人心的細微變化，連與她有如母女關係的艾絲，都敵不過她這個能力。

「亞莉希雅她們去找鎮長談，那件事妳有聽說什麼嗎？」

「說是對方懷疑她們與公會有關，遭到冷漠拒絕了。那人態度似乎很硬。聽她們的說法，對方好像完全不聽她們怎麼說。」

「嗯嗯……雖說我們跟公會有所關聯，但可是外地人耶……」

洛基一面將啤酒杯湊到嘴邊，一面露出有點納悶的表情。

她拿淋上淡綠色的油與醬汁的魚肉薄片當下酒菜，邊吃邊陷入沉思；里維莉雅過了一會才回問她：

「妳那邊沒有什麼收穫嗎？妳去找過尼約德了吧。」

聽到這個問題，洛基沉默了。

拿叉子吃菜的手停下來，她稍微瞥了里維莉雅的臉一眼。

「我說啊，里維莉雅……妳覺得尼約德是犯人嗎？」

聽了這句發言，里維莉雅翡翠般的雙眸染上震驚之色。

「難道妳在懷疑他？懷疑尼約德？」

「是有一點啦……」

「怎麼可能，我不相信。雖說只有過一段短暫交流，但我們在進入歐拉麗之前，尼約德是那麼照顧我們。他是個神格（人格）高尚的天神。」

里維莉雅相信自己親眼所見；聽到王族的這種語氣，洛基抓抓朱紅色的頭髮。

在天界就跟尼約德有交情的她，當然很清楚這一點。然而在與他的交談之中，有一幕是洛基無法忽視的。

「跟面對孩子時不同，即使擁有天神的眼光，也常常無法看穿同為天神者的謊言。……但是，尼約德算是比較不會說謊的，就我的眼光來看。」

她想起男神背對自己，不太願意與自己四目交接的側臉。

那時很不幸地，洛基心裡就有底了。

「尼約德有事瞞著我們。」

「……妳是說跟食人花有關嗎？」

「這我不曉得，不過……我敢肯定他絕對有做虧心事。」

聽到主神斷言，里維莉雅搖頭說：「真不敢相信……」

面對柳眉緊鎖的眷屬，洛基在梅倫這個地方，感受著從未有過的氣氛。

看似和平，卻不時閃現食人花陰影的港都。這種感覺不是危險，而是跟艾絲她們一樣，一些事情上的矛盾，以及對這些問題的不協調感。最貼切的說法就是「令人費解」。

洛基心中疑惑不解。

「事情變得有點大……不對，是有點複雜了。」

有幾個可疑的存在。如果只看人物與神物，則有三名。

公會分部的魯柏、鎮長博格，以及【尼約德眷族】的主神。

其中一個很有可能就是洛基所說的幕後黑手。

「……關於【迦梨眷族】，妳怎麼看？」

為尼約德的事苦惱的里維莉雅，慢慢開口問道。

洛基一時沒吭聲。

「妳覺得選在這個時候，能跟此事無關嗎？」

「我擔心蒂奧涅她們，但我看迦梨她們是清白的。可是說完全沒關係，好像也……」

洛基含糊其詞地回答，停了一段時間後，將自己的直覺化為言語：

「我總覺得好像有條『線』纏繞著這些人事物。一條很細很細，不凝神細看根本看不見的……很沒意思的『線』。」

洛基眼睛睜開一條線，如獨白般如此告訴她。

里維莉雅也以手托著下巴尋思。

客人的喧鬧聲，趁著對話中斷的空檔打進兩人耳裡。洛基好像拿酒當成思考齒輪的潤滑油，沉浸在廉價酒之中，但終究有喝完的時候。女神嘖了一聲，揮著喝空的大啤酒杯，大聲喊著：「大叔——，再來一杯——！」

「您真是海量啊，女神。發生什麼事了嗎？」

「嗯～，有點事啦。像是我可愛的孩子什麼的，好多事要我煩心喔。真想乾脆喝悶酒算啦——」

狸人（raccoon）店主拿走桌上已經喝空的啤酒杯，換成新的一杯廉價酒。他看向里維莉雅，她說「如果有奧爾布清水就來一杯」，點了飲料。

「欸，大叔，最近有沒有發生什麼怪事？不管是什麼小事都好，如果你有注意到什麼，可不可以跟我講？」

洛基一眨眼就把送來的酒喝掉一半，語氣輕鬆地問道。

「這個嘛……對了，我想起來了。」上了年紀的獸人好像想起了什麼事，如此說起。

「最近好像常在鎮上看到亞馬遜人……」

「亞馬遜人……？」

「是啊，在那位女神的【眷族】來之前就是了。」

里維莉雅做出反應，店主繼續說道。

「梅倫走到後街，也多得是娼館。但她們好像都不是鎮上的女人，沒見過她們……。這裡是歐拉麗的大門口，每天多得是人事物進出，所以也許是我多心了，可是……」

店主好像有什麼事讓他介意，頻頻歪著頭。

聽到他這麼說，洛基與里維莉雅互看對方。

在魔石燈光量降低的室內，各處垂掛著天鵝絨帷帳。

從地毯到瓷壺、長沙發，放在室內的家具用品全是胭脂色。有些近似娼館的房間，甚至帶有一種淫靡情調。一扇窗戶也沒有。這是間設置於地下的大廳。

室內有著一大群亞馬遜人。這些身穿戰袍的戰士們，就是【迦梨眷族】。

以阿爾迦娜為首，眷屬們各以不同姿勢放鬆休憩，在這當中，躺在長沙發上的迦梨好像閒閒沒事做，「呼啊～」張開她小巧的嘴打了個呵欠。

「……」

忽然間，獨自無言佇立的芭婕，將視線朝向房間出入口。

就像與她相呼應，房間唯一的一扇門開了。

「——妳們都到了啊。」

來者是個褐色肌膚的女神。

金銀製成的頭環（circle）、耳飾、首飾、手環與腳環。除了飾品之外，能稱為衣裳的只有腰帶與纏腰布，再來就是遮胸的衣帶。豐滿乳房、水嫩肢體與小蠻腰等等，這個女神（女人）的所有部位，都能挑逗男人的情慾。最重要的是，她美得勝過一切。衣服只會阻撓她的「美」，所以穿著才如此暴露。

女神一現身的瞬間，只知道戰鬥的鬥國（提爾史庫拉）亞馬遜人都看得出神。

她們本能明白到，假如她們只有耳聞的「傾國美女」真有其人，在這位女神面前也要相形見絀。她們雖與女神同性，卻像失了魂般半張著口，染紅雙頰，到了忘我的境地。阿爾迦娜興味盎然地盯著女神瞧，芭婕則是皺起眉頭像在忍耐，馬上就別過臉去。

連諸神恐怕都難以抗拒、迷惑男女兩方的凶惡魅力充斥房間。

女神轉動一手拿著的煙管，蠱惑地瞇細了眼。

「妳終於來啦……妾等了老半天了。」

只有從長沙發起身的迦梨一如平常，對她投以膽大包天的笑容。

女神走到房間裡頭來後，眷屬們隨後魚貫入室。她們也是亞馬遜人。

有個以超過二M的個頭為傲、活像頭怪獸的女巨人，還有個美貌格外出眾的長腿悍婦。這些服裝強調乳溝或裸露腰肢的女戰士，全部——除了某人例外——都性感撩人。同時毫無破綻的身體動作，也讓人知道她們是武鬥派。

妖豔女神在迦梨正面的長沙發坐下。

阿爾迦娜等人移動到主神背後，對方的亞馬遜人們也加以效仿。

以正好擺在房間中央的桌子為界線，女神與眷屬們，兩方陣營展開對峙。

「現在說這或許晚了，不過還是確認一下。妳就是伊絲塔嗎？」

「我就是。」

對於迦梨的詢問，與她面對面的女神——伊絲塔帶著笑容承認。

【伊絲塔眷族】。

她們即使在迷宮都市中，仍稱得上保有超群戰力的大派系。

這些人以都市東南方的「風月街」為地盤，其過度廣大的勢力範圍，可說是歐拉麗第一。身為戰鬥人員的亞馬遜人被稱為「戰鬥娼婦（barbela）」，實力就連高級冒險者們也深感畏懼。

派系的主子是「美之女神」伊絲塔。

她是香豔的「美」之化身，是擄獲萬人心的魔性女神。

面對支配娼館街的一大勢力，迦梨毫不畏縮地對她說：

「竟然特地對身處邊境的妾等提出『委託』，汝也真是瘋狂哪。」

「這點我已經寫過好幾次信說明了。我只要是能利用的，什麼都用。」

迦梨她們之所以會來港都（梅倫），就是眼前這個伊絲塔起的頭。

一天，寫了美神之名的委託書，寄到了迦梨手上。

「一切都是為了打倒那個女神（女人）——芙蕾雅。」

伊絲塔宛如紫水晶的眼眸中，蘊藏了昏暗火光。

與【洛基眷族】並稱為迷宮都市雙巨頭的最大派系的主神，同時跟自己一樣都是「美之女神」的芙蕾雅，被伊絲塔視為眼中釘。

那個美神不只地位與名聲，甚至還將自己丟在一邊，獨享世界最美存在的讚譽，令伊絲塔比任何人都嫉恨。

千萬不能輕視「女神的嫉妒」。在諸神降臨以前，人們就說，她們的嫉妒能讓人的命運失控，一次次為下界招來混亂。

伊絲塔發誓要打倒芙蕾雅。

而迦梨等人就是受她委託，要協助她完成計畫。

「收到妳第一封密函時，妾還真不知道是怎麼回事呢。」

伊絲塔大約從一年前開始，就寄信給鬥國（提爾史庫拉）。

【芙蕾雅眷族】的戰力毫無疑問是都市（歐拉麗）最強。伊絲塔也知道光靠自家派系敵不過他們。於是她看上下界當中少有的世界級勢力、實力近乎歐拉麗第一級冒險者的【迦梨眷族】，覺得正好拿來利用。除了寫信之外，她還好幾次派出眷屬（亞馬遜人）當使者，向迦梨探詢此事。

起初迦梨等人還懷疑委託書可能是假的，然而使者或代替貢品的第一等級武裝送來了幾次後，她們漸漸相信了，就開始認真考慮伊絲塔的請求。

「哼，說是這樣說，妳答應得倒很乾脆。」

「因為這是難得的機會……竟然能跟赫赫有名的【芙蕾雅眷族】交戰。汝不也是覺得有成功的希望，才會選擇妾等嗎？汝很清楚妾等的性情。」

【迦梨眷族】寧願出國也要接受伊絲塔等人的委託，不為別的，就只因為希望能與強者一戰。能跟被譽為世界最強的歐拉麗，而且是高坐其頂點的【芙蕾雅眷族】開戰。

對於渴求鬥爭的迦梨與亞馬遜人們而言，沒什麼事能令她們如此雀躍。兩位女神的利害關係就這樣，漂亮地互相吻合。

與幼小女神互相冷笑，伊絲塔翹起褐色的纖細玉腿。她的一舉一動都玩弄著迦梨手下亞馬遜人的視線。伊絲塔斜眼看著她們，啣住了煙管。

「先告訴妳開戰的程序。不然妳要是擅自輕舉妄動，我可受不了。」

「怎麼，這麼不相信妾呀。」

「虧妳有臉說這種話，一群野獸。」

對著裝傻的迦梨，伊絲塔吐出煙霧。

視線移過去一看，阿爾迦娜等人在迦梨背後，露出好戰而挑釁的笑容。那表情是衝著伊絲塔的眷屬們而來。伊絲塔這邊的女巨人等人也回瞪過去。明明即將締結聯盟，房間裡卻流過一觸即發的氣氛。

像要斬斷險惡的氛圍，「薩米拉。」伊絲塔叫了眷屬的名字。

灰髮的亞馬遜人走出來，在兩位女神之間的短腳桌上攤開卷軸。

是都市（歐拉麗）的地圖。

「我們的地盤在這裡，東南地帶的風月街。相對地，芙蕾雅等人的大本營（總部）在南方鬧區的中心地帶。至於我們現在的所在地港都（梅倫），從歐拉麗來看位於西南。」

「唔嗯唔嗯……原來如此。從雙方的位置關係來看，妾等已經包夾了敵人（芙蕾雅）的陣地是吧。」

伊絲塔的纖纖玉指在地圖上移動，探出身子的迦梨頻頻點頭。

「也就是說，要夾擊了？」

「沒錯。」

伊絲塔滿意地微笑。

「我要速戰速決。趁芙蕾雅被我們吸引注意力時，我要妳們入侵都市，從背後攻打她們。」

伊絲塔不與都市內的派系聯手，除了因為計畫需要保密，也因為她要來個完美的奇襲。若由都市外的勢力直接通過市牆進攻，就算是最大派系（芙蕾雅眷族）也極有可能措手不及。

如果這支伏兵還擁有Ｌｖ．6的戰力，就更有效果了。

「那個大得離譜的市牆如何處理？反正一定有人看守吧？」

「埃爾比勒那些人……有個商行對我言聽計從。妳們躲在貨物裡，騙過盤查的人也就是了。要不然我也可以前一天親自出面，先幫妳把門打開。」

伊絲塔先暗示自己會使用無人能擋的「魅惑」之力，接著翹起嘴角。

「一準備好，就由我們攻進芙蕾雅的陣地。……攻戰的開始，就是信號。」

伊絲塔雖是司掌美的女神，此時的她卻只能用「凶猛」形容。

為都市外勢力引路入侵市牆內側，可是極大的問題。但伊絲塔寧可與公會為敵。女神放不下長久以來飽受的屈辱，使得她做出這一切行為。

聽伊絲塔講完計畫的全貌，迦梨瞇細眼睛。

「哦哦，果然沒有什麼比女神的嫉妒更難看了。過度的美與對它的驕傲，走到這一步也變得醜惡啦。」

即使外貌與嗓音像個幼童，語氣與眼神卻如同知悉一切的老婦。

迦梨不懷好意地笑著，吐出毒辣的諷刺話。

「隨妳怎麼說。」

伊絲塔只是一笑置之。

「只要能讓那個女神墜入深淵——我願意觸犯一切禁忌。」

她那美貌上，刻著凶悍的笑意。

溢滿而出的強烈神威，這時候，確實震懾了迦梨麾下的亞馬遜人。

「關於計畫就這樣了。這點小事畜生也辦得來吧。」

「呵呵，講話真難聽。不過的確夠單純，妾喜歡。畢竟妾等今天才與妳們初次見面，不可能聯手行動嘛。」

迦梨舒暢地承受對方的神威，答應下來。

接著她問道：「那麼，最重要的日期呢？」

「準備拖了點時間。直到計畫實行的那天前，這間旅館隨妳們住。」

「真大方哪。」

「我特地安排的，妳得感謝我。」

從入港許可證到現在住的旅館，迦梨等人所需的一切事宜，都是伊絲塔這邊準備的。直到這天為止，伊絲塔的眷屬們常常暗地裡溜出都市，頻繁進出梅倫。某間酒館背後議論的亞馬遜人，說的就是【伊絲塔眷族】的團員們。

「不過極品佳餚擺在眼前，卻有一段時間吃不到……真想早點打一場，是不是啊，阿爾迦娜？」

「是啊，迦梨。」

迦梨靠著長沙發，抬頭向上，站在正後方的阿爾迦娜，給了她一個蛇一般的笑容。

「尤其是傳聞中的【猛者】，實在想讓妾的孩子跟他打一場。」

「那個野豬人(boars)在孩子們當中特別強悍。妳可別貿然行事，擅作主張。」

「知道了知道了，妾就等等吧。」

被伊絲塔吐著煙霧下警告，迦梨像個沒勁的孩子般揮揮手。

「話說回來，伊絲塔啊，妳的孩子就這些人嗎？」

「說什麼傻話。我的【眷族】跟國家(妳們)類一樣是大家族。大部分的人，我都留在都市了。不過主力都在這裡。那又怎麼了？」

伊絲塔如此反駁也把大半眷屬留在本國(提爾史庫拉)的迦梨，她偏偏頭。

「汝說要夾擊，但光靠汝等有這力量嗎？那個【猛者】光看Ｌｖ．與【能力值】，甚至在妾這阿爾迦娜與芭婕之上。妾倒覺得一旦開始攻戰，汝等只會連同城池一併遭到蹂躪。」

迦梨看著伊絲塔的亞馬遜人們，毫無忌憚地陳述意見。

的確，【伊絲塔眷族】的最高等級只到Ｌｖ．５。再跟擁有Ｌｖ．６的自家派系一比，看在迦梨眼裡想必很不可靠。

被女神講成小材大用，眷屬(亞馬遜人)們變得殺氣騰騰，然而主神伊絲塔只是咧嘴一笑。

「不用擔心。我有『王牌』。」

說完，美神的視線飛向斜後方。

在並排站立的亞馬遜人當中，只有一名眷屬是不同種族。

那人頭上蓋著羽衣般的純白布料，看不見長相，不過腰際隆起的部位，應該是獸人特有的尾巴。從站姿來看是個少女。再配上身上的衣裳，令人聯想到長袍加身的祭司，或是以罩頭和服遮臉的祭神巫女。

她身上絲毫感覺不到霸氣，不敢說話，只是靜靜站在那裡。

「……嗯？」

迦梨興味盎然地注視著少女。

她凝視著少女遮臉布底下，微微露出的翠綠明眸。

長腿女英豪立刻表情嚴峻地讓少女躲到背後，視線被擋住了。

「我已經讓送貨人運送必勝的方法來了，妳們到時候也能分一杯羹。……等收到那個之後，宴會就開始了。」

聽了伊絲塔的宣告，她的眷屬臉上都浮現粗野的笑意。

受到她們影響，迦梨這邊的亞馬遜人也顯露笑意。

「雖然很好奇妳說的『王牌』是什麼……好吧，也罷。大致情況妾都明白了。總之到戰鬥之前，還有時間就是了吧。」

「對。」

「那麼伊絲塔啊，妾想先談妥報酬的事。」

晃動著色澤深沉如紫的黑髮，伊絲塔回應她的要求：

「想要報酬，金銀財寶要多少都給妳。說出妳要的金額——」

「妾不要錢。現在不要了。妾想要別的報酬。」

「？」

「再補充一句，妾想先收報酬。」

聽到迦梨有些不對勁的發言，伊絲塔皺起雙眉。

她把眼睛瞇得如針一般細，觀察正面對手的神情。

「……說來聽聽。」

「現在，【洛基眷族】就在這港都裡。喔，妳可別誤會了，她們出現在這裡與妾等無關，只是巧合罷了。據說她們在追查食人花什麼的怪獸。」

「食人花……？喔，那個、那個啊。」

伊絲塔好像想到了答案，冷笑了一下。

「所以呢？妳這傢伙，該不會……」

「猜對了，妾想跟那些人交戰。」

聽到迦梨承認，伊絲塔馬上倒豎一雙柳眉。

「別開玩笑了！芙蕾雅那些眷屬已經夠扯了，但那個【眷族】的人也沒好到哪去。還沒跟芙蕾雅打起來，就要鬧出大問題啦。」

伊絲塔粗聲說這樣做，必定會造成無法挽回的嚴重損害；但迦梨舉起雙手制止了她。

「抱歉，抱歉。說那個【眷族】有點語病。妾等的目標……只有一對姊妹。」

迦梨一這麼說的瞬間，背後阿爾迦娜的嘴角裂開了。

「洛基那邊有妾的孩子。不過應該加個『前』比較正確就是。以前妾略施小惠，放了她們……但現在有些後悔。」

「……妳說那對亞馬遜人雙胞胎嗎？」

「沒錯。妾想讓那對姊妹，跟妾這阿爾迦娜還有芭婕一戰。」

狐疑的伊絲塔看向迦梨身後。

一對同樣擁有沙土色頭髮的姊妹。一個是難掩喜色，另一個保持沉默。

雖然態度不同，但兩人都流露出滾燙的戰意。

「從妾身邊遠去的那對姊妹，與留在妾身旁的這對姊妹……哪邊比較強？哪邊才能贏得勝利，超越極限，成功使『器皿』昇華？……」

迦梨講到一半，語氣就變得宛如獨白，視線朝向半空中。

「妾想看到鬥爭。」

「想見血。」

「究竟哪一邊的選擇才正確……妾想一邊啜飲血雨，一邊親眼見識。」

她以熱烈、平靜的口吻不斷訴說。

先是吐出恍惚的嘆息，接著面具底下睜大的雙眸散發強光。

目睹迦梨——司掌血與殺戮的「戰神」的一部分本性，這次換伊絲塔這邊的亞馬遜人顫慄了。

她們正確領悟到，眼前的女神從本質而論，追求的並不是「戰鬥」而是「互相殘殺」。

迦梨的娛樂，降臨下界的目的是「鬥爭本身」。

由於動機歸根結柢，就是互相殘殺這一件事，因此就某個層面來說，性質比什麼都要惡劣。

正因為目的單純，伊絲塔才認為比較好控制，然而……美之女神沒掌握到戰神的本質，使她嘖了一聲。

蓋著白布的獸人少女像是感到畏怯，倒抽一口氣的聲音在房裡響起。

「妾希望汝等拖住那對姊妹以外的人。今天妾唆使阿爾迦娜她們試試，發現【洛基眷族】有【劍姬】等難以對付的人。妾想要的是姊妹之間的決鬥。」

看到幼小女神在長沙發上伸開腿傲慢地要求，伊絲塔怎麼可能答應，正要拒絕。

「——咯咯咯咯咯咯！就讓她們打吧，伊絲塔女神～」

原本沒吭聲的女巨人，張開了她的大嘴。

「芙里尼……」

「有什麼關係呢，就當作跟芙蕾雅那邊交手前的前哨戰嘛。再說這些傢伙待在港都（梅倫）的事遲早會被歐拉麗知道啦。既然如此，只要讓他們以為這些傢伙的目的是跟【洛基眷族】戰鬥，公會與芙蕾雅等人想必也不會太戒備啦。」

那個亞馬遜人說，這樣那邊就不會懷疑她們要入侵都市，更別說奇襲了。

這人手腳很短，胴體粗得嚇人。身體大臉也大，妹妹頭髮型的相貌有如蟾蜍。每當聽見她如同青蛙的嘶啞嗓音，【迦梨眷族】與自家派系的亞馬遜人們，都顯露出厭惡感。

【伊絲塔眷族】領袖，芙里尼・賈米勒。

等級為Lv.5，是派系內最強的冒險者。

「【劍姬】有老娘壓著～」

芙里尼講得跟真的一樣，但伊絲塔知道她心裡其實在打別的主意。一講出【劍姬】的瞬間，她那瞪大蠢動的眼球中熊熊燃燒著私怨，這伊絲塔都看在眼裡。

伊絲塔先是長聲嘆息，然後慢慢做出笑容。

「好吧，芙里尼說的也有道理。再說，我也看洛基他們不順眼。」

她對與【芙蕾雅眷族】比肩的洛基等人表露憤恨，決定答應迦梨的請求。

「不過，如果情勢不利，我們馬上就會撤退。之後一切問題妳們負責。」

「這是當然。」

迦梨得到口頭約定，高傲地點頭。

最後，幼童女神將一絲淺笑掛在臉上。

「飛散的血花令妾興奮，死線的咆哮（聲音）讓妾的腹部深處發熱。沒有比這更美的佳餚了。玩世不恭的諸神之間，品嘗不到賭上性命的如此鬥爭……這才是妾不斷追求的下界精髓。」

「……」

「鬥爭與殺戮，才是孩子們的真理。」

對謳歌性愛的伊絲塔而言，愛才是不變而普遍的本質；她很想這樣反駁，但想也知道話不投機半句多，就沒說出口了。

迦梨曰：

「——鬥爭的結局。」

一邊說著，一邊瞇細面具挖空的洞穴深處，血一般紅的雙眼。

「妾想看的就是這個。」

第四章

姉與妹 夜與晨 闇與光

Гэта казка іншага сям'і.

Старэйшая сястра і малодшая сястра ноччу і раніцай цемра і святло

蒂奧涅的眼神變得混濁的模樣。

姊姊的心靈逐漸失序的光景，蒂奧娜記得很清楚。

蒂奧涅升上Lv.2的同一天，蒂奧娜也升級了。藉由殺死室友的方式。

精神年齡遠比姊姊幼稚的蒂奧娜，即使殺死了年紀相仿的好友，也只覺得「唉，又殺掉了」。

蒂奧娜很喜歡戰鬥。每次戰勝，長輩們（亞馬遜人）與女神（迦梨）都會稱讚自己。然而，每次殺死同胞都讓她心裡不太舒服。年幼的蒂奧娜不知如何描述這種難以言喻的感覺，只能悶在心裡。

只要盲目地相信熱血激昂的感受，一定就不會再煩惱了，能夠變得像其他亞馬遜人一樣。雖然是無意識中的念頭，但蒂奧娜直覺地理解了這一點。然而內心的煩悶感制止了她。因為不靠道理，而是以本能與情感行動的少女，對於與激昂熱血成反比、越來越不痛快的內心感受十分介意。只不過這種感覺，與想拋開一切煩惱的念頭只有一線之隔。

迎接五歲生日的那天，蒂奧娜回到石頭房時，蒂奧涅已經回來了。

她一個人把臉埋在膝蓋間，坐在武器與面具拆下來扔了一地的房間角落，動也不動。

「蒂奧涅，妳跟誰打了？」

「………………瑟魯達絲。」

對於走到眼前的蒂奧娜，蒂奧涅頭也不抬，用微弱的聲音低喃。

瑟魯達絲。蒂奧娜也很黏她，她是除了蒂奧涅之外，蒂奧娜最能敞開心扉的對象。

直到其中一方死亡之前，「儀式」不會結束。瑟魯達絲與蒂奧涅，都拚了命想生存。

她感覺內心的煩悶，似乎增加了。

「……幸好。」

這是蒂奧娜的真心話。

雖然她對血緣這個字眼沒有過任何感慨，但姊姊蒂奧涅對蒂奧娜來說，仍是特別的存在。瑟魯達絲死了，蒂奧涅活了下來，讓蒂奧娜放了心。

幸好妳還活著。幸好妳沒被殺。蒂奧娜是這個意思。

蒂奧涅回給她的，是一記拳頭。

而且還帶著明顯的殺意。

至今她們姊妹間不知道打過幾次小架，但顴骨被打碎，差點出人命卻還是第一次。

火燒般的劇痛使蒂奧娜立刻怒火中燒，吼叫著想撲上去。

然而，看到映入視野的畫面，蒂奧娜停住了動作。

蒂奧涅在哭。

她的面容悲憤交加，渾身顫抖，眼眸滾落出大顆淚珠。

用力握緊的拳頭鬆開，高舉揮來的手臂無力地下垂。

面對姊姊痛哭的模樣，蒂奧娜只能呆站原地。

自從那次之後，蒂奧涅的言行就越來越粗魯。

本來就不太好聽的講話方式，如今更是滿口髒話，說話變得毫無分寸。她對周遭的人變得更具攻擊性，就連想靠近她的蒂奧娜也不例外。她的眼瞳彷彿表露出逐漸失序的內心，一天比一天暗沉、模糊。

不只蒂奧涅變了個人，一口氣減少了一半的室友們個性也變了。理解了「儀式」的規則之後，誰都不再跟別人講話了。有的是怕產生更多感情，有的是提防別人暗算自己。其中也有人領悟了道理，委身於本能，覺醒成為鬥國（提爾史庫拉）要的「戰士」。

鬥爭的每一天飛逝而過。

在「儀式」中存活下來，使「器皿」昇華的室友，開始有年長的亞馬遜人陪同。這些靠一己之力存活的少女得到認可，與長輩締結了所謂的師徒關係。

蒂奧娜的是芭婕，蒂奧涅則是阿爾迦娜。

與當時五歲的蒂奧娜她們相比，芭婕她們正好大十歲。上面似乎看雙方都是雙胞胎姊妹，認為有某種相通之處，所以才這麼組合。姊姊阿爾迦娜與妹妹芭婕已經嶄露頭角，是國內少數下屆團長候補中的首選。

她們的鍛鍊嚴苛至極。兩人沒有一天不被打到吐血，有時連骨頭都被打斷。她們如果不拚死從亞馬遜人師傅身上偷學體術，明天自己就有生命危險。

「……快點，站起來。」

芭婕面不改色，用冰冷眼神看著倒在冰冷石板地上的自己，讓蒂奧娜有生以來第一次感到害怕。後來她才知道，被阿爾迦娜痛打的蒂奧涅情況更慘。

兩人一邊進行「儀式」一邊接受鍛鍊，必然地，回房間的時間也就越來越少。轉眼間，室友也一個個不見了。一回神才發現，回到房裡的只剩蒂奧娜與蒂奧涅。

每天連感覺辛苦的時間都沒有。感情一天天磨損而變得遲鈍。只有搏鬥勝利時才能獲得快感。

在鬥國（提爾史庫拉）削除一切累贅，催生出眾多「戰士」的日常生活當中，蒂奧娜隨波逐流。

就在升級後即將滿一年的時期，蒂奧娜面臨了轉機。

她趁著鍛鍊前的時間偷閒，在毫無人影的競技場像貓一樣散步時，邂逅了「那個」。

她發現了被扔在冷清通道的一團紙屑——「英雄譚」的碎片。

◆

「……」

蒂奧娜睜開眼睛。

些微波浪聲與水鳥的鳴叫傳來，將她的意識從夢中拉上水面。

夢見懷念的情景，蒂奧娜忽地坐起來，看看旁邊。

睡在床上的人不見蹤影。

「……這麼快就跑掉了～？」
在手足離去的房間裡，「嗯～！」蒂奧娜伸展了身體。

「我要縮小調查範圍。」
吃早餐時，洛基一開口就這麼告訴大家。
「【尼約德眷族】、公會分部、鎮長（梅鐸）家。要調查的就這三個。行動引起他們疑心會讓對方有所提防，所以妳們態度要跟昨天一樣，假裝什麼都沒掌握到，偷偷地到處查探。」
聽到限定的對象，包下的旅館一樓的餐廳一片騷動，洛基對各個眷屬繼續說明：
「妳們去刺探神（尼約德）馬上就會穿幫，所以那邊由我來。公會與鎮長那邊就麻煩大家囉——」
「【迦梨眷族】呢？」
「基本上不用理她們。不過，她們還有可能再來找麻煩。大家一定要集體行動。」
洛基回答里維莉雅後，看向蒂奧涅與蒂奧娜。
「艾絲還有里維莉雅，妳們陪蒂奧娜與蒂奧涅。對方那對姊妹好像蠻可怕的，妳們一起行動，這樣就算兩姊妹一起來挑釁也能應付。啊，順便一提，妳們沒有權利拒絕。」
洛基搶在想說什麼的蒂奧涅之前，不許她回嘴。「不肯回歐拉麗，就乖乖聽話。」聽到主神這樣說，身子正要向前探出的蒂奧涅，不服氣地擺一張臭臉。

洛基要求艾絲和里維莉雅監視與迦梨等人有段舊恨的蒂奧娜她們，兩人都點頭。

「沒有問題要問吧——？那就解散唄。」

「蒂奧涅那邊，不知道要不要緊——」

仰望著今天依然一片晴朗的藍天，蒂奧娜低喃著。

兩人離開人擠人的繁華大街，走進小巷子。蒂奧娜側眼看著手拿整籃待洗衣物或購物袋的鎮民，還有跑來跑去的孩子們，跟艾絲走著。

「有里維莉雅在，我想不用擔心……」

「希望如此——。哎，我也知道如果我跟她走在一起，比較容易被找碴啦——」

蒂奧娜用慢吞吞的語調，回答走在身旁的艾絲。

雖然言行與平常無異，蒂奧娜心裡其實很想陪在蒂奧涅身邊。她對現況憂心忡忡，甚至反常地想著心事。

同時她也早就發現，艾絲一直在顧慮她。

「艾絲很在意鎮長大叔的事，對吧？」

「嗯，有一點……」

聽到蒂奧娜改變話題，艾絲點點頭。

由於艾絲表示有事令她在意，蒂奧娜她們打算前往梅鐸家，悄悄溜進博格的公館。之所以就她們兩人行動，也是考慮到機密性。她們希望能趁蕾菲亞等人繼續問話時，偷偷找出一些線索。

蒂奧娜與艾絲邊講話邊走著——眼前忽然有個獸人女孩摔了一跤。

「啊……！」

「唉唷，要不要緊？」

女孩好像是買完東西要回去，抱在手上的書跟幾枚金幣一起掉在地上。

艾絲扶起摔倒的小女孩時，蒂奧娜幫她撿起散落地面的書本與金幣。

一撿起書，蒂奧娜停住了。

（……《阿爾戈英雄》。）

封面是與半牛人搏鬥的英雄——熟悉的一本「英雄譚」，抓住了蒂奧娜的眼光。

「那、那個……大姊姊……」

「啊，抱歉抱歉。」

蒂奧娜向艾絲扶著的淚眼女孩道歉，並將書跟金幣還給她。

看到女孩珍惜地把英雄譚抱到懷裡，蒂奧娜彎下腰問她：

「這本書是妳去買的？」

「嗯……店裡的叔叔，跟我說船送來了很多新書……」

「……妳喜歡英雄譚？」

「——嗯！」

最後這個詢問，讓女孩臉上綻放如花的笑容。

她向兩人道謝後一邊揮手，一邊跑進巷子深處。

「蒂奧娜……？」

看到蒂奧娜默默注視著女孩的背影，艾絲出聲叫她。

蒂奧娜佇立了一會後，臉上浮現淡淡微笑。

「收集的英雄譚（書）……都被我留在故鄉（提爾史庫拉）了呢。」

女孩開開心心地跑遠的背影，那副天真無邪的笑臉，讓蒂奧娜想起了自己的兒時面貌——今早夢境的後續發展。

那天蒂奧娜跟平常一樣，在競技場的訓練房被芭婕痛打一頓。

血流滿面的蒂奧娜，翻出藏在房間角落的東西，兩手拿給芭婕看。

「芭婕……念給我聽？」

那是她在鍛鍊前找到的一團紙屑。

也許是異國運進國內的書籍被同胞們扔了，紙上寫著陌生的文字——通用語。連亞馬遜語都還不會讀寫的幼兒（蒂奧娜）感到好奇，卻不可能看得懂內容。

蒂奧娜直到現在，都還記得那時芭婕的表情。

這個當時就沉默寡言的亞馬遜人前輩，顯而易見地慌了起來。

蒂奧娜本來以為她面無表情又冷酷，那時的她卻慌張失措，身體晃動了半天後，只留下一句「……妳、妳等等」就搶走紙屑，匆匆忙忙地離開了房間。

幾天後，芭婕拿著紙屑現身，在鍛鍊後把內容念給蒂奧娜聽。

芭婕大可以不理會小孩子的童言童語，但看來她也有她的驕傲。芭婕是覺得要是跟比自己小十歲的小孩一樣不會認字，沒辦法念給她聽，就太沒面子了——幾天後女神（迦梨）告訴蒂奧娜，芭婕曾紅著臉跑去拜託她「請告訴我這上面寫了什麼」——

據說女神（迦梨）一邊笑得前仰後翻，一邊在通用語底下寫上女戰士（亞馬遜）語的翻譯。

「……青年不知道自己被騙，對國王說：『我明白了。我一定會從迷宮（labyrinth）救出受困的公主。』」

「然後呢？後來怎麼了？」

在火把的火光下，兩人也不治療交手受的傷，在冰冷石頭地上一個端坐，一個盤腿，蒂奧娜催芭婕繼續說下去。芭婕似乎也是第一次遇到這種事，困惑地，慢慢地，每次鍛鍊後都講一點給她聽。

當然，故事總有結束的時候。更不要說那團紙屑不過是書的一部分，結束得更是特別快。鍛鍊後與芭婕進行的祕密神奇交流也就此中斷，然而在蒂奧娜心中，她不再是以前那麼可怕的存在了。

「要誘導敵人攻擊。等到最後一刻，再彈開。」

「怎麼彈啊？」

「……彈開就是了。」

本來只受疼痛所苦的鍛鍊，也稍微讓她期待起來。

另一方面，只知道戰鬥的年幼亞馬遜人，第一次有了鬥爭以外的心願。

——我想知道故事後來怎樣了。

這個願望一天比一天更強。

然後，有一天。

「儀式」結束後，女神(迦梨)一時興起，問她有沒有想要的東西。蒂奧娜馬上回答：

「我想看這本書後面的故事。」

這個願望得到了實現。她訂了全新的一本書，拿給蒂奧娜。

蒂奧娜雖然笨，但並不蠢。孩童柔軟的頭腦在自己的興趣上發揮十全力量，再借助女神(迦梨)的力量，她很快就看懂了通用語——她還記得芭婕好像有那麼一點沮喪與落寞——。在缺乏娛樂的競技場世界裡，她得到了不同於戰鬥的興奮。蒂奧娜很快就迷上了。

自此以來，蒂奧娜就常常獲得書本，做為戰勝的獎賞。有人說女神(迦梨)是認為可以當成誘餌，也有人說是她看上了女孩傻氣的模樣。總之，蒂奧娜變得有機會接觸許多故事書。

她把書帶回石頭房，夜深了照樣躺在燭光下看得沉迷。眼看房間快被故事書塞滿，蒂奧涅曾經忍不住發火踢了書山一腳，讓蒂奧娜淚眼汪汪地亂揮拳頭，結果又變成姊妹打架。

邂逅故事的片段——「英雄譚」的碎片，蒂奧娜變了。

首先，她的呆笨與輕佻性情變本加厲了。

然後，她變得很愛笑。

笑得天真無邪，無憂無慮。

不難想像看在姊姊（蒂奧涅）眼裡會是什麼感覺。這一定成了她煩躁的原因之一。畢竟自己越來越自暴自棄，妹妹卻兩眼發亮地狂看書，像白癡一樣笑著。

當時在嚴酷的環境下，如果要說是什麼讓兩人個性相反，那必定是與一張故事書紙屑的邂逅。

在這鬥爭與殺戮的世界裡，總是笑得天真爛漫的蒂奧娜，或許就某方面來說有點異常。等注意到時，年紀尚幼的少女已經享有新的狂戰士（berserker）之名。

同胞們甚至在背後指指點點，說彷彿感情麻痺般笑著的她也許是發瘋了。雖然蒂奧娜並不覺得自己瘋了。

不管別人說什麼，蒂奧娜都只是笑。不停地笑。

因為「英雄譚」拯救了女孩。

「……」

艾絲注視著蒂奧娜沉默的背影。

佇立不動的蒂奧娜，等拿著英雄譚的女孩身影消失後，才慢慢開口道：

「欸，艾絲……」

「……什麼事？」

「看我老是在笑，妳會覺得噁心嗎？」

看著蒂奧娜輕觸自己臉頰，艾絲停了一段短暫的時間。

然後，她輕輕搖了搖頭。

「因為有蒂奧娜在……現在，我覺得很開心。」

這話實在太簡短。

但是，卻傳到了蒂奧娜心裡。

她轉回頭，喜孜孜地染紅臉頰，笑著說：

「謝謝妳，艾絲！」

然而，樣子還是跟平常不太一樣。

平常的蒂奧娜會抱住艾絲，但她現在卻什麼也沒做，就往前走去。

「……」

停下腳步的艾絲，一會兒後，也去追趕那個背影。

艾絲與蒂奧娜前往鎮長（梅鐸）家的同一時刻。

蕾菲亞與組成小隊的其他團員，一起勤懇地向人問話。

（不只【尼約德眷族】，如果公會分部參與了食人花的騷動……就會引發各種嚴重的問題呢。）

雖說只是分部，但假如公會這個管理機構在袒護黑暗派系的殘黨，問題就大了。聽過洛基今早說出的候補對象後，蕾菲亞一直懷抱著不安。

她心情苦悶，但仍裝做一副沒查到事情核心的樣子——真正的目標交給艾絲或里維莉雅等分隊去刺探——在街上繼續收集情報。

「……欸，大姊姊。」

「？」

蕾菲亞一回頭，只見眼前有個小麥色肌膚的女孩。

看到那褐色的肌膚，蕾菲亞懷疑對方是【迦梨眷族】而差點提高戒備，但隨即放下戒心。

只要領受了「恩惠」，不管年紀多小或個頭多矮，都不能被外表所騙；然而女孩身上沒有天神眷屬特有的氛圍，例如一般人所沒有的能力（能力值）帶來的姿勢或是腳步。冒險者或戰士等職業，跟眼前的女孩扯不上關係。

看來女孩並非亞馬遜人，而是人類。身高只到蕾菲亞的腹部。看她穿在身上的單薄衣物，應該是港都梅倫的居民。

晃動著長度及肩的黑髮，女孩用紅茶般色澤深沉的眼眸，往上看著她。

「大姊姊是……歐拉麗的冒險者嗎？」

「是呀，我是。怎麼了嗎？」

幾天前開始就在梅倫住宿的【洛基眷族】或許也成了居民之間的話題。蕾菲亞彎下腰去，溫柔地對女孩微笑後，怯怯地詢問的女孩似乎下定了決心，踮起腳尖對她耳語：

「跟妳說喔？從很久以前，我玩遊戲的地方就會聽到奇怪叫聲……」

「叫聲……？」

「嗯。跟出現在湖裡的那種長條怪獸聲音很像……」

「！」

女孩所言讓蕾菲亞大吃一驚。她所說的怪獸就是食人花。

「大人要我保密，可是，我好害怕……」

「妳在哪裡聽到的？」

「這條路一直往前走的地方……」

女孩指著背後的巷口。

「菈克塔、艾露菲！」

蕾菲亞抬起頭，呼喚同伴少女們的名字。

分散到路上各處問話的團員們聚集過來。

「怪獸的叫聲……這是真的嗎？」

「她看起來不像在說謊……」

「反正也沒線索，就查一下嘛。」

與Ｌｖ．３的兔人，還有自己在大本營（總部）的室友魔導士（人類），以及其他兩名團員討論後，蕾菲亞做出了決定。她瞥了一下通往大街後巷的路，拜託女孩道：

「可以請妳為我帶路嗎？」

女孩點了個頭。

「我叫蕾菲亞，妳的名字是？」

「昌蒂。」

在自稱昌蒂的女孩帶領下，蕾菲亞等人開始移動。

不同於鎮上的繁華大街，後巷複雜交錯，不熟悉當地環境的人可能很容易迷路。女孩似乎很熟悉這一帶的地形，將蕾菲亞等人帶往無人的小徑深處。

「……？」

走在少女後面、小隊前面的蕾菲亞細長的耳朵，跳了一下。

就像有某種東西令她在意，使耳朵微微動了動。

（視線……有人在看我們？）

其他團員都沒發現，只有蕾菲亞察覺到一絲徵兆，這都要拜她跟第一級冒險者們(艾絲等人)一同進行過無數次「冒險」所賜。

蕾菲亞沒說出口，只是不知所措，然而——彷彿看穿了她的內心，走在前面的女孩背對著她，回答了她的疑心：

「應該是因為亞馬遜人的大姊姊來了吧。」

咦？

蕾菲亞正要問個清楚時，說時遲那時快。

從她的頭頂上方，神祕存在無聲無息，降落蕾菲亞的背後。

「——」

她沒能回頭。

因為來者以驚人速度揮砍手刀，確確實實給了她的脖子一記痛擊。

「蕾菲亞!?」

搖撼脖子以上部位的衝擊，以及伴隨而來的目眩，使蕾菲亞支持不住，雙膝一軟當場倒地。

她先聽見同伴等人(菈克塔)的慘叫變成扭曲的不諧和音，緊接著激烈的交戰聲震撼耳朵。嚴重反胃使得映入視野的石板地都形成漩渦，攪打著她的意識，就在她無法確認任何狀況之時——

頭上傳來女孩(昌蒂)的聲音。

「——諸神當中，有些神能將散發的『神威』降至零。」

嗓音雖有如女童，口吻卻變得像老婦一般。

聽到那聲音，蕾菲亞在朦朧的視野中，睜大蔚藍色的眼眸。

「例如宙斯與奧丁等大神，或是部分神明。祂們能假扮成孩子，在不為人知的狀態下融入市井……這也是下界的一種遊戲。」

蕾菲亞擠出僅有的力氣抬起頭，正好看到女孩拿下假髮。

黑髮底下出現的，是血一般的紅髮。從懷裡取出戴上的，是長著兩支獠牙的惡鬼面具。

變得與頭髮同樣鮮紅的眼眸，從面具上的兩個洞穴，往下看著蕾菲亞。

「長知識了吧，洛基的孩子啊。」

如今立場顛倒過來了。

原本稚幼的女孩搖身一變，成為展現天威的神祇；自己則成了蒙昧無知的孩子。

在逐漸淡去的意識中，蕾菲亞愧恨自己的不成熟。

「汝就到妾這邊待待吧。別擔心，妾不會虧待汝的。」

持續不斷的金鐵聲戛然而止，沙土色頭髮的女戰士——毫髮無傷的芭婕站到女神身邊。

最後看到這幕光景，蕾菲亞就完全失去了意識。

「阿爾迦娜……！」

蛇一般的笑容，愉快地承受蒂奧涅的聲音。

在通往公會分部的一條街道上，蒂奧涅等人集體前進時，阿爾迦娜出現在她們面前。就她一個人與蒂奧涅相對峙，擋住她的去路。

「妳還敢蠻不在乎地……！」

「蒂奧涅，退下。冷靜點。」

里維莉雅攔住握緊拳頭就想衝出去的蒂奧涅，走上前來。

她跟艾絲還有蒂奧娜一樣，把原本的武器拿去維修了；現在一手握著的，是代用的長杖。當其他團員氣氛緊張，只有她並不畏懼，與阿爾迦娜面對面。

「有事的話就說吧。沒有的話，請妳離開。」

「……」

里維莉雅泰然自若地說，阿爾迦娜看她一眼。

散發強者風範的精靈王族令女戰士（亞馬遜人）瞇細了眼，隨即留戀地別開視線，目光朝向還在瞪著自己的蒂奧涅。

「拉達・法・阿囉。那喝克・欣・迪那，諾伊・霏・蓋藍德・祖亞・迪・席呂特。」

「——」

衝著自己來的一番話，讓蒂奧涅僵住了。

只有她們才聽得懂的亞馬遜語讓里維莉雅緊鎖雙眉，其他團員也都不知所措；下個瞬間，蒂奧涅爆發了。

「什麼意思？給我解釋清楚！」

對於失去冷靜的怒吼，阿爾迦娜依然只是笑。

蒂奧涅臉色大變，正要追問，但……

「里維莉雅大人！」

從另一個方向傳來呼喚里維莉雅她們的聲音。

蒂奧涅她們一齊轉過頭去，看到一名氣喘吁吁的精靈團員。

「發生什麼事了？」

「菈克塔她們……蕾菲亞她……」

見少女神色異常慌亂，里維莉雅一問，她臉色蒼白地解釋。

里維莉雅她們臉色一變，這時蒂奧涅猛一回神，視線轉回前方。

才短短一瞬間，沙土色頭髮的亞馬遜人憑空消失了。

「……！」

不只如此，蒂奧涅還在女子剛才站立處，發現了一個留下的「物品」。

她撿起那個東西，渾身發抖，立刻跟著里維莉雅等人折返回去。

「……啥？」

看到眼前的光景。

見到眷屬們受傷、流血的慘狀，洛基臉上所有表情都消失了。

「對不起，洛基……我們被暗算了。」

兔人菈克塔啞著嗓子道歉。

聽到那件消息，洛基衝出【尼約德眷族】的宅邸，只見負傷的團員們正被抬到漁港前面來。

所有人都受了重傷。一看就知道這些傷是戰鬥造成的。有個團員可能是被威力超強的拳頭打破了額頭，按住止血的布染成了紅色。

菈克塔以外的人都沒有意識。

「羅德，幫她們療傷！動作快！」

「好的！喂，你們幾個來幫我！」

主神（尼約德）做出指示，頭子（羅德）對周圍吆喝。倒抽一口氣的【尼約德眷族】漁夫們放下手上工作急著幫忙，洛基斜睨著他們，聲音低沉地問道：

「幹下這種好事的是……」

「【迦梨眷族】……忽然就襲擊我們……」

別說艾絲等人，這支小隊連安琪等第二級冒險者都沒有，對手大概是覺得好對付吧。菈克塔說她們被芭婕一個人擊倒，含著淚繼續說：

「蕾菲亞被帶走了……！」

真是奇恥大辱。

無視於洛基的什麼預測，大白天的襲擊團員，讓洛基顏面掃地，把名震天下的【洛基眷族】耍著好玩。

最重要的是，眷屬們受到了傷害，使得洛基的怒火超出了容許範圍。

「那個臭小鬼……想跟我打就是了吧……」

洛基忘掉平常吊兒郎當的表情，激動得怒形於色。

以貓人安琪與精靈亞莉希雅為首，聽到騷動的團員陸陸續續集合而來，就連這些認識洛基多年的眷屬們，都對主神的這副臉色感到畏懼。

「喂喂，拜託妳們，別在這個鎮上發動戰爭啊……」

尼約德從天界時代就看過洛基這種極其凶險的表情，疲倦地苦著一張臉。

洛基把他的話左耳進右耳出，雖然怒火中燒，但仍是冷靜的。

她看著接受治療的眷屬們的傷勢，注意到一件事，瞇細朱紅眼瞳。

一名昏死過去的團員的衣服上，【眷族】的徽章被剝掉了。

（奪走徽章……是想當成宣戰布告嗎？不，不對，她們帶走蕾菲亞，幹嘛還需要多此一舉……喔，是這麼回事啊。）

察覺到對手的打算，以及那個討厭的女神（迦梨）的神意，洛基嘖了一聲。

對著聚集而來的團員們，洛基抬起臉來。

「去攔下蒂奧娜與蒂奧涅。不准讓她們去任何地方。」

她雖明白為時已晚，但還是做出指示。

「唉唷，現在是怎麼回事啦！」

就在洛基做出指示的片刻之前。

蒂奧娜與艾絲潛入鎮長（梅鐸）家，正踏上回程時，也聽到了那場騷動。

她們靠近港口，開始聽見【洛基眷族】團員遇襲的消息，於是加快了腳步。

「！」

艾絲加速往穿越貿易港的漁港區奔去，蒂奧娜稍慢一步，正要跟上時。

「——蒂奧娜，妳過來。」

「咦！蒂奧涅？」

蒂奧涅突然出現在視野裡，抓住蒂奧娜的手腕，拉著她走。

蒂奧娜不但被拉離艾絲，還不由分說地被拖進陰暗後巷裡，她甩開了手。

「妳幹嘛啦，蒂奧涅！不是發生狀況了嗎，幹嘛把我帶來這種地方……！」

蒂奧涅不等她抱怨完，直接把方才阿爾迦娜告訴自己的話說給她聽。

「女孩在我們手上（拉達·法·阿囉）。想討回女孩就在晚上（那喝克·欣·迪那），就妳們姊妹倆到造船廠來（諾伊·霏·蓋藍德·祖亞·迪·席呂特）。」

「！」

「這是剛才阿爾迦娜對我說的。遭到襲擊的是菈克塔她們。她們當中……蕾菲亞被抓走了。」

她簡短地解釋狀況，蒂奧娜愣住了。

「給我開這種玩笑，那些傢伙……！竟然為了引我們上鉤，對【眷族】出手……！」

不輸主神的震怒，以及波及了同伴的內疚。所有情緒渾然一體，蒂奧涅憤恨地咬牙切齒。

面對滿腔怒火的姊姊，原本沒吭聲的蒂奧娜問道：

「……妳打算怎麼做？」

「不用問，妳也知道吧。」

姊姊尖銳的視線，與妹妹直率的眼光交錯。

就在喧鬧聲遠離兩人的世界時，蒂奧涅說了：

「我們自己解決這個問題。」

為了做個了斷。為了不再發生這種事。

聽到姊姊決心堅定的一句話，蒂奧娜先是默不吭聲，然後目光低垂了一下。

「蒂奧涅……」

「幹嘛啦。」

「不能拜託艾絲她們……幫忙嗎？」

「妳喔！都什麼時候了，到底是有多糊塗啊？都是我們害蕾菲亞她們——！」

「可是我們，不是一家人（眷族）嗎？」

聽到蒂奧娜抬起臉這樣說，蒂奧涅的怒罵中斷了。

「我們跟以前，已經不一樣了啊。」

這次換姊姊對妹妹所言懊惱了。

蒂奧涅緊咬嘴唇，雙眉緊鎖，為了斬斷逡巡，把阿爾迦娜留下的東西扔給蒂奧娜。

「這是……」

蒂奧娜用手心接住的，是【洛基眷族】的徽章。

面露滑稽笑容的小丑（trickster）臉上，有四道割傷。

「這是警告，她要我們兩個去。如果我們跟艾絲她們一起……那些傢伙，今後還會死纏不放的。」

「……」

一條縱線劃上三條線，在鬥國（提爾史庫拉）的「儀式」中是代表「重複進行」的記號，用在競技場發表比賽的形式，例如連續打倒怪獸等等。

即使兩人請艾絲她們幫忙，搶回了蕾菲亞，【迦梨眷族】也會一再襲擊她們，直到與蒂奧涅她們的決鬥——「儀式」得到實行的那一天為止。

留下割傷的徽章，描述了迦梨她們的意志。

「我們不答應進行『儀式』，那些傢伙就會再來今天這一套。多少次都行，而且是永遠繼續下去。也不能有人來妨礙勝負。」

「……」

「我們只能靠自己的手解決。也絕對不能拜託艾絲她們……團長他們。」

沉默降臨兩人之間。

蒂奧涅知道自己太固執了。也知道她說不想把【眷族】牽扯進來，換個說法就等於不信任同伴。

但即使知道，她也無法讓步。

只有這件事，只有與鬥國（提爾史庫拉）之間的舊恨，必須由她們親手斬斷。

「……我知道了。」

也許是蒂奧涅的決心傳達給了她。

蒂奧娜花了一點時間，慢慢地點頭。

「雖然我不喜歡有事瞞著艾絲她們……但我覺得，這件事就得這麼解決。」

看到妹妹臉上浮現寂寞表情，蒂奧涅的視線落在腳邊。

最後，她開始跨出腳步，離開原地。

蒂奧涅轉身背對大街，就像逃離別人的目光。

什麼都不告訴洛基與艾絲她們，只是往陰暗後巷最深的地帶走去。

「又像以前那樣……」

仰望著被切割成後巷形狀的天空，蒂奧娜輕聲呢喃：

「就像又變回……只有我們兩個一樣了呢。」

對於撞在背上的這句話。

蒂奧涅無言以對。

太陽早已從頭頂上消失，被吸往西方天際。

「艾絲，找到蒂奧娜她們了嗎？」

「沒有，找不到……」

在日落時分將近之際，跑遍梅倫各處的艾絲暫且回到據點旅館。

在團員們忙亂地到處走動的旅館一樓，她前往洛基與里維莉雅身邊。

「對不起，洛基、里維莉雅。我明明，跟蒂奧娜在一起……」

「不，真要說的話是我不好。我只顧著趕去菈克塔她們身邊，沒注意蒂奧涅的狀況……蒂奧娜應該也是那孩子帶走的吧。」

艾絲道歉，里維莉雅閉著眼睛對她搖頭，說一切都是自己的錯。

里維莉雅從歪扭的眼眉流露出些許羞愧，告訴她：「現在說這些也於事無補。」

她已經切換了意識，艾絲也效法她，不再繼續道歉後悔。
「菈克塔她們呢？」
「莉涅她們已經做好治療了。立刻痊癒是不太可能，但休息一段時間應該就能走動了。」
艾絲內心為同伴平安無事放了心，接著又問道：
「找到【迦梨眷族】了嗎？」
如同蒂奧娜她們離開了艾絲等人身邊，【迦梨眷族】也像霧一般消散，行蹤不明。蕾菲亞她們遇襲的那場騷動之後，鎮民也都說沒人看到她們亞馬遜人的蹤跡。
「安琪她們在分頭找人。啊，好像剛好回來了咧。」
洛基坐在桌上晃著二郎腿，她說的沒錯，安琪與亞莉希雅從敞開的大門走了進來。
「不行，她們旅館好像也只住到今天，人都不見了。我們偷溜進去看過，但沒找到線索。」
「她們搭來梅倫的蓋倫帆船還在，但一樣空無一人……」
聽了第二級冒險者們神色凝重的報告，洛基用手指撫摸自己的下巴沉吟。
「她們沒可能厲害到在初來乍到的土地大玩躲貓貓……我看那些傢伙一定有幫手。」
聽了洛基的推測，艾絲等人之間竄過一陣緊張。
在這當中，精靈亞莉希雅舉起手。
「我希望能先釐清對方的目標……」
「唉，八成就是蒂奧涅與蒂奧娜……打算進行鬥國（提爾史庫拉）的什麼『儀式』吧。包括那個女娃神（臭小鬼）在內，我看那邊淨是些天生的戰鬥狂(battle junkie)。然後對方來這招，蒂奧涅她們也跟了。」

「不但襲擊了菈克塔她們，還擄走了蕾菲亞，因此惹火了蒂奧涅她們吧。」

「蕾菲亞……」

聽到洛基與里維莉雅等人對話中提到的精靈少女之名，艾絲心裡越來越擔心。不只蒂奧娜她們，被帶走的蕾菲亞也令她放心不下。

「繼續找蒂奧涅她們，這個方針不變……然後只要一找到那些傢伙，就幹掉她們。艾絲美眉，妳可以大開殺戒沒關係喔～。里維莉雅也是，用妳的炮擊(魔法)炸死她們——」

「在鎮上怎麼可能這麼做啊……」

「再說被擄走的蕾菲亞是要怎麼辦啦……」

就艾絲看來，洛基的氣還沒消。

她用開玩笑的口吻說著，但微睜的雙眸卻毫無笑意。

一手托頭的里維莉雅與半睜著眼的安琪都在吐槽，但洛基揮了揮一隻手，表示沒有問題。

「這樣講很難聽，不過蕾菲亞只不過是釣蒂奧涅她們的『餌』，沒有更多價值了。那些傢伙不可能拿她當人質的。不過一被逼急了，不知道那些傢伙會做出什麼事來就是。」

「妳之所以如此認定，是因為敵人要的是『鬥爭』本身，這樣解釋沒錯吧？」

「就是這麼回事。全力廝殺的時候，人質只是雜音罷了。她們那邊一定會卯足了全力拖住我們，以免我們攪局。所以妳們就儘管打扁她們，別客氣。」

里維莉雅不用問就理解了狀況，洛基對她點頭，翹起嘴唇。

主神的那副笑臉看在艾絲眼裡，似乎也代表她本質上看穿了女神（迦梨）不會要了蕾菲亞的性命。

「欸，艾絲美眉，只有妳跟那些傢伙交手過，除了那對波霸姊妹之外，妳覺得敵方有多強？」

「……我交手過的亞馬遜人，等級是Lv．3到4。」

艾絲回想起昨天繁華大街上的一戰，道出自己的感想。

與蒂奧娜或蒂奧涅一樣，種族特有的體術很難對付。最可怕的是她們置生死於度外，能果斷地深深踏入攻擊距離，那是慣於生死鬥者才有的戰術。無法狠心殺生的人，下手時動作難免遲鈍。

艾絲也是如此。

聽了【劍姬】直率的說明，安琪與亞莉希雅都面露苦澀表情。

「先不論幹部，看來敵方的中堅分子比我方難纏。」

「是呀，雖然很不甘心……」

「包括我或艾絲在內，武器送修也是一大痛處啊。」

從旁聽著里維莉雅這樣說，洛基略為仰望天花板，沉吟著。

這時，「啊。」艾絲突然想起一件事。

之前的騷動，讓她忘了把一樣東西拿給洛基。

「洛基。」

「嗯？這是什麼啊，艾絲美眉？」

她把綁在腰部防具下的小袋子交給洛基。

那是她與蒂奧娜潛入鎮長（梅鐸）家時，到手的「收穫」。

艾絲將臉湊過去解釋後，側耳傾聽的洛基笑容越來越大。

「幹得好，艾絲。」

說完，洛基下了原本坐著的桌子。

她向旅館員工借了羽毛筆與羊皮紙，快速寫了段文字。

「安琪，可以麻煩妳跑個腿嗎？」

「是無所謂……現在嗎？」

「嗯，急件。要做的事我都寫在上面了。」

羊皮紙有兩張。安琪低頭看看拿到的字條，向她點點頭，就像貓一樣迅速離開旅館。

與艾絲等人一起目送她離開後，洛基望向逐漸染成夕陽色的窗外。

「好啦，再來就是蒂奧涅她們那邊了……」

到這時候才想起這種事，或許是因為時機對了吧。

殺了摯愛，蒂奧涅的眼眸如荒野般一天天變得無神時，一名亞馬遜人出現在她面前。而從那天起，比迄今更可怕的地獄開始了。

阿爾迦娜・嘉利福。在鬥國(提爾史庫拉)君臨頂點的首領第一候補。

與這個本質比誰都更接近女神(迦梨)的亞馬遜人進行的鍛鍊，只能用淒慘兩個字形容。

初次見面的那天，阿爾迦娜把年幼的蒂奧涅徹底「毀」了。她沒有別的意思。對於只對「鬥爭」有興趣的女戰士而言，戰場(競技場)的互相殘殺，與陰暗石頭房裡的鍛鍊並無二致。

化為染血肉塊的蒂奧涅，對阿爾迦娜懷抱的情感，是親妹妹(蒂奧娜)對芭婕懷抱的強烈恐懼，以及更強的憤怒。

在灼熱劇痛與朦朧意識當中，看在蒂奧涅的眼裡，眼前的女戰士彷彿象徵了鬥國(提爾史庫拉)。她正代表了逼自己殺害大姊(瑟魯達絲)的國家習俗。

「……妳真不錯。」

阿爾迦娜很欣賞不失怒火與戰意的少女，身心「毀不掉」的少女。當蒂奧涅倒在地上仍用帶有殺意的眼神對著自己時，阿爾迦娜用她那條長舌，津津有味地舔掉噴濺回來的血。

阿爾迦娜的戰鬥方式與野蠻行徑，即使在鬥國(提爾史庫拉)當中仍是出了名的。她會「啜飲」對戰對手的血。她用蛇一般尖利的牙齒咬住對手的皮膚，不顧對手亂吼亂叫或大哭大鬧，照吸她們的鮮血。

就像沉醉於極品美酒，就像攝取強者的血肉。

鬥國(提爾史庫拉)不像迷宮都市(歐拉麗)有取綽號的習慣——在「儀式」贏得勝利的亞馬遜人都被稱為「真正的戰

士」受到讚揚——，只有她一個人擁有別名，稱為【女神的分身(黑天女)】。連主神都讚賞這個戰士的凶暴。

看到阿爾迦娜蹂躪自己，舔舐自己濺在她身上的血，蒂奧涅沒有一天不懷著唾棄與厭惡。對於高聲大笑凌虐自己的亞馬遜人，沒有一刻不感到氣憤激動。諷刺的是，蒂奧涅的憤怒衍生出的兩種「技能」——強力的武器，就是在與阿爾迦娜的鍛鍊中發現的。

當阿爾迦娜達到Ｌｖ．５時，蒂奧涅對她的反感變得無可動搖。

那天，阿爾迦娜經過一場激戰後回來，蒂奧涅問她：

「……妳一點感覺都沒有嗎？」

阿爾迦娜殺了吃同一鍋飯、在同一間石頭房長大，關係如同瑟魯達絲與蒂奧涅的同胞。她跟平常一樣啜飲對手的血，對悲嘆的聲音充耳不聞，虐殺了對手。

阿爾迦娜全身受到重傷，滴著分不清屬於對手還是自己的鮮血，彷彿打從心底感到不可思議，偏了偏頭。

「我吃了那傢伙，變強了。就這樣。需要有什麼感覺嗎？」

這就是鬥國(提爾史庫拉)的做法。簡單到甚至掃興的強悍祕訣。

為了催生出Ｌｖ．４的戰士，讓Ｌｖ．３的兩個戰士搏命廝殺。

為了造就出Ｌｖ．５，讓Ｌｖ．４的戰士們同類相食、犧牲。

這就像蠱毒之罐。鬥國(提爾史庫拉)就是這樣的世界。

同時蒂奧涅也領悟到，自己的直覺是正確的。站在眼前的女人，正是鬥國(提爾史庫拉)催生出的蛇蠱(怪物)。

「妳也真是的，落敗者(瑟魯達絲)的事要想到什麼時候？不過就是個供品罷了，別裝出一副可憐她的模樣。」

蒂奧涅氣得發昏，撲了上去，但結果連滿身瘡痍的阿爾迦娜都敵不過，反被擊敗。

與阿爾迦娜進行著滿是憤怒與恥辱的鍛鍊，又為了生存，度過一場場殺害同胞的「儀式」，蒂奧涅的眼瞳與內心呈加速度損耗。如果自己死了，或許就能解脫——這種念頭曾掠過腦海，但她覺得死了就等於屈服，輸給自己憎恨的一切事物；少女做為怒氣根源的本能不允許她輕生。

至於蒂奧娜，她與蒂奧涅正好相反，一天天變得更開朗。

原因她很清楚。就是「英雄譚」。

接觸到那些故事，蠢妹妹的輕佻性情越來越惡化了。蒂奧涅曾經用死魚般的眼睛翻閱過，不但看不懂，而且即使蒂奧娜講給她聽，她也完全不明白哪裡有趣。

年長同胞用看怪胎的眼神看妹妹，覺得她噁心。

蒂奧涅很火。

或許還恨過她。

「我這麼痛苦，妳為什麼——」

這句話不知多少次差點衝口而出。

蒂奧涅與蒂奧娜的確是比較特殊的亞馬遜人。

年紀相仿的人無論願不願意，都漸漸適應了鬥國（提爾史庫拉）這個環境，然而蒂奧涅卻總是生氣，蒂奧娜則總是在笑。

蒂奧涅經常是叛逆的，連對主神都出口成髒。只是女神（迦梨）對蒂奧涅就像在看一個疼愛的小孩，高高興興的，沒把她的髒話聽進去。

蒂奧娜用她那天真無邪的言行，不只讓自己高興，也常逗樂了主神。女神（迦梨）動不動心血來潮，就把討喜的蒂奧娜叫進神室。

對旁人來說，蒂奧涅她們是對唯一主神出言不遜的野蠻人，是受神寵愛的嫉妒對象。理所當然地，同胞們也就開始期待姊妹之間的「儀式」。

從升上Ｌｖ．２算起過了兩年。經過阿爾迦娜與芭婕毫不留情的鍛鍊，兩人的【能力值】急速成長，昇華至Ｌｖ．３的時機逐漸成熟。就在七歲生日即將到來時，蒂奧涅切身感覺到與妹妹的死鬥不遠了。

然後，蒂奧涅反常地縈繞心頭、數不清的種種內心糾葛——就在某一天蒂奧娜的一句話下，變得毫無意義。

「迦梨，我不想跟蒂奧涅打。」

結束了那天的「儀式」，為了受到神的讚美，勝者被叫到大廳裡來。

蒂奧涅的蠢妹妹，冷不防地說出了心願。

「我想跟蒂奧涅離開這個國家。」

其他亞馬遜人不用說，就連芭婕與阿爾迦娜，都目瞪口呆地看著蒂奧娜。幼童女神只是在面具底下瞇細了眼。

蒂奧涅已經想不起來，那時跟其他人一樣呆站原地的自己有什麼感受。

這個願望暫且擱置，幾天後得到了許可。

也許是天神的一時興起吧。蒂奧涅與蒂奧娜獲准離開石造競技場，從廣大的半島離國。

——什麼意思啊。

妹妹是女神（迦梨）的寵兒。蒂奧涅也知道她總是拿到「英雄譚」當獎賞，受到主神的疼愛。

至今的歲月究竟都算什麼？直到今天的苦惱究竟都算什麼？只要那個笨妹妹笑一個，就能這麼輕易獲得釋放？這樣到底對不對啊？

至今從未見過的湛藍大海、險峻的山脈、涼爽宜人的風；美麗的外界景緻讓蒂奧娜感動得激動又興奮，身旁的蒂奧涅卻在流淚。年僅七歲的女孩明白，那絕非一句感動就能解釋的單純情感。

姊與妹，夜與晨，闇與光，憤怒與無垢。

明明是血脈相連的雙胞胎，為什麼差這麼多？究竟為什麼？

那時的蒂奧涅，無法阻止自己對蒂奧娜懷抱越來越強的情感。她如果不大聲瘋狂亂叫，恐怕就要將妹妹親手掐死了。

從種種情感中找到的，是對於妹妹擁有自己所沒有的事物，產生的「羨慕」。

蒂奧涅弄懂了這一點，第一次想殺了自己。

「……」

嘎吱。

被趕入過去記憶中的蒂奧涅，把牙齒咬得吱吱作響。

她略微低垂的側臉，被棗紅色陽光燒灼著。

「哦——，原來還有這種地方啊——」

妹妹比記憶中長大許多的悠哉聲音，響徹寬敞的空間。

蒂奧涅與蒂奧娜此時待在城郊的廢工廠。四處堆積著生鏽的鋼鐵與船舶器材等等，雜草在地板上自由生長。將近黃昏的日光，從開了洞的天花板與壞掉的鐵捲門照進室內。

「只要在這裡等到晚上就行了嗎，蒂奧涅——？」

蒂奧涅與蒂奧娜離開艾絲她們後，尋找沒有人煙的場所，來到了這間廢工廠。

屋外蒙上日落的景色，看到妹妹這時已一副輕輕鬆鬆的樣子，蒂奧涅用尖銳的眼神凝望她。

「蒂奧娜。」

「幹嘛？」

「我們來對打。」

蒂奧涅沒頭沒腦的一句話，讓蒂奧娜眨了眨眼睛。

「……有必要現在打嗎？」

「就是有。」

兩人一有空就會在大本營的中庭對打，但這時情況跟平常不一樣。

對於蒂奧娜理所當然的疑問，蒂奧涅一隻腳退後，擺出架式。

「我是認真的。要認真打，不然就沒意義了。」

也許是察覺到蒂奧涅不容分說的氛圍，蒂奧娜也慢慢擺出架式。

在廢工廠的中央，兩人相對而立。

「——」

先出招的是蒂奧涅。

她踏出一步的同時，不開玩笑地揮出拳頭。

名符其實地毫不留情，帶著憤怒的感情出拳。

蒂奧娜一個措手不及，勉強以手臂擋下，但因為威力太強而大幅後退。

「很痛耶——！蒂奧涅妳幹嘛這樣——!?」

「我叫妳認真打了！」

蒂奧涅吼著回答蒂奧娜的哀叫。用的是當年在鬥國（提爾史庫拉）講話的口氣。

承受到姊姊不尋常的凶猛眼光，蒂奧娜不得已，也全力應戰。

激烈毆打聲把廢工廠坑坑巴巴的牆壁與廢料震得嗡嗡作響。雙方躲不掉、擋不下的拳打腳踢，輕易傷到了對方的肌膚。擦到攻擊讓蒂奧娜的嘴唇滴血，擋下迴旋踢的蒂奧涅手臂瘀青發腫。姊妹倆當初的目的是避人耳目，現在卻完全忘了這件事。

「……！」

拳頭你來我往的過程中，蒂奧涅的視野漸漸燃燒得一片白。

各種感情、遺忘在孩提時期的許多話語，一點一滴湧上嘴邊。

原本以蠻力吐露內心激情的蒂奧涅，終於說出聲來了。

「欸，妳知道嗎？我以前超討厭妳的。」

聽到這句話——蒂奧娜笑了。

「知道啊！不用問也感覺得出來！」

「我現在還是討厭妳。」

「這樣啊！」

她跟那時完全一樣，嘴唇彎成笑。

一邊進行驚濤駭浪的肉搏戰，臉上一邊還漾著笑。

那張笑臉，更加劇了蒂奧涅的火氣。

「一天到晚給我笑嘻嘻的！妳一點都沒變！」

蒂奧涅忍不住一邊怒吼，一邊用強烈的上段踢招呼老妹，蒂奧娜馬上回嘴：

「蒂奧涅倒是變了呢！」

「————」

蒂奧涅睜大了雙眸。

「妳遇見洛基他們，喜歡上芬恩，就變了個人喔！」
攻擊之激烈無一刻停息。
將自己的心情加諸在揮出的鐵拳上，蒂奧娜開懷地展露笑容。
「我好高興！」
「！……妳就是這種地方……！」
蒂奧涅硬是吊起搖曳的眼眸，吼叫著使出最大力量的一擊。
「讓我火冒三丈！」
「咦，什麼？我聽不見──！」
「妳這混帳!?」
媽的！蒂奧涅亂吼亂叫，但蒂奧娜毫不在意。
她純真地歡笑，天真爛漫地打鬥，欣喜地如起舞般過招。
──一點都沒變。這個笨蛋不管什麼時候都不會改變。
──看到這副笑容，也總是讓我覺得想東想西很沒意思。
在打鬥越加慘烈的狀況中，雙方的舞鬥不知不覺變得互相吻合，蒂奧涅的雙唇也像被對手的笑容牽引般逐漸綻放。
一回神才發現，雙胞胎姊妹早已笑成一團。
蒂奧涅也忘了本來的目的，享受與蒂奧娜的互毆。

然後。

「「喔嗚!?」」

雙方的拳頭，陷進了雙方的臉頰。

如雕像般僵住的蒂奧涅與蒂奧娜，姿勢一個不穩，兩個一起仰躺著倒地。

雜亂生長的花草，接住了姊妹倆的身體。

「唉～，又打成平手了。」

「就是啊。」

「結果還是我領先呢～」

「嗄？才不是好嗎，是妳落後。我贏的次數比較多。」

「哪有啊。」

「就是有。」

「就是沒有！」

「有！」

蒂奧涅與蒂奧娜手腳癱在地上，呈現大字形爭論了半天，最後忍不住笑了出來。

孩子般的咯咯笑聲，在被遺忘的廢屋中迴盪。

「欸，我們怎麼會打起來的啊？」

「天曉得……都無所謂了啦。」

蒂奧涅不用看也知道，蒂奧娜臉上帶著一絲微笑。也知道現在的自己表情很溫和。

兩人躺著仰望的視野光線刺眼。朱紅光線自開了洞的天花板灑落，照亮蒂奧涅她們的臉。

洞穴上空看見的美麗穹蒼讓蒂奧涅瞇細眼睛，回想起之前也有過同樣的對話。

那是在……對，她們還在鬥國（提爾史庫拉）時，蒂奧娜越來越犯眾怒的時候。

由於蒂奧娜是女神（迦梨）的寵兒，當然會被其他人盯上。樹大招風。尊敬主神的部分亞馬遜人不知是出於嫉妒還是憤怒，想暗算妹妹。而不知道是怎麼搞的，防範這場惡鬥於未然的竟然是自己。

當時的蒂奧涅嫌傻笑纏人的妹妹礙眼，每天火氣都很大。蒂奧涅甚至用難聽話罵過天真無邪地跟女神（迦梨）講話的她，不准跟把她們關在這種鬼地方的爛神裝熟。照理來說，蒂奧涅應該也看蒂奧娜不順眼才是。

然而，家人畢竟就是家人。在那冰冷競技場的世界裡，姊妹是唯一的情誼。是僅存的避風港。一定是這樣，蒂奧涅才會保護她，沒別的意思。

她在走廊上埋伏，等著想暗算妹妹的亞馬遜人來，然後加以迎擊，打趴了她們。其中有的戰士比自己更厲害，雙方互相謾罵叫囂，展開了賭命的捉迷藏。

蒂奧涅傷痕累累地回到石頭房時，蒂奧娜正在書本的環繞下呼呼大睡。蒂奧涅惱火起來，踹了她的臉一腳。之後當然就是大打出手，蒂奧涅跟氣壞了的老妹打架到天亮。

「我們是為什麼打架啊……？」

「……忘了。」

兩人用盡力氣，都呈現大字形癱在地上。朝陽從裝了鐵欄杆的小窗子照進來。

沐浴在那陽光下笑哈哈的妹妹，看在那時的蒂奧涅眼裡，成了某種無可取代的事物。只是她說什麼也不會告訴本人。

各種感情伴隨著情景重回腦海。

在艱辛的世界裡，她對妹妹抱持著憤怒與殺意，但也的確有了感情。

蒂奧涅懷念著這些記憶的同時，感到胸中的芥蒂漸漸變淡了。

「欸，蒂奧涅。」

呼喚名字的聲音，拉回了蒂奧涅沉浸於追憶的意識。

她撐起上半身，蒂奧娜也同樣坐起來。

「如果啊，我們去了迦梨那邊，她們要我們兩個打一場，怎麼辦？」

蒂奧娜維持著坐姿與蒂奧涅四目交接，向她問道。

她問到如果對方有意重現過去以未遂告終的「儀式」，要求姊妹之間廝殺，該怎麼辦。

「我會戰鬥，然後殺了妳。」

對於妹妹的問題，蒂奧涅答得乾脆。

「至少我會試著這麼做，否則我會死在妳手裡。」

蒂奧涅面不改色，淡淡地告訴她。

蒂奧娜也不苟言笑地回望著她。

「不過，不會發生這種狀況的。我敢肯定。」

「咦，為什麼？」

「阿爾迦娜不肯放過我，而芭婕則是忘不掉妳。如果要殺我們……她們一定會想親自下手。這是一定的。」

所以她們現在才會甘冒與【洛基眷族】發動抗爭的危險也要襲擊蕾菲亞等人，甚至抓了人質。蒂奧涅回想起阿爾迦娜犀利嚇人的殺氣，確定自己的預測不會錯。

蒂奧涅過了一會，從腰上隨身包中拿出事先準備好的高等靈藥(high potion)，丟給蒂奧娜。她穩穩地接住，蒂奧涅在她面前把自己那份一仰而盡。

「蒂奧娜，身體怎麼樣？」

「咦？治好了啊……」

喝乾了靈藥的蒂奧娜微微偏頭，後來才好像終於會過意，低頭看自己的雙手。她握住手又張開，重複了幾次後，對蒂奧涅點點頭。

「蒂奧涅，接下來呢？」

「到晚上之前沒事好做吧。隨便妳要休息還是幹嘛。」

蒂奧涅如此回答，正想站起來，但蒂奧娜維持盤腿而坐的姿勢，靈巧地往前移動。

「幹嘛啦。」蒂奧涅露出厭煩的表情，果不其然，蒂奧娜對她笑著說：

「欸，好久沒一起睡了吧，要不要躺一下？」

「……嗄？」

「到晚上之前得養精蓄銳啊！」

真佩服妳還知道養精蓄銳這句話。蒂奧涅本來想這樣酸她，但蒂奧娜繼續講個不停，讓她沒機會說出口。

「而且我們之前不是都一起睡嗎！」

「……那是在旅行的時候吧。那時候都在野外露宿，沒辦法啊。我只是拿妳當熱水袋。」

「怎麼這樣——」

看蒂奧娜噘起了嘴，對當時還在記恨的蒂奧涅倒豎柳眉。

「妳睡相糟透了，根本整人。我臉都不知道被妳揍了幾次。」

「我也有被妳揍啊！」

「那還用說嗎？當然要還手啊！」

兩人大吵大鬧了一會，結果蒂奧涅還是拗不過蒂奧娜，被迫睡到晚上。蒂奧涅正被妹妹弄得很累時，蒂奧娜從工廠角落找來滿是灰塵的破布，開開心心地跟蒂奧涅一起裹住身子。

「晚安——」

「妳到晚上一定要給我起來喔……」

蒂奧涅背靠著成堆廢料，心想怎麼會變成這樣，正忍著不嘆氣時，妹妹的頭靠到肩膀上來，結果還是嘆了口氣。

蒂奧娜很快就開始打呼。蒂奧涅一陣光火，但忍住了。

離開鬥國（提爾史庫拉）後，兩人在外國或城鎮之間輾轉旅行時，也是像這樣。

在連屋頂都沒有的大冷天，她們在荒野的岩洞或森林裡露宿。每次都是蒂奧娜先睡著，蒂奧涅才入眠。

——妹妹（蒂奧娜）一定也會跟自己做一樣的夢。

蒂奧涅產生了這種預感，自己也闔起眼瞼。

✦

等待自鬥國（提爾史庫拉）踏上旅程的蒂奧涅她們的，是瑰麗的大自然景觀。

有山有海。有森林，有峽谷。有丘陵與花園。這些都是在那石造競技場無緣欣賞，初次見到的外頭世界。

她感動了。顫抖了。

她第一次知道世界是如此廣大。

第一次發現藍天是如此美麗。

因為被切割成戰場形狀的天空，一切都是那麼教她憎恨。

起初對於離開鬥國（提爾史庫拉）頻頻感到困惑的蒂奧涅，那模糊的眼眸與荒涼的內心也漸漸取回了色彩。

如同枯萎的野花吸了水，得到滋潤一般。

跟總是悠哉遊哉的妹妹並肩而立，她稍微，真的只是稍微，變得會笑了。

每當蒂奧娜看到她這樣，就會開開心心地展露笑容。

女神(迦梨)除了答應蒂奧涅與蒂奧娜出國，還對兩人施恩。她解除了兩人與自己的契約，卻沒有封印【能力值】。兩人可以再度締結契約，也就是「等候改宗」他神的狀態。多虧於此，兩人擁有經過強化的【能力值】之力，儘管只是兩個年幼女孩也能仍持續旅行。照女神(迦梨)的說法是「給兩個可愛女兒的餞別」，但讓蒂奧涅來說的話，就是「現在才在講這種屁話，去死吧」。

蒂奧涅她們在競技場裡見識過地獄，大多問題都能設法解決，然而兩人除了戰鬥之外什麼都不懂，有些時候會令她們困惑。錢的問題不用說，最糟的是待人處事，蒂奧娜好幾次上了流動販子的當，也不知被盜賊襲擊過多少次。只不過她們全都予以反擊了就是。她們在自給自足(求生)方面無人能敵，當時的蒂奧涅她們可說是標準的野孩子——附帶一提，雖然很沒面子，但蒂奧涅還是讓妹妹(蒂奧娜)教自己通用語，變得勉強能通——

蒂奧涅與蒂奧娜初次造訪的他種族共同體，是類似港都(梅倫)的海邊漁村。兩人為了掙口飯吃而試著接下撲滅怪魚(怪獸)的委託，卻意外地不順手，氣炸了的蒂奧涅雖然不情願，但還是臨時加入了村莊裡的【眷族】。【能力值】變得可以更新，蒂奧涅與蒂奧娜也都是在這漁村升上Lv.3的。

然而，蒂奧涅從不對不正經又只想找樂子的諸神敞開心扉。對團員們也一樣。按照重新改宗需要隔一年的【眷族】規定，她在入團前要求對方答應，自己跟蒂奧娜只會在派系待一年，其間會擔任保鑣或勞動力幹活，相對地，之後必須解除契約，放她們走。

之後，無論造訪哪個國家或都市，她都徹底堅持這項條件。永遠有諸神或團員們惋惜蒂奧涅她們的戰力，但蒂奧涅充耳不聞。她也常因為自大的態度與前輩團員起衝突，最後不歡而散。

蒂奧涅唯一允許留在身邊的，只有蒂奧娜。

她絕不尊重不夠強悍的對手，而且無論實力如何，也從不與妹妹以外的人親近。也許是在鬥國(提爾史庫拉)的經驗使然，除了活下來的妹妹之外，她堅持拒絕與其他人接觸。就像在恐懼著什麼。

每當她一窺形形色色的世界，就有各種新發現。

然而自始至終，蒂奧涅與蒂奧娜都只有彼此。

從鬥國(提爾史庫拉)那時到現在，什麼都沒變。她只對自己的姊妹、手足敞開心胸。不管遊覽過多麼廣闊的下界大地，蒂奧涅她們總是活在只有兩人的世界。

愛與人親近的蒂奧娜，對蒂奧涅的處事態度不知有何想法。但她一直跟著蒂奧涅。就好像跟蒂奧涅一樣，她本質上也知道只有姊姊能依靠。

蒂奧娜絕不放開蒂奧涅的手。

「蒂奧涅——，再過一陣子，是不是又要離開【眷族】啊？」

「是啊。妳不願意？」

「嗯～，這裡的神仙跟其他人都對我們很好，我會寂寞……」

有一天，蒂奧娜忽然這樣問蒂奧涅，然後跟平常一樣笑了。

「不過，我還是只要有蒂奧涅就好了。」

蒂奧涅一方面感到安心，同時又有種被彈出世界的感覺，恐怕不是她的心理作用。

蒂奧娜就像太陽。

她燦爛耀眼，讓人心煩透頂。每次她像笨蛋一樣傻笑，剛開始把蒂奧涅弄得很煩，但看著看著，蒂奧涅也就放下了握緊的拳頭。

不得不承認，蒂奧娜拯救了她。

她們為一點小事吵架，好像沒事似地吃飯，待在笑咪咪的她身邊，自己偶爾也會微笑。這樣就夠了。只要有這個笨妹妹就夠了。當時蒂奧涅不能理解與他人的情誼，因為有蒂奧娜在，也就接受了只有兩人的世界。

漫無目的的旅途永無止盡。

明明覺得兩人在一起就夠了，卻又矛盾地踏上尋求安身之處的旅途。為了不失去任何事物，她們置身【眷族】，磨練「器量」與實力，轉身背對有緣相遇的人們。兩人期待著什麼，卻又不尋求邂逅，走在無止無盡的人生旅途上。

然後，就在五年前。

蒂奧涅與蒂奧娜未經許可搭船偷渡，抵達了「世界的中心」——迷宮都市。

「所以啦，就當成消磨時光，跟妾講講話嘛。」

「……」

面對嘟著嘴直抱怨的幼童女神，蕾菲亞用一種摸不透對方想法的表情，閉著嘴不說話。

被扮成小孩的女神（迦梨）與芭婕誘拐的蕾菲亞，剛剛才醒過來。

現在身處的場所，是個有如岩窟的空洞，差不多跟城市近郊的酒館一樣大。洞內表面以黑色岩石構成，當然，蕾菲亞不知道這裡是哪裡。

（空氣很潮溼……半鹹水湖，不對，在海邊附近？）

蕾菲亞偷偷舔了一下嘴唇，從周圍的資訊整理狀況。

雖不知道現在時刻，不過從僵硬的身體來看，應該經過了五小時以上。跟在地下城小窟室休息時的狀況很類似。可能快入夜了。

空洞中除了自己外，還有眼前盤腿而坐的迦梨，以及四名看守的亞馬遜人。Ｌｖ．恐怕與自己相等，或在自己之上。自己的雙手被鎖鏈隨便綁了起來。

（不是「秘銀」或其他精製金屬，似乎就只是普通的鐵鏈……只要想的話，應該是弄得斷……）

也沒有被綁得完全無法行動。蕾菲亞判斷至少可以解除束縛，然而——

「勸汝死了這條心。汝也是知道的吧？只要汝輕舉妄動，這裡的人就會一齊制服汝。」

「……」

「也勸汝別動小聲詠唱之類的歪腦筋。」

戴著面具的迦梨，帶著看穿心思的笑意提出忠告。

她對著不發一語的蕾菲亞，又繼續說：

「這幾個在鬥國（提爾史庫拉）都是有兩下子的戰士。她們能聽出老鼠的腳步聲，也慣於擊潰詠唱。汝總不願在一切結束前喉嚨被打爛，泡在血裡嘗受窒息之苦吧？」

「……!?」

她這番話令蕾菲亞一陣冷顫。

在競技場日日廝殺的亞馬遜人們，十分懂得封鎖對戰對手魔法詠唱的方法。而且是毫不遲疑，下手殘忍。

對著臉色鐵青的蕾菲亞，迦梨嗯嗯地點頭。

「別怕，只要汝乖乖的，妾就不會傷害汝。事情結束後就放汝走。」

「您是說，我是用來引誘艾絲她們……蒂奧娜小姐與蒂奧涅小姐的『誘餌』嗎？」

「這就難說囉。」

才剛獲得升上Lv.4的資格，就弄成這樣。蕾菲亞由衷懊惱自己窩囊到落入敵人之手，一邊對【眷族】同伴賠罪，一邊瞪著眼前的迦梨。女神閃爍其辭，不正面回應她。

「如果汝願意將蒂奧涅與蒂奧娜的事說給妾聽，也許妾就會告訴汝唷？」

「……我說了，我不能……」

「妾不是說了，妾並不是想刺探她們的弱點或什麼。不過就是想聽聽她們離開妾之後，有過什麼樣的經歷罷了。」

說完，她用小巧右手拍拍蕾菲亞的臉頰。

看到精靈少女扭動著身子啊嗚啊嗚地呻吟，迦梨微笑了。

「想知道離巢的女兒後來怎麼樣了，這就是做父母的心情啊。」

看到幼小女神露出慈愛的眼神，蕾菲亞一時語塞，不知如何是好。

煩惱了半天後，她承受不住女神直勾勾盯著自己的視線，只得開口。

「我沒辦法說多有趣的事……」

「無妨無妨。妾就是想聽些芝麻蒜皮的小事。」

在迦梨的催促下，蕾菲亞斷斷續續地說起。

蕾菲亞說蒂奧娜與艾絲感情好到令她羨慕，又說蒂奧涅被團長芬恩迷得神魂顛倒，一直向他求婚……淨是些拉拉雜雜的話題。

「啊哈哈哈哈哈哈哈哈哈！那個蒂奧涅，成了戀愛中的少女？不可能吧，太爆笑啦——！哇哈哈哈哈哈哈哈哈哈哈哈哈！」

「沒、沒必要笑成這樣吧……」

她用雙手撐著地面，也不怕內褲被看光，就像鼓掌一樣用兩隻腳底板拍了好幾下。

蕾菲亞從遇到蒂奧涅時，她就是個戀愛中的少女了，所以看到迦梨面具底下的眼角笑到滲出淚水，不禁讓她冒汗。

抱著肚子笑得前仰後翻的幼童女神，好不容易停止抽搐，這才坐起身來。

「這樣啊，這樣啊，那個叛逆的女兒談戀愛啦……。原來如此，她真是變了呢。妾還以為那丫頭會一輩子尖刻下去，看來跟永恆不變的諸神（妾等）還是不一樣呢。」

連綿的話語當中，有著感慨。近乎方才蕾菲亞從女神身上感受到的慈愛。

只要能說服主神迦梨，訴之以情，也許能請她阻止無意義的打鬥。她對眷屬們懷抱的愛，肯定是真實的。

蕾菲亞做如此想，於是向迦梨懇求：

「那個，能不能請您阻止她們打鬥？我覺得蒂奧娜小姐還有蒂奧涅小姐，一定都不想打這一場戰。只要迦梨女神願意大發慈悲……」

對於蕾菲亞的這段苦勸。

神情原本溫和的迦梨——在惡鬼面具底下，浮現一絲冷笑。

「辦不到。」

她對著驚愕不已的蕾菲亞堅決地說。

「妾是為了追求鬥爭與殺戮而降臨下界。沒錯，孩子很可愛，但妾才不要放棄獨一無二的娛樂。妾拒絕。」

「……！」

聽到這極端自私的一番話，蕾菲亞的身體發熱起來。

她甚至忘了現在的狀況，扯開喉嚨大聲說：

「就是因為您這位主神是這種心態，鬥國（提爾史庫拉）人民才會不斷自相殘殺，不是嗎？這樣不是害死了很多人嗎！」

「好了好了，汝別誤會。鬥國（提爾史庫拉）早在妾造訪之前就是那種國家了。任性扭曲國家的歷史或文化……這種行徑才是神明的暴行，是對下界的褻瀆。對孩子們而言，這樣做才教人生氣吧？」

聽到迦梨純粹陳述事實，蕾菲亞的大嗓門失去了氣勢。

「這……」

「妾不過是賜與孩子們『恩惠』罷了。」

蕾菲亞忍不住移動視線一看，那些亞馬遜人沒有任何意見，只是佇立著。那等於是對效忠的主神表達的無言肯定。

「洛基之子啊，汝知道妾為何准許蒂奧娜她們離國嗎？」

「……？」

「因為她們是第一個。她們是第一個向妾表示想離開鬥國（提爾史庫拉）的人。」

「！」

「來者不拒，去者不追……只要說想出去，妾當然會放了她們。當然，對於妾特意賜與『恩惠』的養育之恩……總要拿點放手的回報就是。」

結果呢？迦梨說。

前前後後就只有蒂奧娜她們說想離開鬥國（提爾史庫拉）。其他亞馬遜人都留在國內，繼續不斷搏鬥的每一天。如果意志薄弱到從一開始就認定願望不會實現，死心認命的話，根本就沒有救濟的價值。全看孩子們的意志決定。迦梨告訴她，鬥國（提爾史庫拉）是順其自然地成了女戰士（亞馬遜人）的聖地。

「汝以為妾是慈悲為懷的女神嗎，洛基之子？」

「！……」

「什麼拯救孩子的久遠燈火，那種事交給爐灶女神去管就是了。妾與其他諸神並無不同，都是從下界尋求『未知』與興奮的享樂主義者哪。」

迦梨面露冷酷笑意，站了起來。

她將蕾菲亞交給那些亞馬遜人監視，打算離開。

「請等一下！……您的目的，究竟是什麼？」

蕾菲亞領悟到不可能說服女神，反射性地叫住了將要離去的背影，如此問道。

「目的嗎？目的倒是很多，這個嘛，目前……」

停下腳步的幼童女神，晃著血紅頭髮回過頭來。

「鬥爭的結局。在殺戮盡頭誕生的『最強戰士』是何等存在……妾想一睹為快。」

對著睜大眼睛的蕾菲亞，迦梨撕裂了嘴角。

天空染上了蒼茫夜色。

夜晚造訪港都（梅倫），流雲隱藏了群星光輝與月亮的輪廓，瞬息萬變。雲縫間乍隱乍現的月相，洋溢著金色的光暈。

「時候差不多了……蒂奧娜，準備一下吧。」

「好。」

假寐過的蒂奧涅與蒂奧娜，從廢工廠眺望轉暗的天空與城鎮。

阿爾迦娜告訴她的時刻估計就快到了。為了在今天清算舊恨，兩人準備闖進迦梨等人的所在地。

「欸，蒂奧涅。」

「什麼事？」

「昨天，妳跟洛基聊了什麼？」

意想不到的一個問題，讓蒂奧涅一瞬間不禁停住了動作。

「……現在問這個？」

「就有點好奇嘛——」

蒂奧涅聽出她真的只是隨便問問，嘆了口氣。

對這個像任性貓咪般的妹妹，蒂奧涅隨便揮揮手。

「真的沒什麼。問也是白問。」

「這樣啊。」

「我去確認一下從這裡到港口怎麼走。」

蒂奧涅平靜自若地走出廢工廠。

然而，她沒有真的去確認，一走進小路就停下腳步，靠著牆仰望夜空。

「——欸，蒂奧涅，要不要一起喝酒？」

她被阿爾迦娜打得慘敗的當天晚上，也就是昨晚。

蒂奧涅無以自容，逃出了艾絲與蒂奧娜的身邊，一個人待在陽台時，被從酒館回來的洛基逮到。

「——別這樣。我現在沒那心情。」

「嗯……。欸，蒂奧涅，如果妳有煩惱……」

「隨時可以找妳商量，是嗎？要妳雞婆，不要在這種時候才一副主神的嘴臉。」

被阿爾迦娜打敗的蒂奧涅，因為屈辱與心焦造成情緒失控，竟對洛基反常地講了重話。

看蒂奧涅這樣，洛基似乎一點也沒放在心上，說了：

「不是喔。妳不用管我，想想芬恩吧。」

聽到這個名字，蒂奧涅的肩膀跳了一下。

「現在的蒂奧涅，跟我們第一次見面時很像喔。而且比起那時還更神經質一點呢～」

「……」

「所以，我希望妳想起遇見芬恩時的事。」

對著無法再保持一張臭臉的蒂奧涅，洛基笑了笑。

「我比較喜歡變得圓滑、可愛好多的蒂奧涅喔～」

——都是妳在講。

蒂奧涅終究沒能把這話說出口，就拖著腳步離開主神面前了。

「……團長……」

回想起昨晚的事，蒂奧涅用幾不可聞的聲音低喃著。

自己現在的立足點動搖了，這使蒂奧涅產生了危機意識。不行，不能回頭。她拚命如此勸告自己。

「……」

姊姊這種脆弱的呢喃，蒂奧娜都聽見了。

她悄悄離開那裡，回廢工廠的路上，跟蒂奧涅一樣仰望天空。

來到歐拉麗，兩人不再孤獨的那一天，感覺好遙遠。

她到現在都記得，不只是白牆巨塔，眼前抬頭仰望的都市巨大市牆，也震懾了自己。

她們花了幾天才進入歐拉麗。蒂奧涅煩躁不已，弄得連她也受不了。聽說為了防備其他國家與都市的間諜，擁有都市外恩惠的人都會受到嚴格盤查，即使是無眷族者（free）也不例外。的確，Ｌｖ．３的——相當於第二級冒險者的雙胞胎姊妹，在沒有主神與【眷族】的狀態下出現，就算是歐拉麗也要大吃一驚。

在進入都市前，公會提出了條件。那就是：一定要加入都市內的【眷族】。他們擺明了是不想眼睜睜放走Ｌｖ．３的戰力，想給她們套上項圈。「進去容易出來難」。聽到這些說明，蒂奧娜對歐拉麗抱持的第一印象是「麻煩又讓人透不過氣的地方」。蒂奧涅必定也是如此。然而，歐拉麗唯一沒給蒂奧娜她們的，就是無聊。

好不容易進了都市的第二天，就有一大群人擠到蒂奧娜她們面前。無眷族的Ｌｖ．３踏進了都市大門，這項消息轉眼間傳了開來，許多探索（地下城）類的【眷族】與諸神都拚了命，想獲得強悍的亞馬遜姊妹——而且是容貌姣好的美少女姊妹——

蒂奧娜她們之所以對歐拉麗產生興趣，當然是因為有地下城。女戰士（亞馬遜人）之血蠢蠢欲動，想試一試本事。然而想鑽進地下城——更正確來說，為了登錄成為冒險者，以享有公會的全面支援及換錢制度——加入派系是不可避免的。

如果是以前的話，她們會隨便挑個【眷族】暫時加入；然而前來勸誘的派系實在太多，廉價旅館的門前都圍出好幾層人牆來了。每個派系都想搶到蒂奧娜她們，殺氣騰騰，還引發了爭端。

就在吵吵嚷嚷的勸誘（挖角）聲弄得蒂奧涅火冒三丈時，蒂奧娜在眾多冒險者的面前，喊道：

「那，我們來打一場吧！」

她提出了直截了當的提議：哪個【眷族】打贏她們，就加入哪裡。

在場的冒險者都踴躍參加——然後全滅了。有的【眷族】想趁她們連續戰鬥疲累時來個漁翁得利，這種企圖也被徹底粉碎。兩個亞馬遜人在鬥國（提爾史庫拉）太習慣每天戰鬥，連歐拉麗的高級冒險者都不是對手。

後來連續好幾天都有冒險者上門挑戰，但都被蒂奧娜她們擊退——講到當時的騷動，人們都害怕地說：「靠！【大切斷（亞馬遜）】!?」即使過了五年，這段英勇事蹟仍為人傳述——

遲遲沒有【眷族】能滿足蒂奧娜她們的眼光。

然後，就在兩人覺得歐拉麗的冒險者不過爾爾，就要失望時——他們【洛基眷族】來了。

蒂奧涅看到洛基等人，第一個感想是「一群討厭鬼」。

看到她們暴露的衣著，興奮得鼻子直噴氣的女神；面帶苦笑，一看就很軟弱的小人族；閉起一眼注視她們，擁有絕世美貌的精靈；興味盎然地摸著鬍鬚的矮人。不同於至今的其他冒險者，那種明顯品頭論足的視線讓蒂奧涅很不爽。

「我們不知道殺了多少同胞（自己人），即使這樣還是要拉我們加入？」

聽到他們說「聽說這裡有活力充沛的亞馬遜人，所以來會一會」，蒂奧涅試著用這種狠話嚇嚇他們，結果——

「如果妳們重蹈覆轍，那只不過表示我們沒有看人的眼光。不過，我看是不用擔這個心了。」

小人族領袖——芬恩好像什麼都懂似地回答她。

——這傢伙是怎樣啊。

芬恩的口氣惹惱了蒂奧涅，心裡充滿反感。蒂奧涅對芬恩的第一印象，簡直不能再糟了。

確認過贏得勝利就能拉兩人入團的條件，芬恩正要叫矮人同伴過來，蒂奧涅卻嗆他說：

「你不是老大嗎？那就別交給別人，你自己來打啊。還是說你怕了？沒種的小人族。」

這番挑釁讓芬恩愣了一愣，然後再度面露苦笑。

「伯特也是，最近的毛頭小子真是臭屁哪。」

「當初認識你時，你不也是如此嗎，格瑞斯？」

讓格瑞斯與里維莉雅在一旁聊著，芬恩答應下來，準備與蒂奧涅交手。鬥志旺盛的蒂奧娜則照原定計畫跟格瑞斯對打。

當時的蒂奧涅很瞧不起瘦弱的小人族。她以為自己不可能輸給這種比自己矮小的種族。而且在旅途中，她遇過好幾次比自己更強的對手，但從沒碰到像阿爾迦娜或芭婕那種怪物，這也助長了她的偏見與大意。

況且她對歐拉麗第一級冒險者的名聲，根本毫不關心。

蒂奧涅從沒聽過小人族勇者的名號。

「——」

勝負一瞬間就分曉了。蒂奧涅被矮小的軀體拉住手臂，飛上半空中。

她氣急敗壞地再度撲向芬恩，但結果還是一樣。蒂奧涅被打得一敗塗地。至於蒂奧娜則是被格瑞斯打飛出去，眼冒金星。

蒂奧涅癱坐在石板地上啞口無言，小人族的勇者告訴她：

「按照約定，妳們得加入我們的【眷族】。」

看到那對悠然俯視自己的雄性目光，蒂奧涅有生以來第一次嘗受到這種感覺——心兒怦怦跳的悸動。

來到歐拉麗，蒂奧涅變了。

邂逅了芬恩，少女脫胎換骨了。

當她被輕蔑的小人族打得落花流水時，她的心臟被打穿了。那是「戀愛」的感受。

當男人打敗了以武力自豪的自己時，很多亞馬遜人會被強悍的男性迷住。會想生下那個男人的孩子。蒂奧涅也一樣。

硬要挑剔的話，就是芬恩是個理性的人，不是粗魯的男子漢——然而這種想法很快就被顛覆了。一旦使用「魔法」，芬恩會立即搖身一變，成為凶暴的戰士。原來芬恩還隱藏了獰猛戰士的一面。

天啊，他就是我的真命天子——！

一次次滿足蒂奧涅條件的芬恩，正可說是理想中的好男人，是英雄又是勇者。

越是了解他，越是待在他身邊，蒂奧涅就越來越迷戀他。他又溫柔，又聰明，又強悍。這是命運，是命中注定！

只知道戰鬥的亞馬遜少女，是純情的。

因此，也就比任何人都隱藏了成為戀愛少女的更大可能性。

「團長！……團長喜歡哪一型的女人呢？」

「嗯——，只要人格健全，我沒有更多要求……不過一定要說的話，或許比較喜歡文雅嫻靜的女性吧？」

正式入團後，蒂奧涅一面過著在【洛基眷族】的生活，一面逐漸產生了改變。包括刻意努力改變的部分，以及連親妹妹都被嚇到的無意識部分都是。說起來很可笑，但蒂奧涅拚了命想符合芬恩的喜好。她改掉了滿口髒話與粗魯舉止。為了看起來稍微有氣質一點，原本不長不短的頭髮也留到及腰。就像總是跟芬恩同進同出的里維莉雅一樣。

就這樣，超越了戀愛中的少女，燃燒愛火的亞馬遜人震撼誕生。但蒂奧涅覺得這種感覺還不賴。迎接明天變成一件樂趣無窮的事。她每天笑得開懷，傻笑到連蒂奧娜都火大起來了。

地下城的戰鬥也夠刺激，令蒂奧涅熱血沸騰。入團後沒多久，蒂奧涅她們就跟著團員「遠征」，其間經歷的大「冒險」將兩人的等級推上了Lv．4。一個人不用說，光靠她與蒂奧娜絕不可能攻略的地下迷宮，培養了與同伴的連帶感，以及與他人的情誼。

【洛基眷族】還有個不可思議的少女。

艾絲・華倫斯坦。綽號【劍姬】，擁有不輸天神的美貌，金髮金眼的冒險者。聽說她享有當時最快的升級紀錄時，蒂奧涅嚇了好大一跳。雖然升上Lv.2的年齡是自己與蒂奧娜比較早，但她們可是從出生就天天廝殺的戰鬥部族。況且蒂奧涅她們花了五年才第一次升級，那個金髮金眼的少女卻只需一年。包括芬恩他們在內，蒂奧涅真是大為驚嘆，心想歐拉麗的冒險者果然腦袋都有毛病——當時她不知道其實是艾絲這名少女比較特別。

艾絲不怎麼跟團員們來往。蒂奧涅在大本營看到她時，她總是在中庭像中了邪一樣狂揮劍，一回神就發現又不是「遠征」，她卻窩在地下城裡。只有洛基跟里維莉雅他們，能跟她說上超過一分鐘的話。

起初，蒂奧涅並不打算接近這個不食人間煙火的少女，但她妹妹就不是這樣了。

「那個叫艾絲的女生，跟以前的蒂奧涅好像喔。」

「嗄？」

哪裡像啊。見蒂奧涅一臉訝異，蒂奧娜跟平常一樣笑了。

「嗯，我就是拋不下那一型的！我去跟那個女生交朋友！」

後來慢慢地，三人變得常常一起行動。起初對蒂奧娜的攻勢不知所措的艾絲，過了一段時間也開始有了笑容。之後崇拜艾絲而加入【洛基眷族】的蕾菲亞，也成了她們的一分子。

蒂奧涅有了心愛的人。

有了同伴。

找到了尋覓已久的安身之處。

那些悲傷、痛苦，那段可恨的過去，都是為了這一天而存在。

蒂奧涅如此告訴自己，就覺得好像跟過去成功訣別了。事實也是如此。

可是，現在（如今）——

『就像又變回……只有我們兩個一樣了呢。』

蒂奧娜呢喃的那句話，重回蒂奧涅的腦海。

「……」

回顧了在歐拉麗的歲月，蒂奧涅面對前方。

她鎖起更多的迷惘，回到廢工廠。

「我們走，蒂奧娜。」

「好。」

為了斬斷宿怨，為了清算過去，姊妹出發了。

「艾絲小姐，有漁夫說在港口看到了亞馬遜人！」

在梅倫的市中心。

艾絲正繼續追蹤蒂奧涅她們與【迦梨眷族】的消息時，第二級冒險者娜維帶著情報趕來。

「……盯著港口周邊。一找到什麼，就放閃光彈或朝空中發射『魔法』。」

「好的！」

「即使發現對方，也不可以出手，要等我或里維莉雅趕到。」

艾絲從沉默寡言的嘴唇勉強擠出幾句話。

聽了【劍姬】戒備敵方首領姊妹的指示，娜維與其他少女點點頭。

為了傳達給里維莉雅與其他團員，她們從艾絲面前散去。

「蕾菲亞……蒂奧娜、蒂奧涅。」

仰望頭頂上方後，艾絲跑向充斥喧囂的街上。

「我問過城牆的看守了，說沒有看到疑似蒂奧涅她們的人。當然，也沒有看到【迦梨眷族】。」

「這樣想來，潛伏地點要不還在梅倫內部……要不就在沒有外牆的半鹹水湖那邊吧。」

聽了里維莉雅的報告，洛基低聲說。

地點在她們當成據點的旅館裡，能夠瞭望城鎮的陽臺。

「還有，艾絲她們似乎掌握到情報了。據說港口有動靜。」

「嗯，那就確定了。知道了，我也立刻去漁港那邊。」

佇立於欄杆旁的洛基回過頭來，點點頭。

背對著房間裡的亮光，里維莉雅走到主神身旁。

「本來的目的是查食人花，這事也還沒解決。該做的事堆積如山啊。」

「喔，那件事多虧了艾絲美眉，謎底大致揭曉了。」

「什麼？」

聽到洛基講得乾脆，里維莉雅把臉朝向她。

洛基揮揮手說：「晚點再跟妳講——」並將視線轉回前方。

「不過跟這次事件有所牽扯的『線』還沒弄清楚就是了……」

洛基以銳利的眼神，定睛注視城鎮的夜景。

「從棋盤外俯視一群螞蟻，感覺也不錯呢。」

在港都當中最高級的旅館。

伊絲塔在它的最高樓層，坐在奢華的椅子上。

「只要能減少洛基的一名幹部，就算賺到了。就算會結下樑子，矛頭也是對準那些鄉巴佬……

那些傢伙若是不能用了，會延遲計畫的實行，但大可再找其他勢力。」

女神悠然待在遠離當事者們的安全地帶，津津有味地啣著煙管。

她一邊吞雲吐霧，一邊俯視窗外的湖泊與港口。

「伊絲塔女神……」

「回來啦，阿伊莎。怎麼了？」

「我照妳說的把東西搬好了，但那到底是什麼啊？」

出現在伊絲塔面前的，是個長腿的悍婦。

她為了報告而來，美貌變成了僵硬的表情。

「喔，妳們是第一次看到吧……。我也不太清楚，我只是跟使用那玩意偷偷摸摸到處行動的一群人有點關係罷了。」

「……」

「妳有什麼話想說嗎，阿伊莎？」

妖媚地睇細、如紫水晶一般的美神眼眸，令悍婦屏住了呼吸。

很快地，她的右手像想起什麼似地開始痙攣，她急忙移開了視線。

「……我回崗位去了。」

「嗯，拜託妳了。」

看著悍婦走出房間，伊絲塔面露淺笑，再度啣住煙管。

「麗娜～，老娘的鎧甲拿來了沒～？」

——離開伊絲塔待著的最高樓層，在旅館的大房間。

從都市（歐拉麗）回來的亞馬遜少女，將武裝交給女巨人芙里尼。

「這、這個……還有斧頭。」

「真是，慢吞吞的～，醜八怪～。明明昨天就出發了，卻給老娘最後一刻才趕回來。」

「我靠商行躲過都市的盤查，花了點時間……對、對不起。」

年紀尚輕的團員害怕地說，芙里尼一隻手把裝在袋子裡的裝備搶過來。

打開袋口，染成赤紅的厚重鎧甲散發著光澤。

「咯咯咯咯咯咯！老娘今天就把妳打爛，【劍姬】～」

芙里尼露出喜怒交加的醜惡笑臉，視線飛向大房間的角落。

「做準備吧～，春姬～！」

「…………是。」

頭蓋純白布料的少女，用幾不可聞的聲音低喃。

她一手按著胸口，忍氣吞聲地低下頭去，以肅穆的動作跟隨女巨人。

「來吧，來吧……蒂奧涅。」

藏身於黑夜之中，阿爾迦娜呼喚著蒂奧涅的名字。

搖晃著沙土色的髮辮，蛇一般的雙眼凶猛地發亮。

在她的背後，眾多亞馬遜人沐浴著海風，等待時候到來。

「在冥想啊，芭婕？真稀奇。」

「……」

另一方面，不同於阿爾迦娜所在的地方，一個如同岩窟的空洞內。

在遠比蕾菲亞被囚的場所更寬廣的空間，迦梨對席地而坐、沙土色頭髮的亞馬遜人出聲說道。

「想早點與蒂奧娜一戰嗎？」

「……」

「呵呵，妾是明知故問了。」

以面紗遮口的戰士，無言地睜開眼瞼。

她的眼眸也跟姊姊一樣，充滿戰意。

「妾也很期待……宴會就要開始了。」

迦梨在面具底下凶悍地笑著。

女神的宣言響徹空洞內，溶進空氣中消失了。

半鹹水湖如顫慄般發抖，浪潮打上湖岸。

漫漫長夜即將開始。

第五章 太陽與月亮的二重奏

Гэта казка іншага сям'і.

Duet ў месяцы і сонца

梅倫港是沿著橢圓巨大半鹹水湖——羅洛格湖的形狀而建造。

從中央到東側蓋了貿易港與漁港，是梅倫當中最熱鬧的區域。相較之下，西側則是供某艘「巨船」停泊的廣大碼頭，以及造船廠。

碼頭在那艘船未入港時，會開放用來迎接貿易港容納不下的多餘客船，此時也有許多船舶繫在這裡。往內挖掘陸地般建造的造船廠裡，則有著修理中的船隻，或是建造到一半的商船。

現今怪獸從地下城來到外頭，在海上也時常釀成災害，於船身——尤其是船底以堅固的精製金屬等等進行表面處理(coating)成了主流趨勢。當然包括「秘銀」在內，精製金屬價格都很昂貴，因此只有富豪個人的船船或大型船才會做這種處理。

迷宮都市(歐拉麗)也將地下城的礦石——高硬度的「黑銀鋼」等等賣到此地，賺取利潤。由於商業類【眷族】或商人也都可以買賣「掉落道具」，因此他們也會向冒險者收購礦石，積極地拿出來談價錢。

這裡看不到一個船匠的身影，造船廠籠罩在黑暗中。魔石燈全關掉了，讓造到一半的木船歪扭的輪廓浮現於暗夜中。四下飄散的，是歐拉麗的大門口不該有的可怕寧靜。

阿爾迦娜就在這造船廠的一個角落。

「等妳們很久了，蒂奧涅、蒂奧娜。」

看到蒂奧涅與蒂奧娜現身，阿爾迦娜用亞馬遜語迎接兩人。她身後有著眾多亞馬遜人。

蒂奧涅用同一種語言，向面帶笑容的女子問道：

「這裡應該有船匠工作到深夜……他們怎麼了？」

「我讓他們睡著了。」

蒂奧涅嘖了一聲，這次換蒂奧娜開口了。

「蕾菲亞呢？」

「跟迦梨待在芭婕那邊，不在這裡。」

不同於拙劣的通用語，她亞馬遜語說得很溜，毫不生澀。

阿爾迦娜伸出手臂，指向城郊。

「妳往那裡走，蒂奧娜。怎麼走馬上就知道了。芭婕在等妳。」

聽了這項指示，蒂奧涅與蒂奧娜互看一眼。

然後立刻互相點頭。

對方是在要求姊妹分隔兩地，以免她們並肩作戰，兩人答應了。

「蒂奧娜，妳可別給我輸了喔。」

沐浴在一瞬間透出雲隙的月光下，蒂奧涅開口了。

她定睛瞪著眼前的阿爾迦娜，對背後的妹妹說道。

「……嗯，蒂奧涅，妳也是。」

簡短交談兩句後，蒂奧娜就衝出去了。

她與姊姊道別，前往阿爾迦娜指示的方向。

「蒂奧涅，妳到這裡來。」
「……」
蒂奧涅一邊保持警戒，一邊聽從誘導。
她跟眾多亞馬遜人一同隱身於黑暗中移動，搭上停在港口的一艘大型船。
「妳要在這裡打？馬上就會穿幫吧？」
即使蒂奧涅皺著眉頭質疑，阿爾迦娜也只是笑笑。
取而代之地，其他亞馬遜人迅速行動，消失在船艙內。
「被發現也無所謂。因為沒有人能上船。」
她這句話彷彿成了契機，船緩緩地開始航行。
蒂奧涅正吃驚時，從船腹突出的好幾支船槳開始划動，船隻眼見著逐漸遠離港口。
「這是臨時的競技場。雖然比我們國內的狹窄就是了。」
亞馬遜人們划槳，讓船隻劃開湖面不停前進。
「真會想花招。」腳下感受著震動，蒂奧涅低語道。
（只要出了港外，就絕不可能有人來攪局……可以打到其中一個翹辮子就對了。）
船的動力——槳手是可與高級冒險者匹敵的鬥國(提爾史庫拉)戰士們。就算同樣用划槳船追來，也會因為速度落差而不可能接近。
無人能闖入的海上競技場(擂台)。

正適合用來進行阿爾迦娜想要的「儀式」。

蒂奧涅能猜得到，這應該是迦梨出的主意。

「——找到了。」

蒂奧涅等人往船舶走去時，即使有段距離，艾絲的眼眸仍捕捉到了她們。

躲在港口附近屋頂上的她站起來，對後方出聲說道：

「娜維，叫大家來。」

「是！」

沒把回答聽完，艾絲就跑了出去。

她搶在其他團員之前，先行趕往造船廠的方向。

（蒂奧涅……！）

眼見蒂奧涅等人搭乘的船開始航行，艾絲也猜出敵人的目的了。

她必須趕在船隻駛離半鹹水湖，從湖峽出海前抓住她們。

艾絲宛若金色彈丸，更加快了飛奔的速度。

然而，就在這時——

「——吼喔喔喔喔喔喔喔喔喔喔喔喔喔喔喔喔喔喔喔喔喔！」

「!?」

破鑼咆哮轟然響起。

「那是……食人花!?」

「選在這種時候！」

放置了大量船隻運來貨物的儲藏區整個爆開，出現了總共七隻長條怪獸。色彩斑斕的花瓣綻放開來，醜惡大顎震撼了和平的港都。

在屋頂上移動，比艾絲晚到的團員們，都發出驚愕的叫聲。

「嗚、嗚啊啊啊啊啊啊啊啊啊啊啊啊啊啊啊啊啊！」

食人花的出現地點是港口中央，貿易港附近。抬頭看到那伸向天空的長條身軀，留在港口的水手們都慘叫著逃走。

為什麼，怎麼會是現在，真的只是巧合嗎——？

剎那間無數疑問飛過腦海，艾絲根本無暇思索，就得做出決定。

在自己的前方，蒂奧涅搭乘的船漸漸駛遠。

在自己的後方，食人花高舉揮下的觸手，把停泊的客船一艘艘擊碎。

轉眼間，貿易港內慘叫聲擴散開來，瞠目而視的艾絲硬將苦惱封印起來，喊道：

「——先解決食人花！」

她一降落在立足點上就喊停，掉頭折返。

艾絲轉身背對同伴（蒂奧涅）搭乘的船，以一般人的性命為優先。

「食人花!?」

艾絲與團員們攻擊食人花的光景，蒂奧涅也看見了。

她在不斷加速的船上說不出話來時，阿爾迦娜對她說：

「那只是用來拖住她們罷了，沒有其他意思，不用在意。」

「……結果妳們跟那個食人花(怪獸)也有關連？」

「我不懂妳在說什麼。我們也沒聽說拖住她們的方法是什麼。」

對於蒂奧涅嚴厲的視線，阿爾迦娜只是顧左右而言他。

蒂奧涅還在惱火，船已經從半鹹水湖越過湖峽，終於出了大海。港都(梅倫)在視野遠方變小，湖岸也越離越遠。

「那不重要。好了——我們打吧。」

阿爾迦娜表示時機已經到來，露出前所未有的喜悅笑容。

蒂奧涅閉口不語地轉過頭來，如同接受挑戰般，與「儀式」的對手展開對峙。

「……」

在視線的前方，金髮金眼的冒險者等人正在迎擊怪獸。

船隻被高舉揮下的觸手打成兩段，翻覆沉沒。水手或商人從貿易港逃過來，漁夫們指著怪獸僵在原地。城鎮那邊還傳來女人與小孩的尖叫。

面對映入視野的所有光景，那人逆著逃竄的亞人人潮，離開了那裡。

「——里維莉雅。」

洛基沒看漏那人的行動。

地點在鬧得亂騰騰的漁港，人們從貿易港那邊陸續湧來，漁夫們雖然混亂，仍誘導群眾前往位於高地的城鎮邊緣。

里維莉雅與艾絲等人聯手在港口一帶佈下密網，與少數團員一起在漁港區待機，看到這狀況想立刻前去救援，但被洛基叫住。

「什麼事，洛基？現在情況緊急。」

「我們要離開這裡。我要去追把食人花放到湖裡的幕後黑手……讓犯人無路可逃。偵探遊戲的時間到囉。」

看到洛基口氣半開玩笑，眼神卻很認真，里維莉雅與其他團員都吃了一驚。

「我們也去嗎？那隻怪獸呢？」

「就那麼幾隻，有艾絲她們就夠了。是說如果大夥兒都擠在那裡，反而會中了敵人的計喔。」

洛基看穿出現時機太巧的食人花群只不過是「絆腳石」，瞥了里維莉雅一眼。「妳也注意到了吧？」

「對對方來說，似乎也發生了點出乎預料的事……很可能會露出狐狸尾巴。」

「妳是說現在是大好機會？」

「對，我要來個人贓俱獲，讓犯人百口莫辯。」

洛基定睛注視方才那人消失的方向。

其他團員都露出反應不過來的表情，只有里維莉雅早已聽說目前港都(梅倫)糾結的「內情」，沉默了一瞬間後問道：

「……食人花(怪獸)那邊如妳所說，有艾絲她們在應該就夠了。但蒂奧涅她們怎麼辦？」

里維莉雅即使嗅出了陷阱的氣味，仍然選擇立即殲滅食人花，是為了讓艾絲或自己能去追蒂奧涅她們。

派系副團長擔心主神為了目的想棄那些女孩不顧，但洛基一點都不悲觀地回答：

「我相信我的孩子們。沒問題的啦～」

對於這句話，里維莉雅無法回嘴。

取而代之地，她將對主神的信任，化為雙唇間的嘆息。

「再說也不能在鎮上大用『魔法』，搞得一片火海吧？妳不是也說不行？鎮上的戰鬥就交給艾絲美眉她們唄。」

「……看來也沒辦法了。知道了。」

「那麼，就麻煩里維莉雅處理那邊囉。」

「嗯。亞莉希雅，妳過來！」

「好、好的！……您說我嗎？」

里維莉雅把精靈亞莉希雅叫去，迅速在她細長的耳朵邊呢喃幾句。

不知道聽了什麼，亞莉希雅先露出驚訝表情，然後立刻點頭。

當魔法組的精靈們飛奔而出時，洛基叫來了剩下的團員。

「抱歉傷才剛好就找妳們，菈克塔還有艾露菲跟我來~，妳們保護我。治療師(莉涅)跟其他人留下來照顧傷患。」

「好、好的！」

迅速下指示的洛基，也帶著慌張的兔人少女等人展開行動。

「好啦……再一步棋就將軍了。」

蒂奧娜朝著阿爾迦娜指出的方向，一直線地奔跑。

她越過造船廠後面雜亂堆放零件的一隅，進入離湖岸很近的雜樹林。

阿爾迦娜剛才說「怎麼走馬上就知道了」。蒂奧娜正想不透，一面走過樹木之間時——一種氣味撫過她的鼻子。

「這個味道是……」

是她知道的味道。

蒂奧娜像狗一樣抽動鼻子，一下子就聞了出來。

混雜在霉味中的強烈鐵鏽惡臭。

在那石頭房裡，在競技場中聞習慣了的——鬥國(提爾史庫拉)的臭味。

八成是用生鏽的武器故意割傷肌膚，滴下體液當成路標吧。蒂奧娜明白了阿爾迦娜的意思，沿著難忘的血腥味跑過樹林之中。

「這裡是……」

穿過樹林，出現在她視野下方的是個潟湖，類似前兩天蒂奧娜她們享受湖水浴之樂的地點。此處比那裡狹窄，因此不容易被人看見，甚至可說成深邃的溪谷。最大的不同處是這裡沒有湖濱，浸蝕岩壁的不是湖水，而是大海鹹水形成的浪潮。

「海蝕洞……？」

被波浪挖掘的岩壁，開出一個能讓好幾人輕鬆通過的洞穴。

蒂奧娜走下懸崖來到洞口，發現洞穴深得看不見盡頭。黑色的岩石表面就像岩窟一樣，描繪出隧道般的形狀。佇立著觀察洞穴的蒂奧娜，踏進海蝕洞當中。

也許是因為漲退潮的關係，海水只淹到膝蓋以下。走了一段距離後，蒂奧娜來到類似岸邊的高低平面，海水只到這裡為止。她赤腳啪答啪答地走在黑色岩石地上，蟻巢般的複雜岔路就出現在眼前。

「好像地下城喔。」

難怪找不到了。就算發現了海蝕洞，恐怕也很難找出藏在深處的人。原來誘拐了蕾菲亞的迦梨她們就是躲在這裡。

（好像是利用自然地形……另外動手挖出來的？）

月光從少許的天頂裂縫照進來，陰暗海蝕洞的牆上掛著魔石燈。蒂奧娜踏進血腥味路標綿延的一條路，有時走下斜坡，在既長且大的洞窟裡奔跑前進。

最後——

「妳來啦，蒂奧娜。」

「！」

蒂奧娜來到一個開闊的空洞。

頭頂上形成高聳的筒狀，但很寬廣。當然，岩石在這裡也暴露出黑色的表面，就像身處豎立的巨大石棺中。

周圍層層重疊的岩石上，有著鬥國（提爾史庫拉）的戰士們，迦梨盤腿坐在最高的位置，對蒂奧娜送來歡迎的話語。

而在蒂奧娜的正面。

無言地等她到來的，是以黑紗蒙面、沙土色頭髮的亞馬遜人。

「芭婕……」

「……」

蒂奧娜望著芭婕，她沒回答，只是回望著蒂奧娜。

沙土色瀏海底下，雙眸蘊藏著銳利目光。

「……迦梨，蕾菲亞呢？」

「妾把她關在另一個空洞裡。不用擔心，妾會放她走的。……等『儀式』勝負分曉後。」

女神好似找到丟失寶物的孩子般，眯細血紅的眼眸。

「真沒想到會有這麼一天……師徒之間成長到此地步，迎接鬥爭時刻。」

迦梨感慨萬千，低聲說著充滿熱情的話語。

但沒講幾句，迦梨看了一眼蒂奧娜身體的某個部位，就用哀憐的眼光看向她。

「只不過其中一個沒長多少胸部就是……」

「我說過了！不准講到我的身材──！」

聽到前主神極其遺憾地如此評論，蒂奧娜揮動著雙手大叫。

附帶一提，阿爾迦娜的胸圍跟蒂奧涅差不多，芭婕更是擁有凌駕兩人的傲人雙峰。在妹妹之間的胸圍對決上，蒂奧娜是完全敗北。

「──擺出架式，蒂奧娜。」

面對氣得臉紅脖子粗的蒂奧娜，芭婕這時第一次開口。

如同宣告鬧劇結束，面紗底下發出了缺乏抑揚頓挫的聲音。

「決一死戰吧。」

伴著簡潔而明快的一句話，她擺出右臂向前微伸的架式。

「……一定要打嗎？」

「都什麼時候了，還在說這種傻話啊，蒂奧娜？」

「我不想跟芭婕互相殘殺嘛……」

蒂奧娜沒把目光轉向從高處說話的迦梨，而是直視站在眼前的女戰士。

就像以前說不想跟姊姊（蒂奧涅）戰鬥，蒂奧娜說出了自己的真心話。

「我實在不該…………念書給妳聽的。」

芭婕動都不動，以冰冷無情的口吻否定兩人的過去。

蒂奧娜臉頰歪扭了，同時不得不注意到一件事。

她注意到比起最後離別時，芭婕散發的氛圍比十年前更尖銳，鋒利得教人發寒。

注意到芭婕變得更強、更冷酷，遠超過自己的想像。

注意到她越來越接近「真正的戰士」。

「芭婕……妳殺了艾爾涅亞？」

「是啊。阿爾迦娜則是殺了蓓爾娜絲……我們因此升上了Ｌｖ．６。」

這兩個名字，都是與芭婕她們同樣身為【眷族】首領第一候補的戰士。Ｌｖ．５的亞馬遜人當時強大得令蒂奧娜害怕。芭婕通過了殺死她們的試煉——達成了「豐功偉業」而到達Ｌｖ．６。

就跟阿爾迦娜一樣。

她也是在蠱毒之罈中同類相食，存活下來的鬥國怪物。

「我讓妳非戰不可。」

然後，如果阿爾迦娜是「蛇」的話。

現在，眼前解放駭人殺氣的戰士就是——

「——【咬死敵人（迪・阿修羅）】。」

超短文詠唱。

藉由與艾絲同等的詠唱量發動，芭婕獨一無二的【魔法】。

「【瓦爾格斯】。」

芭婕筆直伸出的右手，覆蓋上黑紫光膜。

那光膜富有黏性，重複蠕動著，外觀妖異不祥，足以顛覆「魔法」容易讓人產生的華麗想像。

【瓦爾格斯】。附加在芭婕右手上的附加魔法（enchantment）。

屬性為——「劇毒」。

在「儀式」中葬送眾多同胞的性命，無從防禦的毒牙。

沒錯，如果阿爾迦娜是「蛇」，芭婕就是——「毒蟲（蠱）」。

她的「魔法」，正是配得上「蠱毒之王」名號的武器。

『————————————————！』

彷彿以「魔法」的發動為契機，圍繞四周的亞馬遜人們一齊踏響腳步。

震動與喊叫。興奮與吶喊。如同重現競技場進行的「儀式」，狂熱氣氛在石棺中形成漩渦。

「……！」

芭婕的「魔法」是必毒也是必殺。

不做抵抗就會在瞬間致死。面對盯上自己性命的昔日恩師——或是另一個姊姊——蒂奧娜只能舉起拳頭。

以競技場來說，兩人就在位於戰場(arena)的空洞中央地帶，互相瞪視。

「呵哈哈！來吧，開始了。」

在翹起嘴唇的女神俯瞰下——蒂奧娜與芭婕開戰了。

「——春姬，動手吧～」

厚厚雲層遮掩月亮的夜空下。

那個少女像死了心般，回了聲「是」。

「【——變大吧】。」

唱起的詩歌，吟詠的歌聲。

「【其力量，其器皿，無數財寶與無數心願】。」

與虛幻編織的柔弱嗓音恰恰相反，造出的是強大的「魔力」。

「【直至鐘聲告知的那一刻，請享受榮華與幻想吧】。」

拜自遠方響遍四周的破鑼吼聲與冒險者們的吆喝之賜，在無人察覺的狀態下，「詠唱」繼續進行。

「【——變大吧】。」

奏響的瓊音歌聲，最後又造出了金色光芒。

薄霧狀的「魔力」形成光雲，讓如夢似幻的光粒飛舞。

遮臉的罩頭和服，輕柔地浮起。

「【啖食神饌的這身軀，賜予神祇的這金光】。」

少女很討厭這首歌。

因為這首歌只會傷害別人，從未拯救過任何人。

「【上至木槌下還土地，願您受到祝福】。」

愚蠢的自己不敢違抗命數，不可能得到救濟。這種癡心妄想是可恥的。

但是，只有這道「光」，有一天是否可能成為祝福之光？

即使愚蠢的自己無法得救，這道光是否能成為拯救別人的一線希望？

如果真有這樣的一刻，她願意將自己的身心，還有這道「光」都獻給那人。

垂下露出的翠綠明眸，少女解放了那首歌、那道「光」。

「【——變大吧……】。」

光輝，成了「力量」。

「吼喔喔喔喔喔喔喔喔喔喔喔喔喔喔喔喔喔喔喔喔喔喔喔喔喔喔喔喔喔！」

破鑼咆哮淪為臨死慘叫，直達天際。

艾絲描繪弧線的劍砍下花頭，最後一隻食人花被擊倒了。

「怪獸全滅了！」

「損害呢？」

「目前沒有人受傷……鎮民都送去避難了！」

以娜維為主，團員們的聲音接連不斷，在貨物儲藏區此起彼落。

即使很多人這次是第一次與食人花交戰，大家仍參照著艾絲等人收集的個體資料，有驚無險地消滅了牠們。雖說大半都是Ｌｖ．２與Ｌｖ．３的團員，但不愧是鼎鼎有名的【洛基眷族】成員，個個都是非凡人物。

從怪獸出現算起，五分鐘都不到就結束了。

（附近的燈光都消失了……是因為戰鬥？）

解決了七隻食人花當中的四隻，艾絲發現貿易港的魔石燈光幾乎都熄了，產生了小小的不協調感。食人花的確有到處破壞，但應該沒嚴重到奪走所有光源。

「……！」

但那也不過是一瞬間罷了。

艾絲想起蒂奧娜她們的容顏，打算馬上離開這裡。

——別想得逞～

然而冷不防地，艾絲好像聽見了青蛙的嘲笑。

下個瞬間。

「妳們上！」

「!?」

女英豪威風凜凜的聲音飛來，無數人影騰空躍起。

「什麼!?」

「【迦梨眷族】!?」

之前可能潛藏周圍的神祕人影們高舉武器，揮向驚愕的【洛基眷族】團員。從倉庫屋頂，從雜亂堆放的貨物陰影中，各色武器經過跳躍自頭上急襲而來，少女們一一將之彈開，或是閃躲。

自己人包括艾絲在內只有十人，相較之下，對手超過二十。

艾絲等人在完全受到包圍的狀態下，遭受強襲。

「大家……!?」

敵人全以頭巾（turban）包頭遮臉。脖子以下露出的肌膚是褐色，服裝各自將防具減少到最低限度，都穿著重視輕便性的戰衣。肯定是亞馬遜人不會錯。

看到第二級（娜維）冒險者以下的每個同伴被兩名以上的蒙面襲擊者圍攻，沒受到奇襲的艾絲正想去支援——

「妳的對手是老娘～」

「——」

出現在背後的巨大身影，覆蓋了艾絲的身體。

「喝呀～！」

「！」

艾絲以神速反應躲掉威力驚人的一擊縱砍。

經過鋪裝的港口路面像木片一樣被打碎，大量煙塵與碎片飛舞時，艾絲拉開間距的同時一轉身，將對手放進正面視野。

艾絲不敢大意，舉起劍尖擺好架式……只見沙塵深處有個巨大剪影搖曳了。

「……！」

「咯咯咯咯咯咯！果然有兩下子～」

滿是驚訝之色的金瞳，映照出閃亮的金屬光澤。

那是全身型鎧甲(full plate)，完整覆蓋了裝備者超過二M的巨軀。

令人毛骨悚然的赤紅色彩只能說毫無品味可言，兩隻臂鎧(gauntlet)握著的，是一雙大戰斧。從護脛甲(greave)到頭盔，構成毫無空隙的完全防護裝備，看那光輝耀眼的精製金屬，足以看出它的堅固耐打。必定是第一等級武裝。然而同時，那個，該怎麼說，從各種意義來說，形狀實在驚人。難道是為了使用者的體型，貼身打造的專用裝備(客製品)嗎……

艾絲的腦中喚醒了記憶，那是她在古物商尋找名劍時，偶然看到的遠東土製人偶，稱做「土偶」；眼前鎧甲人給她的印象，就像那個土偶變得更胖一樣。

（那種像是怪獸的體型——不對，我在想什麼！——剛才那聲音是……）

艾絲從腦中趕走有點失禮的感想，她被對手的聲音觸動了記憶，輕聲說出那個名字。

「芙里尼・賈米勒……？」

鎧甲人扭轉那粗壯巨軀，做出喟嘆的動作。

「哎呀～，穿幫了啊～？穿著鎧甲都會被看穿……美麗真是種罪過啊～」

艾絲看對方的言行也知道判斷得沒錯，不禁繃緊自己的柳眉。

【男人殺手(Androktones)】芙里尼・賈米勒是【伊絲塔眷族】的團長。

——襲擊者並非【迦梨眷族】，而是【伊絲塔眷族】？

這麼說來，其他襲擊者是戰鬥娼婦了？究竟為什麼？艾絲胸中不斷湧起伴隨焦躁的疑問。連都市的大派系都來作梗，要援救蒂奧娜她們就更難了。

與艾絲對峙的芙里尼，對她內心的煩惱絲毫不覺，把頭盔的護面卡鏘一聲往上推，露出她青蛙般的相貌。

「算啦，無所謂～。只要妳在這裡嗝屁，就神不知鬼不覺了～」

【劍姬】艾絲・華倫斯坦與【男人殺手】芙里尼・賈米勒有一段宿怨——其實是芙里尼單方面的敵視，艾絲並不覺得有跟對方結下樑子——

過去，她們曾有過三次激烈對戰。

第一次是艾絲還是Ｌｖ．２的新人（菜鳥），受人嫉妒與羨慕的時候。

第二次是兩年後，在地下城內的遭遇戰。

第三次是在艾絲剛升上Ｌｖ．５後。

第一次勝負艾絲原本必敗無疑，幸有里維莉雅等人介入而不了了之；第二次平手；第三次事實上是艾絲的完全勝利。

「為什麼，要在這時候襲擊我們？」

「老娘有什麼必要，告訴一個很快就不能開口的醜八怪？」

一切交戰的原因，都出在芙里尼「看不順眼」的情感上。起初她只是想給擁有最快紀錄的臭屁小妞來個冒險者的「洗禮」罷了。然而這個小妞卻以超乎尋常的速度變強，最後連地位、名譽與實力，都追過了芙里尼。

「比自己（芙里尼）更強，比自己（芙里尼）更美」。

雖然芙里尼絕不認同，但其他人的評價可不是這樣。她忍無可忍。

芙里尼恨透了勢如破竹地成為第一級冒險者的美麗少女。正好就跟憎恨美神（芙蕾雅）的主神（伊絲塔）一樣。

打開的護面底下，芙里尼的大眼珠布滿血絲。

從旁來看也知道她漲滿了殺意與憤慨，再加上從過去的經歷判斷，艾絲領悟到這一戰是不可避免了。

（——發光的，粒子？）

這時，艾絲注意到一件事。

掀起的護面底下，芙里尼接觸到外界空氣的臉孔——冒出了光之粒子。

「今天一定要幹掉妳～，【劍姬】～！」

護面發出激烈聲響被拉下，冒出的光粒也被遮住了。

說時遲那時快，女巨人高高舉起雙手的大戰斧，衝殺而來。

「————」

那逼近的速度。

快到遠超過艾絲的預料，壓倒性的，構成了無庸置疑的「威脅」。

「!?」

幾秒前艾絲還站著的地面，彷彿方才光景重新播放般爆碎開來。

高舉右手大戰斧揮砍的芙里尼，以左手大戰斧迎擊千鈞一髮躲開的艾絲。

【劍姬】這次以武器成功擋下，過度強勁的衝擊震得劍身嗡嗡響。

——好重！

艾絲驚愕不已。

芙里尼・賈米勒應該是Lｖ．5才對，此時卻用跟Lｖ．6的【劍姬】幾、乎、不、相、上、下的力量與速度短兵相接。

「咯咯咯咯咯！怎麼啦，【劍姬】～～～？」

「……！」

艾絲用一挺利劍，全力迎擊自由自在地到處揮動的雙刃。

戰況極度激烈，連周圍打鬥的團員與亞馬遜人們都倒抽一口氣。刀刃與刀刃相接，大量火花與衝擊聲在貿易港濺散。

（【升級】？她也升上Lｖ．6了……？）

攻擊威力、動作速度、感知範圍，從這所有要素看來，艾絲的感覺喊著：敵人的能力（能力值）絕非Lｖ．5。

沒有向公會報告，或是官方情報沒有更新——芙里尼升級未公開的候補理由要多少有多少。

也許她真的升上Lｖ．6了。

可是，但是，這個不協調感是什麼？

這種從對手身上傳來，彷彿陶醉於天上甘露的全能感究竟是——

「艾絲小姐!?」

眼見艾絲與芙里尼打得難分高下，同伴團員都叫了起來。

同時對付兩名亞馬遜人的第二級冒險者（娜維），還有其他少女看到【劍姬】意外苦戰，都不禁驚叫時——

「吵死了，少在那兒吱吱喳喳啦～！」

芙里尼好像嫌刺耳，扔出了一把斧頭。

那是丟向娜維的。

這一記暴虐的投擲，絲毫不顧與她戰鬥的自己人（亞馬遜人）會遭波及，帶有能把少女們全部一口氣炸碎的明顯威力。

眼見大戰斧飆速飛來，正在戰鬥的娜維跟亞馬遜人們都凍住了。

「！」

一時與芙里尼拉開距離的艾絲疾速飛奔。

她岔入攻擊射線上，用劍打掉了高速旋轉的大刃（切割機）。

「咯咯咯咯咯！蠢貨～！」

看到艾絲挺身保護了娜維她們，芙里尼嘲笑她，趁機將她逼入絕境。

大刃非比尋常的威力令艾絲姿勢不穩，芙里尼朝著她，高舉另一把大戰斧當頭就砍。

「嗚!?」

艾絲被迫正面以劍擋下，膝蓋下沉，地面龜裂。

眼看少女就像被釘在板子上的蝴蝶，芙里尼撕裂雙唇獰笑，接著大聲吼叫：

「趁現在～！莎麗，動手！」

這聲吼叫，是對著戰場外喊的。

沒參加襲擊而躲在屋頂上的亞馬遜人，就像早就算好了似的，將法杖對準艾絲，念誦了些什麼。

「～～～～～～～～～～～～～～～～!?」

霎時間，尖銳的高周波襲向艾絲與芙里尼。

艾絲承受不住擊穿胸口般的不快噪音，硬把擋下的斧頭揮開，連翻帶滾地離開原位。

「剛才，那是……？」

鼓膜深處響個不停的耳鳴雖令艾絲皺眉，但身體沒受傷。也看不出有什麼異常變化。

真要說起來，剛才的超音波也波及了芙里尼，直接擊中兩人。視線轉去一看，身穿鎧甲的女巨人也沒什麼變化。也不做追擊，只像看好戲般觀察著自己。

艾絲心生疑慮，能注意到那點，只能說是直覺。

——難道是。

她被不祥的預感所推動，啟唇念道：

「……【甦醒吧(Tempest)】。」

本應以超短文詠唱為觸發因子展開的「風」之附加魔法，並沒有回應艾絲的呼喚，保持沉默。

「……!?」

「咯咯咯咯咯咯咯咯咯咯！看來是成功啦～！」

看到艾絲的【風靈疾走】沒有發動，芙里尼發出今天最大聲的狂笑。

芙里尼這種歡天喜地的樣子，還有發生在自己身上的事態，讓艾絲找出了答案。

「『詛咒(curse)』……！」

「猜對了～～～～！」

那與純粹的「魔法」不同，正如其名，是詛咒對象的力量。

發動者必須付出代價(受罰)，但相對地能發揮「魔法」所沒有的咒術效果。「異常抗性(發展能力)」之類也都沒有意義，只能以有限的方法防禦或解咒。

這次使用的「詛咒」很可能是「封魔」。

這種力量能夠封印中了「詛咒」之人的「魔法」。

（她本來，就不會「魔法」……！）

對於沒有學會「魔法」的芙里尼而言，就算受了詛咒也不痛不癢。敵方恐怕本來就預謀由芙里尼壓住艾絲，再用「詛咒」對付她。

她在對人戰總是避免使用【風靈疾走】，這下卻反受其害。

艾絲的最終王牌，被封鎖了。

「這些異常魔法與詛咒原本是為了【猛者奧它】而準備的……咯咯咯咯咯，正好做個實驗。」

喃喃自語的芙里尼，定睛瞪著不再能用「魔法」的艾絲，在頭盔裡伸舌舔嘴。

「老娘本來是想連【九魔姬】一起無力化的～！算她鼻子靈！」

「……！」

「畢竟不能使用『魔法』的精靈，根本一點屁用都沒有～！」

聽到對手侮辱里維莉雅，艾絲原本想反吼回去：「才沒有那種事！」但芙里尼突擊揮砍的斧頭妨礙了她。

防禦住剛強驚人的一擊，寶劍散播著尖銳聲響。

「用不出『風』的妳也一樣！都不是現在的老娘的對手啦啊啊啊啊啊啊啊！」

「……！」

這類「詛咒」可藉由打倒術士的方式解咒，但與芙里尼一夥的「封魔」術士早已不見蹤影。

在這狀況下，要追是不可能的了。

期待「詛咒」的限制時間過去也是下策。因為艾絲必須追上蒂奧娜她們，根本沒有多餘時間。

面對依舊發揮Lv．6級力量的女巨人，艾絲橫眉豎目，只靠劍士的能力挺身迎戰。

——簡直就像童話裡的英雄。

那個獸人少女躲在倉庫暗處，注視著英勇戰鬥的【劍姬】身影。

「！……」

被以長腿悍婦為首的亞馬遜人護衛包圍著，種種情感縈繞在翠綠眼眸中。

在套頭和服下，與艾絲相同的金色長髮，羞恥地搖晃了。

◆

蒂奧涅與阿爾迦娜等人搭乘的大型船，已經出了外海。

離開了陸地，傳到她們這邊的，只有蓋在岸邊的燈塔的光線。

在無人靠近的船上，跟蒂奧娜應戰的海蝕洞一樣，伴隨著亞馬遜人們的狂熱氣氛，激烈的毆打聲不斷鳴響。

「噓！」

蒂奧涅的上段踢捉住了阿爾迦娜。

阿爾迦娜以手臂防禦，向後跳開，不解地偏了偏頭。

「妳比昨天交戰時身手好多了，蒂奧涅……為什麼？」

蒂奧涅身手的精確度提升了。迅捷而準確的動作，事實上與阿爾迦娜成功打成了平手。

「是妳變遲鈍了吧？」

蒂奧涅雖這樣說，心裡卻在吐舌頭。

蒂奧涅與蒂奧娜是在來到梅倫的前一天，才升上Lv．6的。昨天她的感覺，還沒跟上急速上升的能力。換個說法不過就是肉體與精神的落差，但在第一級冒險者之間的戰鬥中，卻連這點小事都會致命。

臨戰之前，蒂奧涅跟蒂奧娜過招，就是為了這個。正好就像艾絲升上Lv．6之後對付大群怪獸，讓身體習慣那樣；蒂奧涅也在如同實戰的模擬戰中調整了身心。

現在的蒂奧涅緊緊握住了肉體的韁繩，駕馭住這匹悍馬，不會再像之前那樣落後對手了。蒂奧娜應該也不會從頭到尾都被芭婕壓制住。

（話是這樣說，但「力量」什麼的還是她比較強……）

聽說阿爾迦娜她們是這幾年升上Lv．6的，總而言之，她們還是比自己與蒂奧娜略勝一籌。光看能力參數的話，仍然是對手比較厲害。

不過上次的衝突也讓蒂奧涅察覺到，對手與自己的能力差距，沒芬恩他們那麼大。

再來就看「技巧」與「戰術」了。誰最渴求勝利，誰就是贏家。

「喔，這樣啊，是我變遲鈍了啊！」

即使蒂奧涅惡言惡語，阿爾迦娜也只是笑著接受。

只要是在廝殺當中，這個女戰士不管什麼事都能盡情享受，做出了凶狠的笑臉。

「那麼，我得變得更快……更強才行。」

「！」

隨著戰意與殺意的膨脹，阿爾迦娜疾馳而來。蒂奧涅加以迎擊。

對於來自正面的突擊，她使出踢擊牽制。阿爾迦娜化解攻勢，兩手如鐮刀一揮，自左右兩方施加連擊。

阿爾迦娜的指甲就跟怪獸一樣尖。除了握緊的鐵拳外，其他攻擊都成了名符其實的銳利蛇牙。

蒂奧涅彎腰躲避，從超近距離展開肉搏戰。

「哈哈哈哈哈哈！打得好，蒂奧涅，就像回到從前一樣！」

「吵死了，給我閉嘴！」

面對不知殺死多少戰士的阿爾迦娜，採取守勢絕對是下下策。誰也抵擋不了她這個好戰欲望的集合體如烈火般的攻勢。必須主動出擊才有一線生機。

驚濤駭浪般的亂打拳拳到肉，將蒂奧涅與阿爾迦娜痛打一頓，兩者皆不例外。被敵人揍一拳就回敬兩拳，簡直就像一場火爆鬥牛之間的亂戰。過去一再重複的賭命鍛鍊，成了更慘烈的鬥爭，於此刻復活。

『喔喔喔喔喔喔喔喔喔喔喔喔喔喔喔喔喔喔喔喔喔喔喔喔喔喔喔！』

犀利的「技巧」與令人屏息的「戰術」互相交織，卻又彷彿原始鬥爭的光景，使得站在甲板周圍的亞馬遜人們狂哮不止。高漲的嘶吼變成了力量浪潮，想靠近船隻的怪獸嚇得逃之夭夭。

裝在船上的魔石燈，搖曳著不安定的燈光。

「嗚！」

阿爾迦娜的指甲擦過蒂奧涅的臉頰，鮮血飛濺。

被血噴到的阿爾迦娜，用長長的舌頭，舔掉沾在臉上的蒂奧涅的血。

「！……妳這蛇女!?」

滿是憤怒與劇痛的兒時記憶立刻復甦，蒂奧涅氣得怒髮衝冠。

即使【狂化招亂（技能）】已不斷給自己附加「力量」，蒂奧涅照樣將兒時屈辱加諸於拳頭上。

「妳的血果然美味啊，蒂奧涅？」

「妳這……！」

「我一直，一直很想把妳的血喝到一滴不剩。」

躲開攻擊的同時，阿爾迦娜的眼瞳開始孕育宛如戀愛中女子般的熱情。

令人聯想到爬蟲類的蛇眼，正讓蒂奧涅的厭惡情緒到達極點時，敵人的指甲再度撕裂她的上臂，阿爾迦娜的通紅舌頭啜飲了鮮血。

「——！」

這時，蒂奧涅有種不協調的感覺。

原本以為不足為道的小小變化，漸漸增加了蒂奧涅的傷口，滲出鮮血，取悅了蛇的舌尖。

擦身而過時，阿爾迦娜舔了她臉頰的傷口，蒂奧涅氣憤地打出肘擊，然而敵人的身體早已不在原位。

攻擊變得常常揮空。

——等一下。

如同【狂化招亂】提升了蒂奧涅的「力量」，對手的身手也——

「怎麼這麼遲鈍呢，蒂奧涅？」

「————」

刺出的拳頭被化解，阿爾迦娜的身影從視野中消失不見。

四肢如蛇行般，滑向蒂奧涅伸出的手臂與身體，阿爾迦娜就像蛇纏住獵物，取得了少女的背後位置。

伴隨著耳畔的呢喃，女子的犬齒咬破了蒂奧涅的頸項。

「——嘎啊啊啊啊啊啊啊啊啊啊啊啊啊啊啊啊啊啊啊啊啊啊啊啊啊啊！」

一陣皮肉被刺破的劇痛，如同對手預告過的，自己的血被滋滋啜飲。

體內被人用舌頭蹂躪的感覺，帶來了被蜈蚣寄生的錯覺，猛烈的厭惡感令全身起滿雞皮疙瘩。

蒂奧涅不管三七二十一，把阿爾迦娜連同自己都摔出去。

相對於在甲板上翻滾的蒂奧涅，阿爾迦娜迅速重整態勢，站了起來。

「妳這，該死的……！」

按住血流不止的脖子，蒂奧涅搖搖晃晃地站起來。

鮮血塗唇的阿爾迦娜瞇細眼睛，又一次津津有味地，用舌頭舔掉了血。
在鬥國（提爾史庫拉）不知看過多少次這種光景。
偏離常軌的女戰士，不顧對手的慘叫啜飲鮮血。
憤怒與痛楚令蒂奧涅渾身發抖，她帶著確信開口說道：
「妳是用吸血的方式，變強了對吧……!?」
被蒂奧涅如此指摘，她咧起嘴角。
阿爾迦娜不懷好意地笑了。
「被妳發現了啊。」
「跟芭婕一樣，是『魔法』嗎……?」
「我的是『詛咒』。」
阿爾迦娜伸手撫摸自己暴露在外的肌膚，如此說道。
「『詛咒』的名字是【黑天女】。妳說的沒錯，我吸了越多領受『恩惠』之人的血，【能力值】就會上升越多。」
「……!?」
「照迦梨的說法，這好像叫做『血流吸收（blood drain）』。只有主神（迦梨）與妹妹（芭婕）知道這件事……我在鍛鍊妳時把它停掉了，所以妳沒發現也是無可厚非。」
【黑天女】、「詛咒」、「血流吸收」。

聽到阿爾迦娜親口說出的名稱，蒂奧涅的記憶殘渣全連成了一條線。

她原本以為阿爾迦娜的吸血行為，是嚇唬對手的威嚇手段，或是一種自我暗示。然而她想錯了，一切都是有意義的。包括她那可憎的詛咒之名變成了恐怖的外號在內，一切都是。

受到過度衝擊而激動忘我的蒂奧涅，用天生的粗魯口吻不屑地說：

「喝血就能無限變強是嗎……？妳他媽的根本犯規！」

「也不盡然。只要解除『詛咒』，能力參數就會恢復原本數值，而且吸一點血也得不到多大力量。除非像剛才那樣，直接啜飲大量的鮮血。」

「……『詛咒』的代價是什麼！」

「能力參數當中只有『耐久』會大幅下降。」

少在那裡大嘴巴說個沒完！蒂奧涅心裡咒罵，卻也感到不寒而慄。

只要滿足條件，即使嚴重喪失「耐久」能力，其他【能力值】卻能無上限地增幅(boost)的祕技。

「詛咒」本來就比「魔法」使用者更少見，她這個無疑更是「稀有詛咒(rare curse)」。

以鮮血為祭品獲得力量，兼具強悍與可厭，是阿爾迦娜特有的能力。

「蒂奧涅，妳以前不是問過我嗎？說我殺了同胞們，難道一點感覺都沒有嗎？」

對著呼吸紊亂的蒂奧涅，阿爾迦娜回顧過去的事情。

「我吞噬落敗者們的血肉變強。她們不會消失，死不會消失！這一切在我體內變成哺育力量的糧食，有朝一日，將會與我一同成為『最強的戰士』！」

就像對至今吞噬的同胞血肉獻上感謝與祈禱，鬥國（提爾史庫拉）催生的怪物喊出內心的歡喜。

「一點都不寂寞！我們的血會互相溶合，永遠在一起！」

蛇在笑著。像孩子一樣開心。

凶殘戰士相信啜飲落敗者的血，與自己一同感動顫抖方為救濟，她的雙眼炯炯有神。

「女神（迦梨）也在殷殷期盼。期盼我們成為『最強的戰士』。所以，蒂奧涅……我要吞噬妳的血肉。」

「去妳的王八蛋……！」

連周圍的亞馬遜人都倒抽一口氣，蒂奧涅則是咬緊牙關。

「在湖上看到妳的臉時……我相信了命運。」

海蝕洞進行著激烈戰鬥。

在女神（迦梨）與亞馬遜人們的俯瞰下，蒂奧娜與芭婕在黑岩戰場（競技場）展開肉搏戰。跟蒂奧涅與阿爾迦娜一樣，是赤手空拳的格鬥戰。

芭婕以蒂奧娜所沒有的武器【瓦爾格斯】為起點施展攻擊。包覆右手的黑紫光膜是「劇毒」的結晶，被拳頭捶中的地面伴隨著滋滋聲冒煙，變成同一種顏色。

面對芭婕無法防禦的「魔法」，蒂奧娜只能慌張地左閃右躲。

「我曾經詛咒過放走妳們的主神（迦梨）。我本來決定……要由我親手殺了妳。」

「……！」

「阿爾迦娜也一樣。」

與面無表情、缺乏情感起伏的話語相反，芭婕的攻擊嚴苛又激烈。她靈活運用蒂奧娜曾拚命偷學的俐落體術，企圖將名為毒拳（瓦爾格斯）的殺招捶進對手體內。

「像這樣殺個你死我活……是我與妳的宿命。」

「芭婕！原來妳這麼健談啊！」

「是啊。我這人只要興奮起來，就會變得多話。」

面對表情不變地回答的芭婕，蒂奧娜心想：幸好蕾菲亞不在這裡。

如果現在芭婕講的亞馬遜語跟通用語交互傳來，自己的笨腦袋一定已經爆炸了。而且，也已經被打敗了。對手的攻擊就是如此激烈。

（多虧有跟蒂奧涅過招，身體動起來很自在……但芭婕的「魔法」實在太難對付了啦～！）

那招不允許蒂奧娜鑽進敵人的懷裡。蒂奧娜以前看過，芭婕的對戰對手只不過被毒拳（瓦爾格斯）擦到一下，就倒在地上痛苦翻滾。而她就這樣冷酷地直接解決對手的戰鬥模樣，對年幼的蒂奧娜來說，可是不小的心理創傷。

（啊～！我考慮不了這麼多啦！這種的蒂奧涅他們才會！）

身為冒險者，在迷宮中應該隨時思考打破困境的方法才行。蒂奧娜一面產生冒險者不該有的念頭，一面決定不再想東想西，向前踏出腳步。

「我啊！以前芭婕念書給我聽，有時還會幫我擦身體，都讓我很高興耶！」

「……那只是我一時興起罷了。」

即使受到毒拳威脅，蒂奧娜仍然展開攻勢。芭婕的驚人「技巧」爐火純青，近距離內根本不可能躲掉她所有攻擊，她的「魔法」不斷擦過蒂奧娜的身體。

肌膚轉瞬間開始作痛，冒出惡臭與白煙。

相對地，芭婕防禦的次數也變多了。

「！」

「～～～～～～～～～～！？」

芭婕目光銳利的攻擊，狠狠打中了蒂奧娜的要害。

蒂奧娜雖舉起手臂，沒讓攻擊打個正著，然而擋下毒拳的左臂卻發出驚人慘叫。蒂奧娜受到肌膚燒傷的痛楚侵蝕，明白到長期戰果然於己不利，加快了速度。

眼見蒂奧娜一邊挨著毒拳卻仍果敢進攻，迦梨興味盎然地欣賞著，給她一個淺笑。

「哦，『異常抗性』啊。看來是在迷宮都市（歐拉麗）學到的呢。不過這又能撐多久呢？芭婕的獠牙，與隨處可見的怪獸毒素可不一樣唷。」

芭婕在訓練時期，無論如何痛打蒂奧娜，只有「魔法」從沒對她用過。

這當然——不是因為她心軟。芭婕只有在確定殺死對戰對手——獵物時，才會發動「魔法」。除了不讓敵人研究對策，也絕不給蒂奧娜發掘出「異常抗性」的機會。

這招因此而為必毒，也是必殺。

——真的，搞不好比毒妖蛆（poison vermis）的「劇毒」更狠！
比地下城蠢動的怪獸更強勁的蠱毒，讓她渾身發冷。
另一方面，蒂奧娜也感覺到自己從體內發熱。
與姊姊（蒂奧涅）同等的技能【狂化招亂（Berserk）】，每次身體受到損傷，攻擊力就會上升。
蒂奧娜感受著高漲的力量，不耍小花樣，正面朝著對手果敢衝鋒。
「！」
意想不到的突擊，讓芭婕的眼瞳初次睜大。
芭婕以毒拳招呼勢如破竹的她，但蒂奧娜不予理會。
她一邊讓肩膀被削掉一塊肉，一邊衝撞上去——賞對手一記加算【狂化招亂（技能）】力量的頭錘。
「嗚！」
胡來的攻擊撞在豐滿的胸部上，芭婕的姿勢不穩了。
蒂奧娜咬牙忍受著燒灼肩膀的劇痛，直接以左腳為軸心猛一旋身，右腳高高一甩。
（蒂奧涅最愛的一招——！）
「切肉斷骨」。
蒂奧娜使出渾身力量，對著芭婕的面孔就是一記迴旋踢。
下個瞬間，只聽見「咚！」一聲。
毆打骨肉的驚人鈍重聲音響起，亞馬遜人們的歡呼聲戛然而止。

整個空洞籠罩在靜默之中。女神(迦梨)仍舊盤腿坐著，沉默地俯瞰兩人的戰鬥。

就在寂靜貫穿著鼓膜之時。

蒂奧娜的雙眸，染成了整片驚愕的色彩。

不是對芭婕於千鈞一髮之際，在臉孔旁邊架起左腕擋下了迴旋踢，站穩了腳步。

而是對包裹她的左臂——包裹全身的黑紫光膜。

「咦……？」

聽著自己的右腳滋滋作響，蒂奧娜不禁喃喃自語。

這哪招？

「汝應該不知道……」

代替只是眼神冰冷地回望自己的芭婕，迦梨說著。

「升上了Lv．6，芭婕的『魔法』也加強了。無論是威力，還是範圍。」

【升級】的恩惠。如同其他能力參數，「魔力」也大幅提升。

芭婕原本只能附加在右手的附加魔法，就跟艾絲的「風」一樣，變得能遍布全身了。

此時，女人妖豔的褐色嬌軀，都被嚇人的黑紫雙色光膜包住，呈現恰如毒蟲般的色彩。

「好……，好燙～～～～～～～～～～～～～～～～！」

暫停的時間再度流動，蒂奧娜慘叫著不禁後退。

變色的右腳使不上多少力，芭婕又毫不客氣地展開追擊。

「雖然成不了鎧甲，但我的『魔法』能強迫對手承受痛苦。」

「啊嘎!?嗚嘰!?」

「如果不敢攻擊，只會站著發呆，當然就由我親自下手。」

芭婕蘊藏可怕光芒的四肢，連續打擊原地踱步的蒂奧娜的全身。

芭婕本身孔武有力的臂力就足以毀掉對手的身體了，若是再加上全身附加的毒擊(瓦爾格斯)，縱然是第一級冒險者的強韌肉體，也會在轉眼間腐朽。

骨骼裂開，肌膚燒爛，嘴裡不斷吐血。

——咦，等一下。這要怎樣才能打倒？

不能挨攻擊，也不能攻擊。

那不就是說，在對手倒下之前，自己一定會先死——

在遭受連擊而模糊的視野中，名為絕望的毒素侵蝕著蒂奧娜的心。

「妳屈服了嗎，蒂奧娜？」

「嗚——啊啊啊啊啊啊啊啊啊啊啊啊啊啊啊啊啊啊啊啊啊啊啊啊啊啊啊啊啊!?」

芭婕的右手一把抓住蒂奧娜的臉，直接把她舉起來。

臉孔被劇毒燒傷，冒出大量濃煙，蒂奧娜尖叫了。她抓住對手的手腕，拚命想扒開陷入臉孔的五指，但即使是蒂奧娜的臂力也甩不開芭婕的怪力。

對手反而加重了壓迫力道，要把她的臉孔當水果一樣捏爛。

「蒂奧娜……妳知道我為什麼那樣寶貝地鍛鍊妳嗎？」

「……，……！」

就在視野被黑紫蠢動的毒素光芒淹沒時，芭婕冷淡的聲音響起。

「就是為了這一天。為了拿變強的妳，當成我的『飼料』。」

「!?」

「打從見到妳時，我就確定了，知道妳會變強。……並且相信殺了變強的妳，我就能升上更高的境界。」

【升級】。下界居民為了讓「器量」移向更高的次元，必須進行的儀式。

芭婕坦承她的目的，是打倒——吞噬實力開花結果的少女（蒂奧娜），達成「豐功偉業」。

「我從沒有把阿爾迦娜當成姊姊。那是怪物，是掠食者。」

冰冷至極的瞳眸一瞬間，在深處透露出恐懼的眼光。

「我不願意被那個吃掉。……我不想死。」

就跟蒂奧娜與蒂奧涅的境遇一樣。

芭婕也是從出生的那一刻起，身旁就有了姊姊（阿爾迦娜）——有個怪物。

她之所以變得不願開口，變得越來越面無表情，都沒有別的理由。她是不敢釋放一旦發洩就會侵蝕全身的恐懼。

芭婕早就明白，自己是與阿爾迦娜擁有相同才能與能力的雙胞胎妹妹，就算逃出鬥國（提爾史庫拉），也注定會被渴求強者的阿爾迦娜追到天涯海角。她知道可恨的血緣羈絆必定會將兩人拉在一起。

過去芭婕差點死在親姊姊手裡，因為女神(迦梨)制止才撿回一命時，她悟出了該依靠的真理。

「力量。我需要力量。需要守得住一切的強悍力量。」

芭婕讓封印在內心的死亡恐懼與對生命的渴望互相混合，將其昇華為鬥爭心。

就這樣，受到求生本能與鬥爭本能所支配，就某種意義上，最純粹的戰士誕生了。

冷酷而殘忍，只是不斷貪食力量的戰士。

「我要殺了妳們跟阿爾迦娜，成為『最強的戰士』。」

迦梨興味盎然且愛憐地，俯視著欲成為蠱毒之王的芭婕。

「！」

臉孔被毒素燒灼的蒂奧娜一咬牙，擠出力氣抬腳一踢。

她踢中芭婕的身體，好不容易才掙脫束縛。踢中對手的左腳也被毒素燒傷，蒂奧娜摔倒了好幾次，難看地拉開距離。

「啊，啊啊……！」

劇痛與近似酩酊感的感覺折磨著整張臉。這是強勁毒素造成的效果。全身上下不自然地發熱，而且異常冒汗。口中吐出的血團烏黑混濁。

蒂奧娜雙手顫抖，四肢著地，眼眸因為太過痛苦而掉下一滴淚。視為另一個姊姊的人對自己做的殘酷告白，也讓少女的心產生了裂痕。

好痛。

好痛，好痛，好痛！

好難受好難受好難受！

「蒂……奧，涅……」

蒂奧涅……蒂奧涅！

救我，蒂奧涅！

我好痛，我好難受，我不想再打了！

我再也不想打了——

身體受到毒素侵蝕，一顆心被撕裂，蒂奧娜的意識開始分不清現實（現在）與過去。

在黑暗的內心底層，兒時的蒂奧娜在哭泣。

哭喊著不想再打了。

『————————！』

看著胸口上下起伏，一動也不動的蒂奧娜，戰士們對著她吼叫。

「站起來，戰啊！」「殺個你死我活！」

芭婕眼神仍舊冰冷，讓凶光蠢動的右手發出喀嘰一聲。

在迦梨的見證下，女人慢慢走到少女面前。

「咕，啊……！」

發出激烈的聲響，蒂奧涅的背部破壞了木桶，狠狠撞上甲板牆壁。

她渾身是血。撕裂的傷口、嘴巴都在流血，肌膚上滿是數不清的跌打損傷。

揍飛了蒂奧涅的阿爾迦娜，在同胞們的歡呼圍繞下對她出聲：

「結束了嗎，蒂奧涅？」

「……！」

她用手臂擦拭臉頰，舔掉自己與蒂奧涅混雜的血。

彷彿描述了戰況之激烈，阿爾迦娜身上也帶著傷。她的服裝與纏在腰間的龍鱗皮都變得破破爛爛。

「妳雖然不再是戰士……但我沒想到妳能戰到這個地步。就承認吧，妳的確變強了。比起當年小得像塊垃圾的時候，要強得多了。」

阿爾迦娜的聲音很遙遠。耳朵嗡嗡作響。

混帳，該死。蒂奧涅在心中罵個沒完。失血過多，腦袋一片朦朧，簡直就像意識蒙上了一層薄膜。

蒂奧涅的背部埋在牆裡，癱坐在甲板上，脖子隨時都可能往下一彎。

「冒險者是吧……我本來不怎麼期待，現在倒開始迫不及待了。那個野豬人不知道會有多強。」

阿爾迦娜在說些什麼。
在鬼扯些什麼。
「喔對，在那之前還有份大餐呢。蒂奧涅，妳會在這裡被我吃了，不過……」
阿爾迦娜，在鬼扯些什——
「如果芭婕輸了……哈哈！我就連蒂奧娜也殺了吧。」
——霎時間，噗茲！
蒂奧涅聽見自己體內發出前所未有的斷裂聲，看見視野火紅地燃燒起來。
幾乎要下垂的脖子猛地一揚，全身上下每個角落變得沸熱——下個瞬間，她衝了出去。
「————」
阿爾迦娜來不及反應。
重重揮出的拳頭，不允許她閃避。
蒂奧涅踏緊的腳踩碎甲板，筆直打出的拳擊命中女人的顴骨。
「啊!?」
阿爾迦娜的身體被揍飛。
這次換她撞碎木桶，被砸在木牆上。
嘴巴流血的阿爾迦娜愣住了，看著染成血紅的【怒蛇】。
「我宰了妳……！」

用自己的血染紅全身，蒂奧涅握緊了拳頭。

那是「憤怒」。

是比遭受到攻擊時，比被吸血而喚醒記憶（心理創傷）時，屈辱如火焚身時更強烈，勝過任何時候的怒氣，純粹至極的「激憤」。

奔走體內的情感令蒂奧涅全身像著了火，她吼道：

「妳敢殺她，我絕對會宰了妳！」

「……！」

她的震怒，足以讓阿爾迦娜與亞馬遜人們倒抽一口氣。

連蒂奧涅自己，都搞不清楚自己為了什麼而動怒。

那是至今從未感受過的恚怒之火。

她無法理解自己為何這麼氣憤，但衝口而出的話語不受控制。

「妳敢碰那個笨蛋一根寒毛看看！敢搶走那個笨蛋的笑容看看！我絕對讓妳死得很難看！」

每吐出心中的一句話，蒂奧涅就慢慢察覺了自己的感情。

她恨過那副笑容。

同時，也被那副笑容拯救了。

不知道是何時開始的。那不重要。該做的事已經確定了，對吧。

因為那是自己的手足——唯一的一個妹妹。

「我才不會讓妳殺她！」

自己要保護她。蒂奧涅要保護蒂奧娜。

她得保護妹妹，她們只有彼此。

一直以來，她保護著在競技場被同胞盯上的妹妹，在身邊保護著總是先入睡的妹妹。

蒂奧涅總是靜靜地，保護著太陽般照耀自己的蒂奧娜。

今後也是一樣。

「……妳們，真的是很另類的亞馬遜人。」

就像在跟自己姊妹做比較，阿爾迦娜如此評斷蒂奧涅與蒂奧娜。

對於在成立於同類相食法則的鬥國（提爾史庫拉）當中，仍不失姊妹情的渺小奇蹟，她露出了笑容。

「妳們真是愛著彼此啊。」

「妳鬼扯啥!?」

「我看妳什麼都不知道，所以就告訴妳。難得有這個機會嘛。」

阿爾迦娜邊站起來，邊當成餘興一樣告訴她：

「蒂奧娜一直在保護妳。」

——蒂奧涅，蒂奧涅。

年幼的自己，在黑暗中頻頻呼喚姊姊的名字。

蒂奧娜在退一步的位置，注視著那哭喊的小小背影。

女孩……孩提時期的自己沒能成為「戰士」。

自己走偏了「戰士」之路。

比誰都要單純的蒂奧娜，沒有成為「戰士」的原因是什麼？

很簡單。就是蒂奧涅。

自從姊姊在她面前落淚的那天起，自從蒂奧涅殺了瑟魯達絲而哭得不成人形的那時候起，一種感情在蒂奧娜的胸中萌芽。

——我得保護她。

蒂奧娜不是同情她。不過就是理所當然罷了。因為她是另一個自己。保護自己不需要理由，天經地義。

蒂奧娜從那天起，開始殺害同一間石頭房的室友。正確來說，是她自願參加「儀式」。當室友與蒂奧涅組成一對時，她拜託女神(迦梨)讓自己代替姊姊，藉以保護與阿爾迦娜修練得傷痕累累的蒂奧涅的心。

當她們倆的「儀式」即將到來，她知道蒂奧涅在煩惱。蒂奧娜也不喜歡。所以她向女神(迦梨)求情，只要能實現願望，她願意接受主神開出的條件：一夜之間連續進行的「儀式」，殺光好幾名同胞。

就連這項條件，蒂奧娜也做到了。而且是瞞著蒂奧涅。

由於有這唯一的情誼，蒂奧娜才沒有變成「戰士」，而仍然是蒂奧娜・席呂特。

要不是看到了那個哭泣崩潰的蒂奧涅，蒂奧娜或許也成了「那一邊」的人。

或許也成了為填補內心空虛而戰的亞馬遜人。

變成面露天真的笑容，渾身灑滿對手的血，進行殺戮，純潔無瑕的狂戰士。

蒂奧娜很清楚這一點。她知道兩者只有一線之隔。是姊姊的存在，留住了自己這個笨蛋。

蒂奧涅是月亮。

當蒂奧娜不知何去何從，呆站在黑暗之中時，蒂奧涅就像月光一般，為她指出一條明路。入睡時，蒂奧涅像月亮一樣靜謐地與她相依偎。蒂奧娜很喜歡夜裡的蒂奧涅。白天愛生氣又不坦率的她，到了夜晚才會變得坦率。到了夜晚就會與蒂奧娜溫柔相依。月亮的搖籃。

蒂奧娜只有在蒂奧涅的身邊，才能安詳地入眠。

——蒂奧涅，蒂奧涅。

幼小的自己在哭泣，說自己再也站不起來了。

蒂奧娜很喜歡戰鬥。但她不喜歡殺人。當她在「儀式」殺死了石頭房的最後一個室友時，孩提時期的自己在面具下哭泣。她好難過。身體、心靈都好痛。

——蒂奧涅，救我。

她希望蒂奧涅能像平常一樣，往她頭上一拍，一邊罵，一邊拉她的手。

在黑暗中，在心靈邊緣被迫看見昔日的自己，蒂奧娜悄悄摸了摸胸口。

她閉起眼睛，然後睜開眼瞼，仰面一看——蒂奧涅就站在視線前方。

——妳可別給我輸了喔，蒂奧娜。

她想起一會兒前才剛分手的姊姊說過的話。

想起那被月光照得水亮的背影。

蒂奧娜站在幼小的自己背後，撿起掉在腳邊的一本「書」。

她把那本「書」，交給哭累了的女孩。

——再加油一下下，好嗎？

——蒂奧涅也在奮鬥。

蒂奧娜笑了。就像太陽一樣。

幼小的自己眨眨眼，接過了「書」，伸手翻開封面。

故事書頁啪啦啪啦地響著，幾百幾千頁被翻過，然後幼小的自己邂逅了「英雄譚」的人物——笑了。

過去的自己與現在的自己咧著嘴相視而笑，牽起對方的手。

「————！」

蒂奧娜的眼瞳堅強地睜大。

原本混濁的意識取回光明，蒂奧娜動作迅速地站了起來。

「！」

正往她走來的芭婕大吃一驚，踢踹地面拉開距離。

她對復活的蒂奧娜保持警戒，其他亞馬遜人大聲投以讚賞。

「哦，站起來啦。」

在這當中，迦梨在面具底下浮現笑容。

「但汝打算怎麼辦？形勢並未改變，仍是汝居下風。」

蒂奧娜的身體此時仍被毒擊(瓦爾格斯)燒傷冒煙。

也許是女神的聲音傳進耳裡了，蒂奧娜用力擦擦滿是毒素的臉，然後——兩隻拳頭插在腰上，大聲宣稱：

「一一！點！都不痛！」

芭婕睜圓了眼。

「一一！點！都不難受！」

迦梨半張著嘴。

「我還能打，好得很！」

周圍的亞馬遜人們，跟石像似地僵住了。

「我不會輸的！」

然後，蒂奧娜加深了笑意。

好像在說中毒的皮膚根本不算什麼，她握緊拳頭，粗魯地擺出架式。

蒂奧娜拿出的對抗芭婕毒擊（瓦爾格斯）的策略。

就是全不當一回事——硬撐。

這可說是公認不擅長思考的少女，最笨的一招了。

「噗——啊哈哈哈哈哈哈哈哈哈哈哈哈哈哈哈哈哈哈哈哈哈哈哈哈哈！」

原本目瞪口呆的幼童女神，噗哧一笑後，霎時如決堤般呵呵大笑。她兩手抱著肚子，兩隻腳又甩又揮，當場笑得前俯後仰。

聽到頭頂上方傳來迦梨的爆笑聲，芭婕面不改色，雙眼嚴厲地瞇細起來。

「……我的毒擊（瓦爾格斯）不是靠虛張聲勢就能抵抗的。」

「嗯，其實我真的很痛，也真的很難受。」

「既然如此……」

芭婕話講到一半，蒂奧娜打斷她，說：

「可是，我能笑得出來。」

芭婕睜大了眼睛。

「不管有多痛，多難受，多傷心——我都笑得出來。」

蒂奧娜說的沒錯，她臉上的確浮現著笑容。

浮現著屈居劣勢時不該有的滿面笑容。

——在鬥國（提爾史庫拉）當中，要說是什麼讓蒂奧娜與蒂奧涅的性情分明，沒錯，肯定就是與「英雄譚」的邂逅。

蒂奧娜記得，自己曾聽芭婕的聲音朗誦故事詩篇聽得入神。

記得主角搞怪的台詞，曾讓她笑了老半天停不下來。

直到現在她都能想起來，英雄說過的話給過她勇氣。

「因為我是笨蛋……所以只會這麼一件事，不過！」

也許那只是屈服於艱辛的每一天，躲進美麗的故事當中逃避現實罷了。

也許她是用講給小孩子聽的「英雄譚」，在安慰自己。

但蒂奧娜的確從那許許多多的故事中，得到了很多東西——得到了笑容。

「我還是要盡情歡笑！」

只要自己笑，她覺得蒂奧涅總有一天也會對她笑。

她覺得要是連自己都不笑，那個褪色的血與塵土的世界就永遠不會改變。

所以她笑了。

受到「英雄譚」拯救的蒂奧娜，即使在只有兩人的世界裡，依然開朗笑著不當一回事。

而蒂奧涅——在那一天，也終於笑了。

「我要笑，把難過的事都趕跑！」

蒂奧娜有個喜歡的「英雄譚」。

《阿爾戈英雄》。

許下心願希望成為英雄的，平凡青年的故事。

曾讓蒂奧娜笑到掉眼淚的，滑稽的英雄譚。

『我要笑。

不管如何被瞧不起，受到多少嘲笑，我都要用笑臉面對。

不然就算是仙精，就算是命運女神，也不會對我微笑的。』

——笑吧。

就像鼓勵過自己的童話英雄。

就像美麗故事中的那些人物。

不管有多痛，多難受，就算是硬撐也好。

我要連某人的份一起。

為了迎接暢快的明天，一定要笑。

不是悲壯感或其他的什麼——像我這種單純又最怕想東想西的人，這樣剛剛好！

「我要幫笑不出來的人一起笑！」

說完，蒂奧娜綻放了滿面的燦爛笑容。

「直到她高興地對我笑——我會一直保持笑容的！」

「開什麼爛玩笑……！」

聽阿爾迦娜說出蒂奧娜比自己殺了更多同胞，蒂奧涅為了掩飾直逼胸中的情感，用力握緊了拳頭。

她全都明白了。

蒂奧娜那些笑容，是代替眼神與心靈磨損的蒂奧涅而笑。

——「那個叫艾絲的女生，跟以前的蒂奧涅好像喔」。

而現在換成了艾絲。為了跟以前的蒂奧涅一樣，不擅長笑的少女。

蒂奧涅這才終於明白，悄悄保護自己的那個笨妹妹，笑容隱藏的含意。

「妳以為妳是我的英雄嗎……！」

即使對故事懷抱憧憬，妹妹（蒂奧娜）也從沒等待過任何人。

因為她有必須保護的手足。單純的妹妹（蒂奧娜）就那樣開朗地一直笑著。

直到蒂奧涅展露笑容。

蒂奧涅以為自己在支撐妹妹，其實她才是被支撐的人。她以為自己在保護妹妹，其實被保護的是她。

兩個人都是一樣的。

蒂奧涅與蒂奧娜是背靠著背，互相守護的。

「我會把自己當成公主，等英雄來救嗎！吃屎啦！」

蒂奧娜不會來。就算來了，蒂奧涅也會扁她，把她趕走。

眼前的敵人要由自己來打倒。

由自己來打倒，以保護蒂奧娜。

「阿爾迦娜……我要殺了妳。」

「好眼神……妳好像變回了『戰士』呢，蒂奧涅。」

承受著蒂奧涅射穿自己的眼光，阿爾迦娜背脊一陣震顫。

不理會她的反應，蒂奧涅從口中慢慢地——吐出染成血紅的呼吸。

「……妳完全沒變呢，蒂奧娜。」

面對眼前笑著的蒂奧娜，芭婕輕聲說了。

「妳是鬥國（提爾史庫拉）當中最笨的一個……也是最凶暴的猛獸。」

蒂奧娜無論身處於多艱困的險境，不管被逼入何種絕境，嘴唇都從未失去笑意。在任何狀況下，她都能笑給對方看。

她一向是天真爛漫、純潔無瑕，面露凶猛的笑靨，搶得勝利。

少女向來都用她這笑容，克服了一切難關。

「說的沒錯！她完全沒變！連親姊姊都變了，這丫頭卻照樣是個笨蛋！」

迦梨邊笑個不停邊肯定芭婕所言，忽地停止了笑。

她緩緩撐起上半身，俯視著少女，翹起雙唇。

「——有趣。比起蒂奧涅，妾還是比較喜歡汝。」

彷彿與不變諸神之間找出了共同感受，迦梨如此說道。

蒂奧娜咧嘴笑了。

鼓勵自己不痛不痛的少女，最後從微啟的雙唇中吐出氣息。

呼出的氣息，是紅的。

——現在才要開始。

看到那顏色，芭婕繃緊了表情。

蒂奧娜吐出的氣息是紅的。不是譬喻，而是她的氣息真的蘊藏了高溫，使顏色都變紅了。

【大熱鬥(Intense Heat)】。蒂奧娜的「稀有技能」。

經過【狂化招亂】後發動的技能效果，是在瀕死時給所有能力參數高度補正。姊姊蒂奧涅發掘出來的，是發動條件完全相同，特別加強攻擊力的【大反攻(Backdraft)】。換言之越是被逼入困境，越是無路可退，蒂奧娜與蒂奧涅的戰鬥能力就越強。

席呂特姊妹要等到背水一戰時，才是最強悍的。

在船上。

在海蝕洞。

「儀式」漸入佳境。

包圍她們的亞馬遜人一齊踏響腳步，伴隨著更強的氣勢，發出層層重疊的吶喊與歡呼。

「鬥爭的結局……看看會有什麼發展吧。」

女神的低喃溶入黑暗之中，決戰的導火線就此點燃。

人影在趕路。

看到那個食人花(怪獸)出現在港口後，那人就一直在奔跑。

有件事那人必須確認。那人背對鎮上的慘叫與混亂，一路跑到這個城鎮的郊區。

人影抵達的地方跟蒂奧娜進入的地點一樣，也是個海蝕洞。

那人謹慎地探頭看看裡面後，才無聲無息地溜進洞內。人影小心不發出聲音，屏氣凝息，不受蟻巢般遍布的岔路所迷惑，一路前進。人影也不點燈，手扶著牆，與黑暗融為一體，一心只顧著往前走。

「——！」

然後，人影不幸地看見了。

好幾個放在那裡的黑籠中，小型食人花（怪獸）閉著花蕾蜷曲著，地面上還有好幾條刻出的車痕——可以想像是總共七個籠子被搬出去的痕跡。

「好，點燈。」

「!?」

在呆立不動的人影後方——洛基開啟了魔石燈。

女神借助團員的力量一路跟蹤沒被發現，讓人影的真面目暴露在燈光下。

與洛基隨行擔任護衛的少女們，驚愕得說不出話來。

「好意外的人物啊。」

人影……不對，男人是個擁有將近二M的身高，體格魁梧的人。

黑髮黑眼。

長期日曬的皮膚肌肉結實，可一窺身為漁夫的精壯。

男子是個人類。

「記得你叫羅德，對吧？」

「女神大人……」

被對方叫出了名字，【尼約德眷族】團長羅德仍然一臉呆滯。

看到舉起魔石燈的洛基，以及在她背後待命的少女們，羅德啞口無言了。他知道自己完全被跟蹤了。

最後他略瞥了一眼食人花，接著擠出僵硬的聲音：

「這、這真是敗給您了。您是什麼時候開始跟蹤我的……哈，哈哈！我只顧著趕路，一點都沒察覺……啊啊，真該死。」

也許是想掩飾窘態，羅德拚命做出差勁的乾笑。

洛基目不轉睛地凝視著他，一旁的兔人菈克塔好像忍不住了，逼問他道：

「是、是你把這些食人花放到湖裡的嗎？」

「……對，沒錯！全都是我幹的！」

他好像終於開始自暴自棄，不安定的情緒爆發了。

羅德目眥盡裂，亂吼亂叫：

「是我做的！是我把這些怪獸——！」

「嗯，你不用再掰了。」

洛基打斷羅德講到一半的話。

被對方一隻手隨便揮揮，男人僵在原地時，洛基微微睜開朱紅色眼瞳，說了：

「你想繼續讓孩子做這種事嗎，尼約德？」

寂靜填滿了洞窟。

洛基的聲音迴盪到深處，持續了一段令人難受的沉默後，有人從暗處現身了。

那人晃著束在後腦杓的茶色頭髮，用穿著靴型涼鞋的玉足踩響地面。

表情沉痛閉口不語的男神，正是尼約德。

「尼約德，神……！」

「咦，咦！這怎麼回事？」

「就是意外變成了雙重跟蹤啦。」

羅德一張臉皺成一團，菈克塔她們一臉困惑地看看男人，又看看天神。

當食人花出現在港口時，洛基發現的可疑人物……應該說神物，就是尼約德。

而除了她之外，還有另一個人也發現了，那就是羅德。

看到主神在這麼大的騷動中往郊區走去，做眷屬的無法視若無睹，於是尾隨其後，而洛基等人又跟在他的背後，一路追來。

「那麼，他剛才的自白……」

「是為了包庇主神（父親）……你這孩子真乖啊，尼約德？」

尼約德來到這個儲藏食人花的場所時，不知道尾隨其後的羅德受到的打擊有多大。當洛基她們現身，尼約德躲藏起來時，他一時情急而包庇了主神，也是因為一份信賴與敬愛之念才出此下策。

差點讓眷屬頂罪的尼約德愁眉不展，臉上漸漸顯出後悔與羞愧。

「尼約德神！這不是真的吧？您怎麼可能把這種怪物放到湖裡……！」

「不，她都說對了，羅德。」

「為什麼！您為什麼要這麼做，尼約德神！」

「……說穿了就是我這個神仙，沒你們想得那麼偉大罷了。」

看到主神什麼都不予否定，羅德的臉像孩子哭出來般歪扭。

尼約德不敢看他的眼睛，於是看向洛基。

「洛基，這事是我……」

「謎底已經揭曉啦，尼約德。別再裝傻了。」

說完，洛基從腰際取出一只小袋子，扔到尼約德腳邊。

五顏六色交雜的粉末，從袋口灑了出來。

這正是羅德發豪語說能驅除怪獸的「魔法粉末」。

尼約德端整的眉目擠出了皺紋。

把艾絲交給自己的小袋子扔向他後，洛基又補上臨門一腳，告訴他：

「我已經讓我們家的孩子去公會分部還有鎮長那邊了。現在應該已經拿到證據了吧。」

「……！」

尼約德臉色一變，一手放在頭上，像是認輸了。

羅德代替他驚訝地叫道：

「博格老爹，還有公會……？這、這是怎麼一回事，女神大人！」

洛基回答了慌張的羅德。

「哎，也就是說——」

「——並非你們當中有人是幕後黑手。你們全是共犯。」

在公會分部後面附近的無人倉庫。

面對臉色鐵青的分部長魯柏，里維莉雅說了。

「妳、妳胡說什麼……？妳再血口噴人，我就當成是對公會的侮辱——！」

「那麼，你抱著的那些器材是什麼？」

港都（梅倫）陷入混亂，建於後方的公會分部也籠罩在一片慌亂騷動中時，身為分部長的男人一個人溜了出來，企圖把某個東西搬走。

遭她一語道破，魯柏的面孔開始痙攣，被這一嚇，他雙臂抱著的東西掉了一個。那是一種魔石製品。

「當港都（梅倫）發生狀況時，本應立即派出冒險者的歐拉麗，看到目前這個狀況仍然按兵不動……因為你把信號燈全都帶走了。」

魯柏此時還難看地抱在雙臂裡的，是形狀像望遠鏡的信號燈。藉由將這種魔石製品的燐光連續點亮，對市牆值勤室送出信號，梅倫能瞬間向距離數K之遙的迷宮都市（歐拉麗）傳達緊急狀況。

「現在，若是冒險者與公會本部的人進了梅倫，自己做下的虧心事將會無所遁形。例如食人花一事……換言之，就是這麼回事吧？」

「……！」

面對里維莉雅閉起一眼，看穿內心一切的眼光，魯柏的臉上終於失去了血色。

「你們之所以一直佯裝互相交惡，原來是為了不被人察覺共犯關係啊……」

「【洛基眷族】……！」

在鎮長（梅鐸）的公館，精靈亞莉希雅跟里維莉雅一樣，正在逼問博格。

博格拿著一個大麻袋。裡面裝著那種「魔法粉末」是再明顯不過的了。急著想把袋子藏起來的博格似乎認命了，當場跌坐在地。

「妳說大家都跟這些食人花有所牽連，是什麼意思……？」

洛基邊聽身旁自己的眷屬混亂地問，邊看著黑籠裡沉睡般不動的食人花，接著視線落在尼約德腳邊灑落的粉末上。

「混在這粉裡的……是『魔石』吧。」

「……沒錯。」

對於洛基的指摘，尼約德像是死了心，承認了。

不顧羅德與團員們的驚愕，洛基繼續說下去：

「為了不讓任何人發現，你甚至把『魔石』磨成粉狀，還跟魚粉或什麼生的東西拌在一起……配方就這樣嗎？」

「嗯，真虧妳能發現。為了連神都瞞過，我可是做了不少工夫耶……」

「艾絲美眉發動了天然直覺（感應器），特地潛入鎮長（梅鐸）的公館一趟。然後在地下室找到了『魔石』。」

尼約德臉上浮現自嘲的笑。

其間腦子始終一團亂的羅德，岔入洛基他們的對話：

「拜、拜託等一下，女神大人！您說的『魔石』就是那個吧，怪獸胸膛裡的那個……摻了那個的粉末，怎麼會變成驅除怪獸的『魔法粉末』呢？」

「喔，你還不知道嘛。那邊那些食人花比起人族，更喜歡襲擊怪獸——正確來說是優先獵捕『魔石』。」

聽了洛基更進一步的說明，眷屬菈克塔等人心頭一驚。

根據艾絲等人收集到的食人花個體情報，「汙穢仙精」的觸手——也就是色彩斑斕的怪獸，具有偏好獵捕「魔石」勝過人族的特性。

「所以只要將摻了『魔石』的粉末灑到海裡，食人花就會忙著吃粉，而不會襲擊船隻啦。」

前日蒂奧娜提出見解認為「魔法粉末」是「魚餌」，果真是一語中的。

這個「魔法粉末」原來是食人花專用的道具。

「我、我一點也弄不懂……為什麼這樣做，其他怪獸就不會襲擊船隻？」

「我不是說了，食人花喜歡獵捕怪獸勝過人？」

看羅德百思不得其解，洛基邊嘆氣邊直指核心：

「放進湖裡的食人花，會大吃特吃在湖裡繁殖的怪獸……最近這陣子船隻都沒被襲擊，梅倫近海變得一片和平不是？」

瞠目而視的羅德、菈克塔等人，還有洛基的視線，全集中在男神身上。

「雖然大致上都弄懂了……不過還是問一下吧。你怎麼會幹出這種事？」

對於洛基的問題，尼約德邁步離開原地，將手探進遠處的泉水。

他巧妙地抓起一條魚。

「……妳看，洛基。看看這條巨黑魚。」

那是巨黑魚的幼魚。雖然還是幼體，但身體已有一般魚類那麼長，而且鱗片就快要重長得歪扭堅固了。

「鱗片發達得異乎尋常。這全都是為了抵禦怪獸而做的進化喔？」
「知道啦。自從怪獸滿地跑以來，很多地方的生態系都亂了。」
「是啊，就是啊……。可是這個巨黑魚還算好的了。牠們勉強還能生存，也能成為孩子們的食物。……但是其他的魚……就沒這麼好了。」
「這就是理由？就因為這樣才放出食人花？」
尼約德面色陰鬱地點了頭。
他對震驚的羅德等人苦笑一下，繼續說道：
「下界的海洋真是糟透了。這五百年來，怪獸增加太多了。」
「我看也是。陸地上還勉強過得去，但是換成海裡，能消滅怪獸的人就沒幾個了。」
「是啊，雖然波塞頓他們有在努力，但也只是杯水車薪。這樣下去連打魚都有問題……無論是世界各地的海洋，還是梅倫。我實在無法坐視不管。」
漁業之神尼約德。
一尊害怕下界失去大海恩惠的天神。
聽了尼約德的告白，身為漁夫的羅德呆立原地。
「不久之前，梅倫的漁獲量嚴重下滑，到了不可收拾的地步。因為魚都被怪獸吃了。都市（歐拉麗）能砸錢從國外進口，但我們派系（這邊）哪有辦法。」
「……」

「為了賺錢必須捕魚，為了捕魚必須出海，而每次出海……我的眷屬就會喪命。羅德的老爸還有祖父都是。」

尼約德寂寞地，對無話可說的洛基笑笑。

「即使我賜與孩子們『恩惠』，他們還是會死在怪獸手裡。」

「尼約德神！……」

羅德的聲音泫然欲泣。

「我也曾經想過，乾脆讓我的派系也變成像波塞頓那樣的武鬥派……但這樣會嚇壞漁夫們，就算實現了，就跟我剛才說的一樣，也是杯水車薪罷了。就在我不知道該怎麼辦時……偏偏得知了這種食人花（怪獸）的存在。」

尼約德講到這裡，看向食人花。

「什麼時候的事？你是怎麼知道的？」

「七年……不對，六年前吧？似乎是從歐拉麗的排水道漂流過來的，從羅洛格湖跑了出來。」

他說當時雖然造成了損害，但正好有旅行中的【眷族】在場，殲滅了食人花。而且就是趁食人花襲擊其他怪獸時的破綻動手的。

尼約德不幸發現了食人花偏好「魔石」的特性，於是侵入怪獸出現的上游，也就是歐拉麗的排水道。

突襲怪魚能沿著半鹹水湖逆流而上，反之亦然，食人花則是從都市順流而下。

這是都市以精製金屬（秘銀）柵欄修復排水道之前的事。

「我未經許可在都市的地下水道徘徊……在那裡遇見了一個奇怪的人類。」

「什麼樣的人類？」

「我想想，那人以瀏海遮著眼睛，膚色白到好像完全沒曬太陽，看起來很不健康……」

尼約德說，當他坦白說出自己造訪此處的理由後，那個男人表示想做個交易。

『神啊，只要你答應我的條件，我可以把那種食人花借給你。』

從此男人與尼約德的祕密協定就開始了。

對方為尼約德將食人花放到湖泊或梅倫近海，相對地，尼約德則替男人提出的貨物——來自港都的走私品圖個方便。

「於是你就把公會分部與鎮長都扯進來了，是吧……」

「對，沒錯。」

「唉~！」洛基大嘆一口氣，尼約德聳聳肩。

想在港都（梅倫）進行走私，最快的方法就是拉攏公會分部與梅鐸家。尼約德表示博格也贊成他為了梅倫近海和平與漁業安全而做的計畫。

公會分部——正確而言是魯柏，則是用金錢拉攏成功。

「再說為了製作這種粉末，總是需要公會幫忙摸點『魔石』……」

從本部弄到「魔石」加以私賣的魯柏。

在公館地下室直接製造粉末的博格。

然後是若無其事地在怪獸日漸減少的湖泊與海洋捕魚的尼約德。

這三人的共犯關係是因勢利導的。

他們透過博格將粉末交給出入梅倫的船隻，確保安全性的同時，持續這些行為長達數年。

「沒粉末的人，可能被食人花攻擊……你都沒想到這個可能性嗎？」

「如果不減少海裡的怪獸數量，會死更多的孩子……我擺脫不了這個念頭。」

見尼約德淺淺一笑，洛基又嘆了口氣。

男神尼約德是太愛漁業、海洋與相關的下界子民了。

看到曾經慷慨幫助過他們的善良天神走到這一步，洛基只說了句：「真傻……」

羅德對於主神的行徑啞口無言，只是垂頭喪氣。

「讓我確認一下，你主要只跟交易對象往來，跟黑暗派系的殘黨或怪人什麼的都沒有瓜葛，對吧？」

「我不懂妳在說什麼，不過……我想應該是吧？」

也就是說洛基等人追查的敵人老大，與港都(梅倫)的食人花騷動無關。

都查到這裡了，一陣強烈的疲勞感來襲，但洛基還是把該問的事問一問。

「還有人負責從都市把食人花運來吧？看起來像是先搬過來，然後再放到湖裡。誰負責這塊？」

「呃——，啊——……」

「快說。」

「……是【伊絲塔眷族】。」

尼約德似乎認栽了，從實招來。

「她們算是下水道那些人與我們之間的窗口，或者該說仲介？反正有什麼問題，我常常找那邊幫忙。而且她們好像跟商行有勾結，擅自進出都市，所以像是變得太強的食人花（怪獸），就請她們解決……」

「把食人花放到港口裡，好像在用誘餌釣我們的，也是……」

「……八成也是她們吧。」

看到食人花出現，讓尼約德懷疑自己看錯了而來到這裡，也是【伊絲塔眷族】造成的。洛基在口中默念這個派系的名字。

線索大概就這樣了。問到情報的洛基轉向尼約德，與他面對面。

「對於你一直以來的行為，我不會多說什麼。畢竟梅倫似乎是真的變得和平了。不過，這件事我會跟公會講一聲。不會再讓你用食人花了。」

「嗯……」

「還有，從現在開始我要你做牛做馬，就當作是賠償金，給我做好心理準備喔？我還有事想問你哩。」

「……好啦。」

尼約德最後頹然低頭，答應了。

洛基轉頭環顧四周。

「這裡就是臭小鬼……迦梨那些人拿來當根據地的地方沒錯吧？」

「對。而且她們跟伊絲塔好像有什麼關係。」

「蕾菲亞還有……蒂奧娜可能也在這裡？」

嗯。洛基點個頭，轉向帶來的團員們。

「菈克塔、艾露菲。可以麻煩妳們去跟大家說蕾菲亞她們在這裡，把大家帶過來嗎？」

「您說大家嗎？」

「妳是說艾絲小姐，還有里維莉雅小姐她們……？」

被兩個少女這麼一問。

洛基咧起嘴角，笑了。

「我是說大家、大家。」

時間倒轉到之前。

梅倫……正確而言是港口失去了燈火。這是對艾絲她們發動奇襲的【伊絲塔眷族】的所作所為。才剛看到食人花被擊退，港口正中心又突然爆發激烈戰鬥——有如派系鬥爭，令群眾震顫恐懼的交戰——，使得鎮上居民的混亂達到頂點。

「喂！信號燈怎麼了？公會為什麼沒有行動！」

「不知道啊！說是信號燈不見了，分部長也不見人影，那邊也亂成一團……！」

在不具實際作用的低矮鎮牆上，男人們爭吵不休。

公會分部本應送出的信號沒送，他們在瞭望台上，用絕望的眼神注視著城門緊閉、毫無動靜的歐拉麗的巨大市牆。

「可惡，這樣的話只能直接跑去——」

用望遠鏡對著市牆看的獸人男性，忽地停住了動作。

「啊……」

「喂，是怎麼了啦？這次又怎麼了！」

人類男性把望遠鏡一把搶來，往同一個方向看去。

一模一樣，「啊……」一聲，他的搭檔也僵住了。

他們注視的方向，是歐拉麗的巨大市牆頂部。

望著及胸矮牆前方的景象，獸人男性呆愣地低語：

「……小丑的，徽章……」

宣示最強勢力的團旗，隨風飄揚著。

「我就說不能交給那些娘們……」

迷宮都市歐拉麗都市西南部，市牆上。

在巨大市牆之上，狼人青年佇立著。

「傢伙們，別讓那些娘們繼續得意——我們上。」

『喔喔喔喔喔喔喔喔喔喔喔喔喔喔喔喔喔喔喔喔喔喔喔喔喔喔喔！』

在伯特的銳利眼神與喊話下——男性團員們發出戰吼。

看到男人們各自將武器高舉過頭大聲咆哮，一旁的貓人安琪用兩隻手按住頭上的耳朵。

他們注視的遠方景物，是失去光明的梅倫貿易港區，是那裡如火花般連續閃爍的亮光飛沫——

證明了交戰正酣的一道道刀劍光輝。

「哈哈哈，伯特也變得很會信心喊話了呢。」

「但老子看他好像莫名煩躁……喂，勞爾，發生了什麼事？」

「這、這個，我們剛才在焰蜂亭（酒館），不巧遇到了那個【小新秀】……」

在不禁莞爾的芬恩身旁，格瑞斯與勞爾談論著。

他們的一身打扮，是帶著武器、身穿防具的全副武裝。

「安琪，在那裡的是妳說的【迦梨眷族】沒有錯吧？」

「是、是的！蒂奧涅她們一定也在……」

被男性團員的氣燄震懾到的安琪，急忙回答芬恩的話。

安琪是剛剛才趕到留在都市的芬恩等人身邊。她擔任洛基的使者，前來傳達三件事：

【迦梨眷族】引發的問題的簡單經過與狀況。

湊齊艾絲她們的裝備的指示。

以及召集全體團員，殺進梅倫的傳令。

「全員都到齊了嗎？」

「是，都到了！」

芬恩收到了安琪的傳話後，迅速入侵市牆頂部，下令豎起【眷族】團旗，做為全體團員在旗幟下集合的標誌。

小丑(trickster)的團旗露出滑稽笑臉，俯視著齊聚一堂的冒險者們。

「怎麼好像其他人也亂七八糟地聚集過來了，沒問題嗎？」

「【迦尼薩眷族】無意行動，不要緊的。妳已經把『魔法信函』交給公會了吧，安琪？」

「是，確實送到了……」

小丑(trickster)團旗除了團員以外，也招來了其他人。在市區那邊，市牆的遠遠下方聚集了諸神與一般民眾等等看熱鬧，指著他們【洛基眷族】議論紛紛。

安琪交出了洛基寫的「魔法信函」——寫滿了寄給主神(烏拉諾斯)的港都(梅倫)現狀、暗示公會分部骯髒行徑的內容，還有以此為把柄的要脅字眼的字條——，看到現況完全照著主神的想法進行，她疲憊地嘆了口氣。

「艾絲與里維莉雅她們的武器呢？」

「都準備起來了。幸好在遠征中椿隨時幫大夥維修，很快就弄好了。」

「艾絲的劍我拿去。」

「咦！那、那小的得負責搬蒂奧涅小姐與蒂奧娜小姐的武器嗎？」

艾絲她們的武器已四處收集起來，一件件交給團員們。

艾絲的劍由伯特送去，里維莉雅的魔杖交給芬恩，蒂奧娜的重量級大雙刃（烏爾加）則被勞爾抽到籤王。

在做好準備的團員們面前，芬恩回過頭來。

「好了，大家聽好。我們接下來要去接那對愛找麻煩的姊妹。雖然不過是這麼點事……卻沒有比這更艱難的冒險（quest）了。」

「超可怕的！」

「小的搞不好會被蒂奧涅小姐扁！」

聽到芬恩聳聳肩這樣說，勞爾等人也半開玩笑地有的笑，有的慘叫。

然而，他們的臉上逐漸展露開來的，是同伴被人傷害的人們懷著怒氣的凶猛笑容。

「這是洛基的吩咐。對於那些騎到我們頭上來的傢伙——給她們點顏色瞧瞧。」

聽見這句指示，團員們橫眉豎目。

芬恩收起笑容，喊出宣布開戰的號令：

「全體人員出動！」

芬恩等人毫不猶豫地起跑，跳下巨大市牆。

踢踹牆壁漂亮著地的軍勢，目標是沉入黑暗的梅倫。

強得過頭的援軍，自歐拉麗出發。

第六章

鬥爭的盡頭

Гэта казка іншага сям'і.

канец смуты

「可、可惡，那個臭精靈……！」

自窗戶射進來的月光，照亮了陰暗的室內。

在公會後面的無人倉庫，魯柏被繩子五花大綁起來。

不用說，是里維莉雅把他弄成這樣的。剛剛才離開這裡的她留下一句話：

「公會的使者不久就會前來。屆時你就懺悔自己的罪過吧。」

她還細心地把魯柏急著想藏起來的一堆發信器與私吞相關資料——尼約德支付他的酬勞，甚至是個人涉及的走私情事——一份份都放在他身旁。

魯柏原本是怕不久本部就會進行調查，沒想到採取的行動全都適得其反。

「可惡啊！要是能解開這繩子就好了～～～～～～！」

長臉男子眼睛滿布血絲，身體左右搖晃。然而森林子民（精靈王族）祕傳的快速綑綁術打出的繩結，外行人不管如何掙扎都是不可能掙脫的。

魯柏正漲紅了臉痛苦掙扎，忽然間。

「魯柏・萊安——想不到你果真參與了走私，真是可悲、可嘆。」

「……！什、什麼人？」

真面目不明的聲音，響徹一片漆黑的倉庫。

魯柏轉頭左顧右盼，卻看不見半個人影。

只有令人毛骨悚然的黑暗圍繞著他。

「你雖野心勃勃，但也很優秀。我與烏拉諾斯談過，即使我們讓你去了分部，相信你也能做出結果，總有一天重回本部……沒想到你反而墮落了。」

「你是誰！你到底是誰？」

分不清是男是女，有些缺乏真實感的嗓音，讓魯柏渾身發抖。

然後。

「如果你是為了守護梅倫近海的和平，還能從輕發落，然而——」

揮開黑暗，一個恐怖的黑衣人出現在他眼前。

「幽、『幽靈(ghost)』!?」

公會本部當中傳得繪聲繪影的亡靈謠言與眼前存在正好吻合，魯柏尖叫得幾近瘋狂。

「——如果你是為了中飽私囊，那就沒什麼好留情的了。事後我再對你做出處置，魯柏。」

緊接著，黑衣的袖口中飄散出大量綠色粒子。

臉色鐵青的魯柏一吸入粒子的瞬間，就白眼一翻當場昏了過去。

「傷腦筋，想不到我還得跑來這種地方出差……」

「幽靈」——費爾斯看著躺在地上沉睡的魯柏，用頗為討喜的動作聳聳肩。

身為公會主神烏拉諾斯左右手的黑衣魔術師(mage)，在黑暗封閉的連衣帽深處嘀咕。

「【洛基眷族】也真會使喚人。」

不過我也沒資格說別人就是。費爾斯一邊補上這麼一句，一邊仰望頭頂上的窗戶——忽然吵鬧起來的倉庫外面。

「哎呀哎呀，明明是我出來得較早……看來他們已經到了。」

驚天動地的喊叫聲，化為進擊的旋律轟然響起。

◆

「怎、怎麼搞的……？」

梅倫後方，貿易港區。

在艾絲她們與芙里尼等人爭戰的主戰場外，負責看守的亞馬遜人們轉頭看向背後。

奉命不讓外人進入戰場的她們，敏感察覺到城鎮的喧鬧聲停止了。直到剛才還恐懼、混亂得慌成一團，現在卻好像變得興奮狂熱……對，換個說法就是「歡呼」。

在蒼茫黑夜的籠罩下，她們正對背後投以詫異的眼光時——她們的視野當中，湧來了氣勢萬鈞的軍勢。

「什麼!?」

「洛、【洛基眷族】!?」

高舉小丑團旗直衝而來的，是一群男性冒險者。是一直線穿越梅倫中央地帶而來的【洛基眷族】。

面臨帶著粗野喊叫的突擊，亞馬遜看守無力招架，一瞬間就被打散了。

「芬恩，你來了啊！」

「抱歉，里維莉雅，我來晚了。怎麼樣了？」

「艾絲她們在前面被攔下……而蒂奧涅與蒂奧娜……」

鎮上居民們以為是歐拉麗的使者來了，為一行人大聲加油；在這當中，芬恩與里維莉雅跳上建築屋頂會合。

芬恩迅速聽了現況後，一邊與她並肩奔跑，一邊發出指示：

「格瑞斯，麻煩你帶著勞爾他們去城鎮外面！西邊！西邊！」

「西邊？那裡有什麼東西！」

「蒂奧娜與洛基她們似乎往那裡去了。伯特呢？」

「你找那小子，他已經衝去港口啦！」

「不了，沒關係！那邊就交給伯特！」

「你們打算怎麼辦！」

芬恩在屋頂上與一邊與街上的格瑞斯交談，一邊抬頭往旁看看。

里維莉雅從他手中接過了白銀長杖〖偉大精靈〗，略一點頭。

「我們——」

「哼唔喔喔喔喔喔喔喔喔喔喔喔！」

「！」

銀劍與雙頭大戰斧上演著震天動地的戰舞。

艾絲將芙里尼的剛強攻擊全數彈開，揮劍反擊，刀光一陣亂打招呼對手。身穿全身型鎧甲的女巨人，勉強防住了從所有角度殺來、數量駭人的斬擊。

在護面底下，芙里尼的臉孔抽搐了。自始至終採取攻勢的不是大戰斧，而是區區一把劍。自豪的全身型鎧甲早已滿是刀傷。戰鬥的趨勢逐漸偏向艾絲一方。

縱然Lv.相等，縱然「風」遭到封印，少女仍然是【劍姬】。

懷著執著心苦練起來的劍技，把芙里尼的攻擊連同「暫借的力量」一併頂回來。壓倒性的「技巧與戰術」確實凌駕於女巨人的本領之上。

「妳這！醜八怪——！」

怒不可遏的芙里尼，以渾身力氣使出袈裟斬。

任憑激憤驅使的超威力一擊，被艾絲以肉眼無法辨識的速度化解。

芙里尼的時間為之暫停，超越她的感知速度施展出的，是伴隨著「技巧」的神速迴旋斬。

「嗚——哦喔喔喔喔喔喔喔喔喔喔喔喔喔喔喔喔喔喔！」

宛如旋風般施展的橫向一閃斬擊，命中芙里尼的鎧甲腹部，散播著大量火花將其斬裂。

「嘎啊……！可惡……竟敢把……老娘自豪的鎧甲————！」

——太淺了！

眼看自己的一擊只對鎧甲刻上傷痕，艾絲雙眉歪扭，顯出苦澀之情。

明明是無可挑剔的一擊，卻沒能解決對手。並非芙里尼反應快，及早後退了。剛才到現在的戰鬥中，艾絲常常因為同一個主因而錯失良機——武裝的落差。

艾絲使用的是代用劍，不是本來慣用的武器。再加上對手的全身型鎧甲是第一等級武裝。彼此差距在第一級冒險者之間的戰鬥中，並不容易彌補。

艾絲往下看看早已滿是缺口的劍身。想到還要對付對手剛強的攻擊，不知道還能撐多久。

大量血液與美麗的光粒，從砍出一條橫線的全身型鎧甲傷口溢出；艾絲神情流露焦慮之色，與怒髮衝冠的芙里尼互相瞪視。

這時。

『————————————！』

「！」

援軍抵達了。

發出咆哮的【洛基眷族】團員們二話不說，殺向周圍的亞馬遜人們。至今被迫陷入苦戰的娜維等少女們，看到男人們在眼前展開的蹂躪戲碼，都啞然無語。

他們聯手出擊，在各處擊倒了戰鬥娼婦。

「怎麼搞的！現在是什麼狀況——」

而大吃一驚的芙里尼，也有一個人影逼近了她。

任由灰髮飛舞的狼人，宛若餓狼一般撲向她。

「嘰～～～～～～～～～～～～～～～～～～～～～～！」

伴著金屬靴（metal boots）的光輝，一記飛踢破空而來。

芙里尼勉強用斧刃表面一擋，防禦住了，但這記配合了突擊勁頭的攻擊，卻讓她不得不後退，雙腳在地面留下兩道溝痕。

「喂，艾絲。」

「伯特……！」

降落地面的伯特，神情詫異地看向驚訝的艾絲。

「對手不是叫迦梨的那些人嗎？那傢伙是伊絲塔的妖怪蛙吧。」

艾絲立即明白了狀況，知道是洛基叫來了救援，對著一臉厭煩地用下巴一比的伯特解釋：

「我不知道這是，怎麼回事……但我被她們擋下，沒辦法去找蒂奧娜她們……！」

看到本來缺乏感情的少女，拚命說個不停的樣子。

悶不吭聲聽她解釋的伯特，面不改色地開口道：

「去吧，艾絲。」

「咦？」

「我聽說那兩個蠢亞馬遜人的事了。與其我去，妳去比較能讓她們恢復平常心吧。」

不理會瞠目而視的艾絲，伯特一副懶得多說的態度告訴她：

「這裡我替妳打。」

那雙琥珀色的眼瞳，緊瞪著紅鎧女巨人。

「可是，那個人擁有Ｌｖ．６的力量，我的『魔法』也被封印了，你一個人……！」

「別小看我。」

到達了Ｌｖ．６的狼人，用打從心底煩透了的口吻，打斷少女的話。

他平靜地，仰望上空。

「只要再過一下……」

「比起現在不能用風的妳，我會變得更強。」

「！」

艾絲猛然會過意來，也仰首望向頭上的夜空。

漂浮在蒼然暗夜當中的，是流雲，以及即將自雲層後方露臉的月光。

艾絲接下伯特塞給自己的主武裝《絕望之劍》，點頭回應他。

她全力飛奔，離開現場。

「給老娘站住，【劍姬】！」

「妳才要給我站住。」

「!?」

眼看艾絲脫離了港口戰場，芙里尼氣急敗壞地要追，卻被逼近而來的伯特攔下。她用大戰斧防住腳踢，嘖了超大一聲。

「少來礙事，【凶狼(Vanargand)】！想對老娘的美貌搖尾巴可以諒解，但老娘現在沒空理你～！」

「妳腦子燒壞了嗎？蟾蜍。」

面對身穿整件噁心赤紅的全身型鎧甲的女巨人，伯特擺出一副不愉快的表情。

不知道有無察覺他一肚子氣的心情，芙里尼大聲嘲笑。

「咯咯咯咯咯！明明只夠格追著【劍姬】的青屁股跑，少在那裡逞強啦～！就算【升級】了，喪家之犬的能力(力量)也不可能強到哪去啦～！」

下一瞬間，伯特散發的氛圍變得緊繃。

「每個傢伙都一個樣……」

他的雙眼蘊藏了凶光。

沒過多久，彷彿與他的怒氣相呼應，雲層散去，月亮在上空現身。

「咯咯咯咯咯，咯…………？」

芙里尼四處迴盪的嘲笑聲，停住了。

她從護面底下注視的光景起了變化。

金色月光照亮沉入黑暗的港口，伯特的身體重複著平靜的震動，他在地面伸長的影子沙沙搖曳。

琥珀色的眼瞳，那對瞳孔，如野獸般縱向裂開。

「該、該不會……」

背對著月光，犬齒變尖，灰色獸毛倒豎。

就在芙里尼臉色變得蒼白時，地面延伸的影子變成了不祥的【凶狼】剪影。

「那格・囉伊！柯魯・欣・路其！」

「涅格魯布・浮・迦麗——!?」

（完、完全聽不懂……）

在通道如蟻巢般遍布的海蝕洞一隅，有個空洞。

被抓起來的蕾菲亞聽著亞馬遜人此起彼落的話語，冒汗的同時，看到她們從剛才開始變得吵吵嚷嚷，而有所察覺。

（大概是有人入侵，或是誰闖了進來……之類的吧？看她們這麼慌張。）

也就是說，艾絲她們說不定就在附近了。

蕾菲亞喉嚨發出咕嘟一聲。

（我不能就這樣等著人家來救！至少要讓她們知道我的位置……！）

問題是用什麼方法通知，還有如何躲過這個強壯看守的目光。

雖說她們一片忙亂，但仍有四名亞馬遜人隨時盯緊蕾菲亞的動作。自己的特技就只有各種「魔法」，但要是敢偷偷詠唱，可是會像迦梨說的那樣，喉嚨毫不留情地被一把捏爛……

自己不禁浮現的可怕想像，讓蕾菲亞用力甩甩頭。

「……？」

無意間，蕾菲亞注意到了。

抬臉往上一看，岩石裂縫出現在她的視野裡。

雖然細縫窄得連老鼠也休想通過，但確實照進了一道細細的月夜光芒。

——光芒？這是通往外面的——

這時，被蕾菲亞想到了。她知道如何通知同伴自己在哪了。

雖然是個亂七八糟，或者該說勝算極低的賭注，要有很大的勇氣才能實行；但話又說回來，如果連這點小事都辦不到，那自己真的只是個包袱，無顏面對艾絲他們——

蕾菲亞雙手仍被鎖鏈綁著，她身子一抖，做好了覺悟。

（我魔力超誇張，我魔力超誇張，我魔力超誇張……！）

她把前幾天洛基說過的話，當成勇氣的咒語，在心中一遍又一遍講給自己聽。

蕾菲亞做好覺悟，嘶～～～～～～～～！吸了一大口氣。

「……？」

她讓空洞內所有亞馬遜人的懷疑目光集於自己一身，緊接著。

「——【解放一束光芒，聖木的弓身】！」

「!?」

她詠唱了。

大聲地，毫不隱藏地，不耍小伎倆地，全力歌唱。

超乎想像的大膽行徑讓亞馬遜人大吃一驚，但才不過一瞬間，以蕾菲亞席地而坐的位置為中心，巨大的「魔法陣（magic circle）」展開了。

接著，猛烈的濃金色光芒燒灼了亞馬遜人們的眼睛。

——障眼法！

亞馬遜人們霎時如此以為，但蕾菲亞另有目的。

她的真正用意，是讓足以填滿空洞的光輝穿透岩石裂縫，升上外頭——

「【汝乃弓箭——】！」

「魯・慕那！」

「嗚！」

蕾菲亞還想繼續詠唱，但一名亞馬遜人不讓她如意，撲了過來。朝著喉嚨揮砍過來的短劍，蕾菲亞勉強用綑綁雙手的鎖鏈擋住了。

魔法陣沒消失。絕不能讓它消失。持續對空洞外放射濃金色光芒的蕾菲亞，祈求艾絲她們能發現這道光。

（艾絲小姐！艾絲小姐！艾絲小姐——！）

就在其他亞馬遜人也伸手過來時，蕾菲亞在心裡呼喚著憧憬的少女之名——就聽見一陣巨響。

「!?」

天花板的岩石崩塌，伴隨著灑落的岩塊與碎片，一名冒險者降落在空洞內。那人發現了蕾菲亞發出的信號，從地表打碎岩床來了。

——艾絲小姐！

蕾菲亞視線轉去一看，佇立在那裡的——不是身材纖細的嬌柔女劍士，而是體格健壯、渾身肌肉的大鬍子矮人。

「沒事吧，蕾菲亞？」

是格瑞斯。

魔法陣的光芒，沮喪地消失了。

「……妳好像覺得很遺憾啊。」

「咦？沒、沒有啊！我才才才才才才才才才才才沒有那樣想！是您多心了吧！」

「抱歉啊，來的不是艾絲。」

被格瑞斯講出心聲，蕾菲亞淌著大汗拚命辯解，但格瑞斯只是一臉拿她沒轍的樣子，並不當真。他呼地嘆口氣，把粉碎了岩床的大戰斧重新扛好。

「高、高・閏每!?」

原本因格瑞斯出乎預料的登場而嚇呆了的亞馬遜人，都舉起武器開始行動。

跟隨高喊的聲音，一名亞馬遜人撲向他。

面對正面來襲的對手，格瑞斯舉起沒拿斧頭的粗臂——把她揍飛了。

「————」

咚轟————！隨著一陣驚人聲響，反遭擊退的亞馬遜人狠狠撞上岩壁。看來是不可能再站起來了。

亞馬遜人的時間再度為之暫停，蕾菲亞也一樣說不出話來。

「讓老子想起第一次遇到蒂奧娜她們時的事了。」

說完，格瑞斯把扛著的斧頭一扔。

矮人大戰士回想起五年前，自己毫不客氣地把蒂奧娜揍飛，讓她眼冒金星時的情形，並環顧呆站原地的亞馬遜人們。

「妳們像是對自己的體術十分有自信，不過——」

握緊的雙手，發出骨頭喀喀作響的沉重聲音。

「——太嫩啦。」

格瑞斯大膽無畏地，笑了。

「～～～～～～～～～～～～～～～～～～～～～～～～～！？」

即使語言不通，戰士們也知道自己被輕視了，氣憤地一齊來襲。

下個瞬間，矮人老兵的拳頭呼呼作響——在臉色發青的精靈面前，被揍飛的亞馬遜人一個接一個被砸到牆上。

❦

蒼茫夜空中，月亮悠然自適地發光。

妨礙金光的雲層已然消失，月光傾注在地面上。

而在月亮俯瞰的地方，梅倫的貿易港區，傳出了激烈的聲音。

金屬碎裂的破碎聲，頻頻響起。

「嘎！啊啊啊啊啊……！」

苦悶地哀叫的芙里尼，整張臉暴露在夜晚的空氣裡。

那雙粗肥手臂、短腿，還有帶著光粒的胴體全都無所隱藏。散落在她腳邊的，是散發赤紅光輝的無數金屬片。

第一等級武裝的全身型鎧甲，已有許多裝甲脫落。

如今她自豪的護身鎧甲，大部分都被破壞了。

不是別人，就是與她對峙的狼人下的手。

「少、少開玩笑了啦……！這種臭小子，會比【劍姬】還……？」

滿是血汙而變得更凶惡的青蛙嘴臉流露出焦躁，牙齒咬得吱吱作響。

在她的正面，沐浴著明月背光的野狼黑影無趣地吐了口口水。踏出的腳踩碎了鎧甲碎片。

白銀金屬靴的光澤，刺傷了女巨人的大眼球。

「嗚！嗚哦喔喔喔喔喔喔喔喔喔喔喔喔喔喔喔喔喔喔喔喔喔喔喔喔！」

伴隨著裂帛般的喊叫，芙里尼衝刺過去，高舉斧頭劈砍而下。

蘊藏著大量光粒，灌注渾身力量的一擊，被速度驚人地往上一踢的金屬靴，轟個粉碎。

「————」

大戰斧與被踢碎的鎧甲，迎接了同樣的下場。

就在武器碎片於凍結的視野中飛散時，幾乎同一時間，蘊藏在她身上的美麗光粒也消失了。

「怎……時、間、到了——？」

不留喘息的空間，金屬靴的一擊迫向芙里尼。

不等女巨人喊暫停，發出風吼的白銀蹴擊砸進她的體內。

「咕嘎啊啊啊啊啊啊啊啊啊啊啊啊啊啊啊啊啊啊啊啊啊！」

腳踢直接擊中了她那巨大的胴體，芙里尼的身軀一路上撞壞了所有障礙物。她整個人遠遠飛

Copyright ©Kiyotaka Haimura

向後方，甚至飛越港區直達羅洛格湖。

還在奮戰的戰鬥娼婦們，愕然仰望巨大水柱噴上高空的光景。

「阿、阿伊莎……！」

「……！」

那些從倉庫暗處旁觀戰鬥的亞馬遜人，也都臉色鐵青。

喚做阿伊莎的長腿悍婦，在遮臉頭巾底下歪扭著臉頰。

「『獸化』嗎……！」

在歐拉麗，一般認為狼人是最不適合探索迷宮的種族。

這是因為這種獸人，在地下迷宮所沒有的月夜，最能發揮實力。

「獸化」是在少數幾種獸人身上發現的現象，能夠解放其獸性與力量。簡而言之就是「凶暴化而變強」。而狼人的「獸化」觸發因子，就是沐浴月光——也就是達成月下條件。

雖然人們知道這種能力是所有狼人都有的「技能」屬性，但亞馬遜人們從沒親眼目睹過那樣令人震懾的體能上升。

「【凶狼(Vanargand)】……！」

以其速度與銳利攻擊將敵人大卸八塊，轉瞬間狼吞虎嚥的凶暴戰法。

長腿悍婦不禁顫慄，彷彿體悟到其綽號的由來。

「……！」

在她的背後，以套頭和服遮臉的少女也在害怕。

如今狼人的模樣由於灰毛倒豎，給人一種頭髮伸長了的錯覺。瞳孔縱裂的琥珀色雙眼仍舊蘊藏凶光。同樣身為獸人的少女，尾巴在無意識當中顫抖。

「——在那裡嗎。」

鼻子抽動的凶狼——伯特的眼光，射穿了躲藏起來的亞馬遜人及少女。

「嘖！」

他一口氣逼近呼吸不過來的她們。

長腿悍婦一咂嘴，第一個採取行動，亞馬遜人們也準備迎擊，但毫無意義。

大朴刀等武器碰都碰不到對手一下，他才一擊就把悍婦們踢飛了。

「這傢伙！」

「住手，麗娜！」

年輕的亞馬遜少女不聽勸阻，從背後揮出彎刀，但伯特只把手臂的護手一揮，隨隨便便就彈開了。

對著在空中僵住的少女，伯特毫不留情，一拳捶進她的腹部。

「嗚欸！」

伯特看都不看慘叫著飛出去的亞馬遜人，急速逼近讓悍婦們保護著的獸人少女眼前。

「——！」

「妳就是那個光粒的始作俑者啊。」

跟艾絲一樣，伯特也注意到芙里尼引以為傲、相當於Ｌｖ．６的能力了。他也發現那種光粒一消失的瞬間，對手的力量就一口氣減弱了。

伯特看穿原因出在與戰場格格不入、看似巫女的少女身上，判斷不能放任對手任意行使那種「力量」，決定打擊元凶。

「啊——」

然而。

看到那雙從純白布料下微微露出的、顫抖的翠綠眼眸，伯特的手頓時停住了。

「！」

長腿悍婦沒錯過這個空隙，從旁把少女一抱，救走了她。

「啊，阿伊莎小——」

「別說話！大家撤退！」

悍婦打斷少女的話，對戰場吼出指示。

聽到她帶傷打出的信號，其他戰鬥娼婦也都撤退了。

留下【洛基眷族】的團員，亞馬遜人們消失在夜色中。

「……」

港口之戰結束了。四下終於恢復寧靜。

從半鹹水湖傳來細微的浪潮聲。伯特有氣無力地放下舉起而沒揮出的左手。

女巨人或許沉在湖底，或是游泳逃走了吧。不管怎樣，他都沒那個心情追擊了。

回想起那對翠綠眼眸，伯特煩躁地歪扭著臉頰上的藍色刺青，唾棄般地說：

「沒做好覺悟的傢伙，別給我上什麼戰場……」

海蝕洞。

在天然競技場漸入佳境的「儀式」，熱度絲毫未減，只是越打越火熱。

「喝呀啊！」

「！」

眼看蒂奧娜已不再畏懼毒擊(瓦爾格斯)鎧甲，試著一擊解決自己，芭婕選擇閃避。

她跳上空中躲避連骨頭都能粉碎的水面蹴，高舉右腳踝朝著少女的頭頂砸下。腳跟踢被對手像貓一般靈敏躲開，打碎地面，岩石立刻被毒素燒焦。

「欸，芭婕、迦梨！如果我贏了，像以前一樣給我獎賞吧！」

她在閃避動作中撿起石頭，大聲叫著扔向對手。

芭婕用毒拳把扔來的石頭打落，順勢拉近與蒂奧娜的距離。至於從高處俯視兩人激烈戰鬥的迦梨，則是詫異地彎曲眉毛。

「汝這丫頭真是隨性……也罷，說來聽聽吧。」

「如果我贏了，妳不要讓芭婕與阿爾迦娜互相殘殺！」

聽了這句話，不只迦梨，就連芭婕眼中也滿是震驚之色。

「自己喜歡進行『儀式』的人，我不會再管了！可是芭婕不想打對吧，不想死對吧？就像我跟蒂奧涅！所以不要再讓她們打了！」

只要主神（迦梨）一句命令，阿爾迦娜的殺意矛頭或許也不會指向芭婕。

此時還在進行近身戰的芭婕，動作稍稍遲鈍了點。

「……汝可別受迷惑了，芭婕。什麼輸了就能得救，妾絕不會接受這種戲言。妾不會准的，要活下去就得贏。」

「……我知道，迦梨。」

變得面無表情的芭婕，立刻取回了攻擊的氣勢。

「討厭，為什麼啦——！」

「沒有為什麼。別以為只要汝拜託，妾就什麼都應允汝。」

「小氣——！」

「小氣就小氣。」

蒂奧娜即使在戰鬥中負傷，仍然像孩子般大吵大鬧，幼童女神也像孩子般吐舌頭。

「……妾就知道，選擇旁觀妳們的戰鬥是正確的。」

迦梨收起面具底下的表情，朝著下方說道：

「阿爾迦娜與蒂奧涅那邊，必定會完成『儀式』。那兩個丫頭絕不會停止戰鬥，將會拿敗者的屍骸獻給自己的勝利。」

「……！」

「阿爾迦娜與蒂奧涅，本質上是相似的。」

聽迦梨如此斷定，蒂奧娜仰面大叫：

「才沒有！」

「不，有。」

迦梨笑著說。

「蒂奧涅的『憤怒』與阿爾迦娜的戰意十分酷似，而且有凌駕其上的天分。當那丫頭真正動怒時，將會毫不猶豫地殺戮敵手。」

彷彿肯定著遠方迦梨低喃的這句話。

在船上，「互相殘殺」越演越烈。

「————————————————啊啊！」

帶著驚天動地的怒吼，蒂奧涅的拳頭直接擊中阿爾迦娜的腹部。

強大無比的威力讓阿爾迦娜吐出大量鮮血。

「喀！咕哈，哈哈哈哈哈哈哈！妳還能繼續變強啊，蒂奧涅！」

「說了叫妳閉嘴！」

對於滿是鮮血的大笑，蒂奧涅用激烈舞鬥加以回應。

不管阿爾迦娜的攻擊削減了自己多少性命，不管阿爾迦娜吐了多少血，蒂奧涅只是不斷揮出血淋淋的手腳。

毫不留情，毫不放水，只是慘烈地，呼出更濃厚的血紅氣息，要把阿爾迦娜活活打死。

阿爾迦娜的「詛咒(curse)」，蒂奧涅的【大反攻(skill)】。

兩者的關係，不得不說對阿爾迦娜相當不利。

劇減的防禦力，與劇增的攻擊力。

只要一擊。只要一擊，就可能成為利劍取下蛇(阿爾迦娜)的首級。

即使阿爾迦娜「技巧」略勝一籌，攻擊次數依然不減，但把全副神經用來打倒眼前敵人的蒂奧涅，也慢慢看穿了她的招式。拳頭每一次陷進體內，阿爾迦娜就吐出超乎尋常的大量鮮血。

但同時，阿爾迦娜也絕不解除「詛咒」。

為了向蒂奧涅表示敬意，為了勇於面對戰鬥，或是為了不玷汙神聖的「儀式」。

執著於使出自己全力的阿爾迦娜，確實正慢慢接近死亡。

「妳要殺我嗎，蒂奧涅？那也行！」

阿爾迦娜笑著。無時無刻不焚燒身軀的痛楚與興奮令她發抖。

「我的血將溶入妳的肉裡，一同活下去！直到今天我所吃過的戰士們也一起！大家一起抵達鬥爭的盡頭！」

最接近女神（迦梨）神意與神理的「戰士」發出歡喜的咆哮。

「我們將成為『最強的戰士』！」

——吵死了，閉嘴。

阿爾迦娜發出的雜音（話語）已經傳不進蒂奧涅的耳裡了。

打倒她——殺了她。只有這個女人，必須由自己下手。

鬥國（提爾史庫拉）催生出的蛇（阿爾迦娜），折磨過自己與蒂奧娜的鬥國象徵，一定要由自己來殺死。殺了她，保護妹妹。

蒂奧涅與蒂奧娜的決定性差異——在於對鬥國（提爾史庫拉）的殺意總量。是無法歡笑的她心中累積的怒氣與憎恨，所形成的黑暗面。無心之間，蒂奧涅的相貌，確實越來越接近「戰士」了。

神（迦梨）的預測成真了。

不像蒂奧娜與芭婕的「儀式」一時產生破綻，蒂奧涅與阿爾迦娜的殺戮無可撼動。她們不抱任何疑問，內心沒有迷惘，只是不停戰鬥。蒂奧涅的「憤怒」將她自己導向迦梨要的鬥爭結局。

一切都在迦梨的手掌心裡。蒂奧娜與芭婕的「儀式」由自己看住，沒有不安要素的阿爾迦娜與蒂奧涅，則命其出海，前往無人打擾的海上。

全部都照著迦梨的神意發展。

「我要殺了妳，蒂奧涅！妳也來殺我吧！」

「啊啊啊啊啊啊啊啊啊啊啊啊啊啊啊啊啊！」

歡喜與憤怒交雜，周圍戰士們的呼喊也達到最高潮。

女神期望的終幕時刻一分一秒逼近。

（蒂奧涅……！）

迦梨所言讓蒂奧娜憂心忡忡，神情扭曲。

聽起來格外響亮的心跳聲，讓整個身體直到指尖都在發熱。

「！」

芭婕沒錯失這個破綻刺出手刀，蒂奧娜有驚無險地躲掉毒擊。她立即向後跳離原位，下一刻一記鐵拳揮出打碎地面，毒素的惡臭伴隨著碎片瀰漫四周。

臉頰旁的頭髮被手刀擦過而冒煙，蒂奧娜暫且拉開雙方距離。

（就是啊，在擔心她之前，我得先贏才行……）

不然會挨蒂奧涅揍的。蒂奧娜與眼神冰冷、保持警戒地緊盯自己的芭婕四目交接。

她全身冒著大粒汗珠，吐出深紅色的氣息。

「大招好像是打不中呢……」

從剛才到現在，蒂奧娜一再揮出能一擊決勝負的攻擊。
因為小裡小氣的攻擊，只會讓自己的身體被毒素燒傷。
然而，芭婕自然不可能乖乖吃下那麼大的一擊。
「這下該怎麼辦呢——」
長期戰於己不利。這一點剛才就知道了。
不管怎麼強顏歡笑，痛就是痛，難受就是難受。
如果可以，她真想當場倒下，睡個過癮。
（這樣說或許不太好，不過這種攻擊就跟新種的幼蟲型(怪獸)一樣呢。如果有武器，還有辦法可想。）
只是如果拿武器砍人可能會要了芭婕的命，她做不到就是了。
（要是有大雙刃(烏爾加)就好了——……大雙刃(烏爾加)啊……）
蒂奧娜想起送修的武器，往下看看自己的拳頭。
不同於那種腐蝕液，皮肉沒有融化得爛巴巴的。雖然會產生讓皮膚變色的劇痛與麻痺，並受到高熱侵蝕，但原形還在。
而她呼出的氣息，也越來越紅了。
「……」
蒂奧娜緩緩地，當場做個屈伸運動。

她用力彎曲膝蓋到底，「呼──」吐出一口氣。

「芭婕。」

「……」

蒂奧娜看著為了不讓內心受到迷惑，而在黑紗下緊閉雙唇的芭婕。

「──我要上了。」

然後，她最後一次決勝負。

蒂奧娜第一件做的事，就是從正面互毆。

「!?」

雙方的攻擊、雙方的反擊、雙方的防禦。每個要素都互相吻合，布滿芭婕全身的毒素光膜燒焦了蒂奧娜的肌膚。在魔導士（精靈）看了可要逃之夭夭的格鬥戰中，蒂奧娜捨棄閃避，一次又一次地攻擊。

（她在想什麼？）

眼看蒂奧娜好像只會這麼一套似地正面出招，芭婕眼神變得銳利。

【瓦爾格斯】對攻守都有效。對於蒂奧娜的拳頭，芭婕不管是挨揍、擋下還是彈開，都會形成確實的損傷逐漸累積。就算有「異常抗性」的恩惠，繼續不做治療，照芭婕看來，蒂奧娜的性命將維持不到五分鐘。

蒂奧娜從剛才嘗試到現在的一擊必殺，是她僅剩的唯一取勝機會。

但她卻做出自己削減性命的行為。

難道是終於放棄思考，自暴自棄了？就在芭婕開始這樣想時。

「——」

芭婕的攻擊，開始揮空了。

取而代之地，中招的次數……蒂奧娜的拳腳命中的比例變高了。

芭婕揮出足以擊碎岩石的鋼拳。沒打中。消失了。一陣衝擊來自側面。肩膀被踢了。即刻傳來毒擊燒傷蒂奧娜肌膚的聲音。隨即又是一陣衝擊。

（——這是……）

時機開始抓不準了。

而且是呈現加速度的。

少女的速度，開始上升了。

豈止如此，拳頭的威力也上升了。

芭婕瞠目而視，蒂奧娜即使身陷困境仍保持笑容的雙唇，飛入她的視野。

（難道是——!?）

蒂奧娜的【大熱鬥】。

自發動的瞬間起，就跟【狂化招亂】一樣，每次受到損傷就會提高能力補正的效果。

越是被逼入瀕死絕境，越是接近死亡——求生本能與鬥爭本能就越是化為力量火熱燃燒。

——不能挨攻擊，也不能攻擊。

——反過來說，就是攻擊對手能提升【能力值】，挨攻擊也能提升【能力值】。

芭婕的毒擊每次給予損傷，少女的力量就得到強化。

「!?」

蒂奧娜的能力一再增幅（boost）。

攻擊被躲掉。閃避不及。防禦被打穿。

迅猛威力的拳頭打飛了臉孔。踢起的腳尖踹飛了下巴。摔技把浮上半空的身體砸向地面。

上升，上升。

速度、耐久、威力無限上升。

上升，上升，上升上升上升上升——停不下來。

「什麼都不能！阻止我了————！」

驚濤駭浪般的連擊打在芭婕身上。

芭婕的身體急速受傷。【瓦爾格斯】的光搖晃到維持不住。

褐色的身體，從各處噴出鮮血。

（蒂奧娜，妳——）

她在燃燒。蒂奧娜打算燃燒生命到最後一刻。

不逃避痛楚，也不逃避痛苦。她要用最艱難的方式打倒芭婕。

蒂奧娜的眼眸模糊了。這證明她的生命燈火即將熄滅。

然而——只有那副笑容不曾消失。

取而代之地，曾經深感恐懼的死亡氣息，塑造出蛇（阿爾迦娜）的形體爬向芭婕身邊。

「嗚……啊啊啊啊啊啊啊啊啊啊啊啊啊啊啊！」

為了吹跑死亡恐懼，芭婕第一次大聲吼叫。

女子丟開沉默寡言的面具，杏眼圓睜。她鼓舞全身用上所有力氣，擠出殺害敵人的最後一滴蠱毒（毒素）。

是蒂奧娜先絕命，還是芭婕先倒下？

將死亡邊緣化做最後的競技場，蒂奧娜與芭婕做了更大的加速。

『——啊啊啊啊啊啊啊啊啊啊啊啊啊啊啊啊啊啊啊啊啊啊啊啊！』

名符其實的大熱鬥。

雨點般的拳頭與腳踢你來我往擊中雙方身體。如同將生命焚燒殆盡，兩人的鬥爭旺盛燃燒。

雙方的咆哮相撞，震撼戰場。

「哈哈哈哈哈哈哈哈哈哈哈哈哈！就是這個！這才是賭上性命的『儀式』！才是妾苦苦企盼的鬥爭！」

少女與女子的凶猛吼聲將空洞震得咯嗒作響，周圍的亞馬遜人都被震懾得後仰，其中只有迦梨睜大雙眼，目光炯炯有神。

「蒂奧娜！」

芭婕伴隨著喊叫聲揮出的大砲般拳頭，直接擊中蒂奧娜的腹部。

「喀哈！」蒂奧娜整個體內的空氣全被逼了出來。

「現在妳還笑得出來嗎！」

幾乎讓全身四分五裂的衝擊與劇痛，連神經一併燒焦的毒蠱烈毒。

在地獄般的痛苦中，蒂奧娜還是笑著。

「——笑得出來啊！」

她回敬一拳。

如出一轍的攻擊狠狠打中芭婕的腹部。芭婕身體彎成く字吐血。

「痛苦的事與難過的事——我全都要笑著帶過！」

同樣的腳踢。

芭婕被踢飛，雙方距離拉開。

「我要連某人那份，一起笑著帶過！」

故事給她的禮物，堅定不移的約定，心中一同歡笑的姊妹。

蒂奧娜相信明天的幸福而笑。

兩者視線交集。最後一擊蓄勢待發。

蒂奧娜握緊了拳頭。

所有的光，匯聚在芭婕的毒拳上。

少女的笑靨，與女子的殺意，同時猛力衝向彼此。

「——！」

馳突。

吐出的灼熱呼氣，從拳頭散發的黑紫光片，歸零的間距。

朝著對手剎那間迫近的笑靨，她快了一步，揮出烈毒之拳。

「蒂奧娜啊啊啊啊啊啊啊啊啊啊啊啊啊啊啊啊啊啊啊啊啊啊啊啊啊啊啊啊啊！」

面對往臉上突刺而來的毒拳——蒂奧娜不予理會。

她用左手纏住拳頭以外失去光膜的手臂，按住。

蒂奧娜將攻擊誘導向自己的笑臉上，漂亮彈開它。

「——————」

女子的眼眸睜大開來。

「芭婕——」

擊退了敵人必殺一擊的蒂奧娜，綻開燦爛的笑容，咆哮了。

「我要……上囉喔喔喔喔喔喔喔喔喔喔——！」

轟炸。

「呃啊！」

蒂奧娜的右拳捶進了胸部。

驚人的威力，把芭婕的身體震向後方，激烈撞上岩壁。

大破壞（烏爾加）。

將自己逼到死亡邊緣，以【大熱鬥（技能）】的效果把威力提升至最大限度，名符其實的玩命必殺。

這是蒂奧娜最大威力的一擊。

「——嗚，啊……」

背部剝離岩壁，芭婕往前踉蹌地走了一、兩步，膝蓋一折。

伴隨著幾不可聞的聲音片段，失去力量的身體咚沙一聲，當場不支倒地。

蒂奧娜贏得了勝利。

『妳才是真正的戰士（仄·威高）！妳才是真正的戰士（仄·威高）！妳才是真正的戰士（仄·威高）！』

同胞們一時中斷的興奮情緒，化為對贏家的讚美歌復甦。

足以震盪大空洞的叫喊，籠罩在氣喘吁吁、只是勉強站著的蒂奧娜，以及倒地不起的芭婕身上。

「精彩，太精彩了。」

小小的拍手聲響起。

在面具下浮現滿足笑容的女神，祝福獲得勝利的蒂奧娜。

「表現得太好了，蒂奧娜。妾就知道讓汝離開是妾唯一的失敗，是妾的姑息。」

「……」

「汝就是『儀式』的勝利者。……然而，落敗者還活著。」

迦梨的視線，從滿身瘡痍地仰望自己的蒂奧娜，移向芭婕。

閉目倒地的沙土髮色亞馬遜人一息尚存。女神賜與的「恩惠」尚未消失。

「來吧，殺了芭婕。」

聽到迦梨宣稱如此「儀式」便宣告圓滿。

蒂奧娜不假思索地回答：

「不要。」

她用渾身是血、傷痕累累的模樣，就跟說不想與姊姊打鬥的那天一樣，堅定拒絕了迦梨的神意。

「因為我已經不是『戰士』了。」

「……」

「我，還有蒂奧涅——都是冒險者。」

看著閉口不語的女神，蒂奧娜說了：

「所以，我不會再殺人了，迦梨。」
戰士們的讚美歌與狂熱，都消失不見了。
在鴉雀無聲的石造競技場中，少女與女神視線相接。
「……結果，汝也變了啊。」
迦梨緩慢地，寂寞地低喃。
不過，她隨即又重新做出笑容。
「但是，汝等姊妹只有對方能依靠。這點是不會變的吧。」
迦梨一舉手的瞬間，周圍觀戰的戰士們紛紛降落在蒂奧娜身邊。
眾人包圍了她。
「蒂奧涅跟阿爾迦娜在海上，不能來救汝。」
「……」
「妾要把汝帶回鬥國（提爾史庫拉）。」
很明顯地，就算蒂奧娜再怎麼說「不要」也是枉然。
不單只是譬喻，為了使出大破壞（烏爾加），蒂奧娜確實就站在死神的面前。光是這樣站著都有困難，連一根手指都動不了了。就算先不論這些，芭婕的「毒素」也遲早會侵蝕她的全身，逼她倒下。
要把形同人偶的蒂奧娜搬到船上易如反掌。
「是阿爾迦娜，還是蒂奧涅……妾要讓妳與活下來的一方交戰。然後，妾就能親眼見識『最強的戰士』。」

司掌鬥爭與殺戮的女神，絕不肯扭曲自己的神意。蒂奧娜雙眼模糊地仰望她，找不到靠自己殺出重圍的方法。亞馬遜人們企圖抓住她，縮小了包圍圈。

這時——有種柔和的觸感。

蒂奧娜的頭髮，被空氣的流動稍稍吹動了一下。

一陣輕微的「風」，送到了她的身邊。

「……不對，迦梨。」

蒂奧娜笑了。

她閉起雙眼，露出與至今不同的，靜謐而安詳的笑容。

當迦梨詫異地皺眉時，蒂奧娜睜開眼睛說了：

「我們不再只有彼此了。」

下個瞬間。

一陣風，從空洞入口飛了出來。

「我有同伴了。」

不顧迦梨等人的驚愕，無數刀光飛竄四周。

神速的風劍，把企圖抓住蒂奧娜的亞馬遜人們一併吹飛。

「【劍姬】……！」

現身的是個金髮金眼的女劍士。

女劍士站到蒂奧娜身旁保護她，揮響那把銀劍。

「──蒂奧娜，妳還好嗎？」

看到艾絲使用「魔法」，比任何人都更早趕來幫助她。

蒂奧娜對著最喜歡的少女同伴，露出傷痕累累的滿面笑容。

「嗯，艾絲！」

如同乘勝追擊一般，【洛基眷族】帶著大浪般的吶喊湧進空洞內。

男性團員們拎著武器殺向其餘亞馬遜人。

之前還維持著泰然態度的迦梨，看到視野下方的光景，霍地站了起來。

「伊絲塔那女人……失敗了嗎。」

迦梨的戰士們，轉瞬間被【劍姬】帶頭的冒險者們鎮壓住。

由於【伊絲塔眷族】全體撤退，「詛咒」業已解除，【風靈疾走】的力量蹂躪戰場。不輸給強風，冒險者的勇猛吶喊也未曾停息。其氣勢無人能擋。當同伴身陷險境時，艾絲等人就是會變得如此強悍。

迦梨瞇起一隻眼睛，恨恨地咬牙。

「──妳惹到不該惹的人啦，臭小鬼……」

這時。

比俯視戰場的迦梨更高的位置，傳來個口氣愉快的聲音。

猛一抬頭，只見一尊朱紅色的女神，坐在天頂附近突出的岩石地上。

是洛基。

「妳現在是什麼心情？不但詭計全泡湯了，引以為傲的孩子也被一個個打趴在地，是什麼感覺啊？」

在她背後，有個通往洞窟的洞口。

剛剛才抵達的洛基，看著迦梨丟人現眼的模樣發出嘲笑。

「汝看不起妾是吧……」

看迦梨把尖銳的虎牙咬得吱吱響，洛基微微睜開朱紅色的眼瞳，吊起嘴角。

「我再告訴妳一次——妳惹到不該惹的人啦，豬腦袋～」

洛基好像想把受的氣萬倍奉還，用有如邪神的表情邪笑。

那種誇張的嘲笑，連情勢逼迫下同行的尼約德與羅德，臉部表情都抽搐了起來。

腳下傳來戰士們的慘叫，女神面具下的臉被屈辱燒得火紅。

「……不過，蒂奧涅仍然依照妾的神意，在你們這些人鞭長莫及的地方，一個人不斷戰鬥著。」

怏怏不樂的迦梨似乎想還對方點顏色，臉上浮現大膽無畏的笑容。

「喔，那我沒在擔心。」

「……汝說什麼？」
洛基輕輕揮揮手，看看背後一路延伸的洞穴。
原本淪為階下囚的蕾菲亞，還有格瑞斯現身了。
對於主神的視線，矮人眷屬點了點頭。
「最強悍的騎士閣下，去英雄救美啦。」

✦

從梅倫看去，西南方的海上。
亞馬遜人們乘坐的大型船上，「儀式」即將進入最後一幕。
一輩子見識過無數死鬥的鬥國（提爾史庫拉）戰士們，明白到結局已近在眼前。對著還在進行無止盡激戰的蒂奧涅與阿爾迦娜，她們互相高喊追求勝利、榮耀與死亡的語句。
蒂奧涅還有阿爾迦娜，都為了殺死染得一身血紅的對手而死力搏鬥。如今她們的眼中，只容得下對手的身影了。
——幹掉她！我一定要殺了她！
蒂奧涅的視野早已染成一片通紅。暴露出憤怒情緒的「戰士」容貌，只是加深了阿爾迦娜的笑意。雙方使出的最後一記、定勝負的一擊，必定會貫穿對手的身體。

受怒氣支配的蒂奧涅，懷抱的殺意已經是決定性的了。

不管是主神還是少女同伴們，都無法阻止現在的蒂奧涅。

如果。

如果有人能阻止她，要不就是雙胞胎的妹妹，要不——

「到此為止吧。」

——就只可能是打贏了她，奪去她一顆心的男人。

「!?」

就在即將使出最後一擊的蒂奧涅與阿爾迦娜之間，一把槍刺進了地板。

僵在原地的兩人面前，出現一把擁有黃金槍尖的長槍。緊接著，一個小個頭的身影——一名小人族從她們的頭頂上降落地面，拔起了長槍。

搖曳的黃金色頭髮，富有理智、一如湖面的碧眼。

芬恩・迪姆那，介入了正如火如荼地進行的「儀式」。

「團……長……？」

看到那小小的背影與側臉，蒂奧涅眼中的憤怒之色轉淡，取而代之地蘊藏了動搖的感情。

阿爾迦娜無暇理會慌張失措的她，只是大感驚愕。

「小人族……!?」

不只她，其他亞馬遜人也一樣驚訝。

這艘船可是漂浮在外海，是任何人都無從接近的海上競技場（擂台）。除了遠遠瞭望的燈塔火光外，沒有任何人事物能到達這裡。

「這怎麼可能，你是怎麼來的……!」

若是開船靠近，馬上就會被發現才是。

更何況此時四下被浪潮搖動的，就只有這艘大型船。

難道他是游泳來的？阿爾迦娜一時如此懷疑，但眼前小人族的衣服完全沒溼。

「怎——」

她思緒混亂地往船外一看——看到一片令她懷疑自己眼睛的光景。

「冰、橋……!?」

「喔，抱歉。等會我就恢復原狀。」

美麗的翡翠色長髮隨著海風飄動。

在浪潮打上岸邊的沿岸，高大的燈塔視野下方。

里維莉雅單手持握白銀長杖，平靜地告訴目瞪口呆地俯視自己的燈塔員們。

在她正面一路綿延的，是架構於海上的「冰之長橋」。

寬約五M，朝著燈塔光照亮的海上大型船一直線伸去。

冰凍魔法【狂喜・芬布爾之冬】。

里維莉雅以大輸出火力的寒冰砲擊凍結了海洋。她注入龐大的精神力(mind)，縮窄效果範圍，無限伸長了射程。這是只有被譽為都市最強魔導士的她，才能辦到的高超技巧。

再來就無須贅言了。芬恩一口氣跑過伸長到船邊的大冰橋，騰空一躍，跳上了敵船的甲板。

「快快帶著蒂奧涅回來吧，芬恩。」

精靈王族的魔導士，用毫不憂心的語氣，對浪潮的另一邊說道。

「我不知道語言能不能通，不過還是說一下吧。可以請妳們就此罷手嗎？鬥國(提爾史庫拉)的戰士們。」

芬恩把蒂奧涅護在自己的背後，悠然自得地告訴眾人。

面對以通用語向眾人喊話的小人族槍手，周圍的亞馬遜人群情激憤。

『——殺了他！』

神聖的「儀式」遭到妨礙，戰士們怒不可遏。

她們揮舞著武器，要將違抗女神(迦梨)神意的重罪人處以死刑，從四面八方撲上來。

「既然妳們要動手，那我也無法手下留情。」

毅然決然地如此斷言的瞬間，芬恩的身體一個翻轉。

以站立的位置為軸心，長槍〘福爾蒂亞之矛〙的黃金槍尖往全方位閃爍。神速槍擊把侵入攻擊範圍的亞馬遜人們連同武器一道彈飛，讓她們帶著驚嚇與叫喚摔落船外。
「畢竟妳們好像狠狠欺負了我珍愛的部下們嘛。」
船隻周圍連續掀起無數水柱。
站在甲板上的，只剩下芬恩、蒂奧涅與阿爾迦娜。
「……！」
目睹了芬恩與他人截然不同的實力，阿爾迦娜不由得瞠目結舌。
至於被芬恩擋在背後的蒂奧涅，像是狠下心來叫道：
「請您別這樣，團長？請您不要，不要來礙事！」
「說我礙事啊……」
蒂奧涅雖大聲喊叫，卻以剛才不可能有的柔弱模樣示人。
她對著仍舊背對自己的芬恩，一邊害怕將會失去與他的情誼，一邊喊叫：
「阿爾迦娜……那傢伙要由我來打倒！我若不動手，蒂奧娜會……艾絲她們都會……那傢伙會一直纏著【眷族】不放！」
蒂奧涅用顛三倒四、語無倫次的話語，傾訴胸中的情緒。
然而，那個小個頭的背影卻毫不動搖。
「蒂奧涅。我們什麼時候變得那麼懦弱，需要妳來保護了？」
「！……」

「把妳弄得如此冥頑不靈的念頭，是賭氣嗎？還是私情？如果是出於私怨，那我告訴妳，妳真是把我們整慘了。」

不留情面的話語，刺穿了蒂奧涅的胸口。

芬恩的背影，冰冷透徹地責備著蒂奧涅至今的行為與藉口。

——被心愛的人輕蔑了。

蒂奧涅拚命虛張聲勢的面具剝落了。負傷的身軀，湧起與至今的憤怒毫不相干的滾燙情感。

蒂奧涅的雙眸就要不受控制了。

「基於這點，我必須說……」

就在蒂奧涅快要頹然低頭時。

芬恩的側臉，轉向了她。

「……真是，平常明明那麼積極主動，就只有這種時候內斂起來了。」

「咦……？」

「妳什麼時候學會這種心理技巧的？」

蒂奧涅抬起雙眼一看。

只見芬恩將槍柄扛在肩上，面露苦笑。

「別害我這麼擔心好嗎？蒂奧涅。」

蒂奧涅的雙眸睜大。

「很高興妳沒事。」

真不像自己，竟然成了等待騎士拯救的公主（女主角）。

其實她，有那麼一點點嚮往那種情節。

真的，只有一點點，羨慕蒂奧娜念給自己聽的幻想故事。

因為她有了心愛的人。

「晚點我要好好講妳一頓。到一邊等著。」

「……好的！」

看到芬恩對自己投以溫柔的笑靨，蒂奧涅帶著哭腔回話。

身體像失了力氣般跌坐在地。原本就已經受到傷害而接近極限的身心，由於胸口深處的心靈得到融化，緊繃的神經終於斷線了。

蒂奧涅聽見取代幾經磨耗的憤怒，另一種不同情感填滿內心的聲音。

「——開什麼玩笑，這是什麼意思！」

這時，本來默不作聲的阿爾迦娜吼叫起來。

她狠狠瞪著彎膝癱坐的蒂奧涅，露出憤怒的臉孔。

「站起來，蒂奧涅！我們繼續，進行『儀式』！怎麼能允許鬥爭以這種鬧劇做結！」

現在一臉軟弱德性的蒂奧涅，令阿爾迦娜無法忍受。

那張臉已不再是「戰士」，也不是燃燒怒火的復仇者。

那只是張少女的，女人的，雌性的臉孔。

冀求鬥爭結果的她，絕對無法接受這樣的狀況，這樣的蒂奧涅。

「妳似乎聽得懂通用語呢。」

在氣憤不已的阿爾迦娜面前，芬恩開口說道。

「那事情就簡單了。我代替蒂奧涅與妳進行『儀式』……就是鬥爭？」

不顧阿爾迦娜的驚愕，芬恩把長槍刺在甲板上。

他採取側身姿勢，赤手空拳地擺好架式。

「如果我贏了，請妳不要再接近蒂奧涅她們。若妳不守約定，我會去擊潰妳們的國家。」

「臭男人！小人族！胡說八道……！」

阿爾迦娜即使因受辱而渾身發抖，仍擺出架式準備迎戰。

她用長舌頭舔了舔滿是血汙的臉頰，眼中滿布血絲。

阿爾迦娜想立刻宰了這個小男人，與蒂奧涅繼續死鬥，渾身漲滿戰意與殺意。

「死吧！」

不用開戰，蒂奧涅就知道孰勝孰敗了。

「聽聞在鬥國（提爾史庫拉），戰鬥中手下留情是一種侮辱。」

阿爾迦娜在與自己的戰鬥中身受重傷。

她的身體也已經接近極限了。

「所以，我也拿出真本事吧。」

更重要的是。

現在的阿爾迦娜，就跟五年前邂逅芬恩時的蒂奧涅一樣。

她一無所知。不知道冒險者有多強，不知道世界有多大。

不知道眼前的男人，是小人族的勇者。

「——【魔槍啊，接受我的鮮血，刺穿我的額頭】。」

不知道這個男人，是足以與她並肩的「凶暴戰士」。

「【赫爾・范格斯】。」

湖面一般的碧眼，染上了凶猛的血紅。

「!?」

阿爾迦娜高舉揮出的拳頭，被只有人類小孩大小的左手擋下來。

不理會倒抽一口氣的她，受到好戰欲望支配的芬恩，解放了暴增的能力。

他把抓住的拳頭使勁一扯，把女子的身軀一口氣拉向自己。

無計可施的阿爾迦娜時間為之暫停，芬恩在她眼前握緊右手。

帶著嗜血的戰士面孔，芬恩咆哮了。

「喔喔喔喔喔喔喔喔喔喔喔喔喔喔喔喔喔喔喔喔喔喔喔喔喔喔喔喔喔！」

右拳搥進了阿爾迦娜的臉孔。

「嘎————」

擊碎骨頭的毆打聲，蓋過了女子的大聲慘叫。

被揍飛的阿爾迦娜，身體撞碎甲板的護欄，甚至炸碎了遙遠那一方的大海。

彷彿炮擊魔法爆炸開來的驚人水花轟然掀起。

「～～～～～～～～～～～～～～！」

在被攻擊的反作用力搖晃得嘰嘰作響的船上，蒂奧涅拚命等待震盪過去。

好不容易等船身恢復平靜，抬起臉一看，雙瞳仍然血紅的芬恩站在她眼前。

「啊……」

一雙紅眼注視著癱坐在地的自己，蒂奧涅反射性地緊閉起眼睛。

時間過了幾秒。

什麼事也沒發生，蒂奧涅戰戰兢兢地正想睜開眼睛，卻有個東西蓋在自己的肩上。

蒂奧涅霍地一看，只見芬恩解下了纏腰布，披在她的身上。

「團長……」

雙瞳恢復成美麗碧眼的芬恩，對嘴唇顫動的蒂奧涅笑了笑。

「我們回去吧，蒂奧涅。」

芬恩經過她身邊時，把手輕輕放在她的頭上。
從各方面來說都已經到了極限的蒂奧涅，一顆心繳械投降，眼眸自動盈滿了淚水。
她拋開剛才那種乖寶寶的態度，猛一轉身，用身體衝撞心儀對象的背部。
「團長～～～～～～～～～～～～～～～！」
蒂奧涅擠出所有力氣，用力抱住他的腰。
被感動萬分的蒂奧涅抱住，芬恩直接被推倒，以萬歲姿勢「啪！」地一聲，鼻子狠狠撞上甲板。
「團長，團長～～！謝謝泥……真對不起……！」
「……真傷腦筋。」
對於緊抱自己的腰不放，不斷呼喚自己的蒂奧涅，芬恩面露苦笑。
小人族領袖手肘立在甲板上托著臉，在少女停止哭泣前，帶著笑容仰望美麗星空。
海蝕洞與船上。兩場「儀式」就此落幕。
少女們的宿怨，就這樣由同伴親手斬斷了。

走在里維莉雅重新搭起的冰橋上，回到岸上的蒂奧涅與芬恩，等到天空開始泛白的時刻才回到港都（梅倫）。大部分時間都耗在蒂奧涅那場大哭上，不過之後的治療與體力恢復也花了不少時間。

蒂奧涅肩膀上披著芬恩的纏腰布，左右讓他與里維莉雅夾著抵達港口時，【洛基眷族】所有人已經在港都前集合，吵吵嚷嚷的。

「小的特地把蒂奧娜小姐與蒂奧涅小姐的武器帶來，結果都沒用到的啦……大雙刃（烏爾加）弄得小的腰好痛……」

「沒事沒事，我很高興喔！所謂心意最重要嘛！謝謝勞爾！」

「蒂奧娜小姐怎麼已經活蹦亂跳的了……」

「陷入瀕死狀態，還中了『劇毒』……花了很多時間治療耶。」

「也謝謝莉涅喔！蕾菲亞對不起，把妳捲進來了！」

「鬧得這麼大要是還能被原諒，那就太好混啦——。不知道給我惹了多少麻煩。」

「怎樣啦——，我就是覺得過意不去，才會這樣道歉啊！……是啦，我也知道或許不是道歉就能解決的……對不起，給大家添麻煩了。」

「唔哈——！變乖的蒂奧娜也不錯耶——？我心中開啟新天地啦——！」

「洛基少說兩句。」

「饒命饒命饒命，艾絲美眉我投降！完全勒中要害了——啊。」

「喂，伯特，快想想辦法。蒂奧娜這個樣子，連大家都要沮喪了。」

「關、關我屁事啊。她變這麼肉麻，是要我怎麼想辦法啊！」

「你怎麼這樣啊！結果我乖乖道歉還不是不行——？笨狼！」

「吵死了，蠢亞馬遜人！」

看到以妹妹為中心吵鬧不休的光景，蒂奧涅連緊張都忘了，臉頰線條變得和緩許多。芬恩也聳聳肩，里維莉雅也閉目一笑。

「啊，蒂奧涅！」

蒂奧娜第一個發現蒂奧涅他們。

「里維莉雅大人！」「團長！」蕾菲亞等人此起彼落地呼喚時，只有她一個人一直線地跑過去。

「蒂奧涅，身體狀況還好嗎？『儀式』怎麼樣了？阿爾迦娜呢？」

「……團長幫我搞定了。」

蒂奧涅先把該說的話說完，蒂奧娜一聽愣住了。

不久她抱著肚子，哈哈大笑起來。

看她這樣，蒂奧涅的嘴唇綻開了微笑。

「我打贏芭婕了喔！沒有人死，我也沒殺人！怎麼樣！」

歡笑。歡笑。蒂奧娜笑得開懷。

自己對這副笑靨有何感想，懷抱了何種感情，又有什麼得到了救贖？

東方天空開始形成朝霞。湖泊水面金光粼粼。

蒂奧涅臉頰線條變得柔和，綻開嘴唇——笑了。

「謝謝妳，蒂奧娜。謝謝妳救了我。——真的很謝謝妳。」

看見蒂奧涅太陽般歡笑的模樣，千頭萬緒一時堵塞了蒂奧娜的胸口。

然後她逐漸染紅了雙頰，漾著滿面笑容。

「嗯！」

感覺得到芬恩與里維莉雅，都溫柔地凝望兩人相視而笑的模樣。

接著蒂奧涅很快收起笑容，面露憂鬱的神色。

「好啦，我得向大家道歉才行……妳是笨蛋大家不會見怪，但我就難說了——」

「沒事沒事，大家會原諒妳的！不然就像剛才那樣笑著道歉嘛，去嘛，去嘛！」

「才不要。笑著道歉感覺很欠揍。」

「又不會怎樣，試試看嘛～？」

「唉唷，真是的！妳很吵耶！到一邊去啦！我還是討厭妳這種調調！」

「怎麼這樣——？」

姊妹並肩走著。

走向少女們面帶笑容等候著的，光明普照的地方。

只有兩人的世界，早就不存在了。

終章

Disturbing Elements

Гэта казка іншага сям'і.

трывожныя элементы

一夜之間發生的梅倫事件，大致上結束了。

公會決定公布，在港口正中心與【洛基眷族】爆發近乎抗爭的衝突，全是【迦梨眷族】的所作所為。他們將此事當作來自邊境之地的野蠻亞馬遜人引發的不幸事故。至於出現的食人花，就當作是時機不巧，正好在那時候從湖泊爬上陸地。

在洛基的背後牽線下，著手調查梅倫一事的公會高層只能如此發表。包括放到湖裡的食人花一事在內，誰也想不到竟然有善神尼約德涉入、鎮長（梅鐸）當家參與其中，傷害最大的，是公會幹部與走私有所關連這個汙點。若是全盤公開，可以預料將會嚴重撼動港都（梅倫）的基礎，公會自己也將遭受民眾的大聲撻伐。而且如此將會暴露出破綻讓其他勢力（眷族）趁虛而入，就像惡魔的呢喃。

整件事情設計成一步步解開事情真相，就會連鎖性地挖出公會的把柄。換個角度看，就像是把事件的每個點連結起來的「線」提出的警告。那個存在像是在說：想處分我們可以，但我們會拉你們當墊背。

事實上，公會聽了【洛基眷族】針對暗中活躍的組織報告的情報後，也許是提防過去遭受到的「報復」與兩敗俱傷，終究沒有追究她們的責任。

「所以那些傢伙，才會選在那時候放出食人花嗎……這樣她們不管怎麼鬧，最後都能消除自己的存在。」

「是啊，換言之除了用來拖延我們的腳步外，還有其他用意就是了。也就是用作保險。」

這是洛基與里維莉雅的說法。

掌握「線」的美之女王一個人面露笑意，若無其事地歸返都市了。

考慮到對港都(梅倫)營運造成的影響，公會決定不懲戒尼約德與博格。不用說，雙方私底下自然是做了協議，要求兩人答應對公會提供協助。

結果這次遭到處斷的，就只有公會分部長魯柏了。

「什麼嘛，那也就是說抽到籤王的，就只有那個叫魯柏的？」

蒂奧涅她們回到港口的隔天晚上，也就是事情告一段落的兩天後。

處理好與公會之間煩人的往來後，洛基不讓尼約德他們逃走，早早就抓住他們，逼他們吐出這次事件的相關情報與收穫。

「是啊，好像連飯碗都丟了，對那傢伙真是過意不去。」

「嗚哇，尼約德你好爛喔。竟然把孩子捲進『我所想的最強計畫』還讓人家變無業遊民——」

「對啊，所以我硬是在他背上刻了『恩惠』，讓他加入漁夫的行列。」

「你這個魔鬼。」

尼約德正色嚴肅說道，洛基也一臉嚴肅地吐槽。

地點在【尼約德眷族】大本營「船城」當中，尼約德的神室。

「把一個本來坐辦公室的扔進肉體戰場裡，我說你啊……」

「可我也只能做這點事，補償把他捲進來的罪過啊……」

聽說魯柏被漁夫們笑著包圍起來，說「我們會好好疼愛你的」，好像想順便一吐至今的怨氣，把他嚇得又哭又叫。也好，反正聽說魯柏之前早就不顧尼約德他們的想法做了不少壞事，或許可以藉此懲罰懲罰他吧……

「所以咧？你跟孩子的關係有可能修復嗎？」

「妳說羅德嗎……他好像還沒整理好心情，不過……」

尼約德含糊其詞，臉上浮現百感交集的苦笑。

「他說『以後為了不讓尼約德神鑽牛角尖，做些不該做的事，我們會堅強起來的……』」

「你這孩子真的很乖呢……」

「就是啊。」

看洛基講得感觸良深，「呵。」尼約德也笑了。

「漁業與海洋的事我還沒辦法看開，不過以後我會想想其他辦法，不再使用那種食人花（怪獸）了。要是跟那種玩意扯上關係，洛基你們又會跑來教訓我了。」

「對啊，這麼做比較好啦。」

「我會跟羅德還有博格一起，努力奮鬥的。」

為今後的方針做結後，尼約德與洛基轉向同一個方向。

他們的視線前方，有個幼童女神被繩索層層綑綁著坐在椅子上。

「那麼，臭小鬼，再來換妳了。我要妳一五一十統統吐出來。」

「……哼，誰理汝。」

看到迦梨把臉扭向一邊，洛基發出咯咯怪聲嘲笑她。

在海蝕洞定了勝負後，洛基替芭婕等傷患做了治療，出於憐憫，把她們扔上鬥國(提爾史庫拉)的船，只把主神抓起來帶到這裡。受到落敗者對待的迦梨看起來相當惱火，洛基這才出了口怨氣。

「總之妳必須答應我，不准再找蒂奧涅她們的麻煩。尤其是那個叫阿爾迦娜的戰鬥狂，妳得叫她乖乖聽話……」

「……阿爾迦娜已經廢啦。」

「啊？」

「不只阿爾迦娜，其他人……芭婕以外被汝那些男人(孩子)打倒的，統統都不行了啦……」

洛基一臉詫異，迦梨整個嘴巴都嘟了起來。她嘟嘟嚷嚷著「結果她們終究也是女人(亞馬遜人)啊」、「那樣怎麼好意思說別人(蒂奧涅)」、「什麼戀愛中的少女，根本……」、「阿爾迦娜都變那樣了，芭婕也沒有戰鬥的理由了……」還有「前途一片黑暗啊」什麼的，用死魚眼喃喃自語著。

「鬥國(提爾史庫拉)或許已經玩完了……啊啊，妾的樂園啊……」

「妳從剛才到現在究竟都在說些啥啊……還有因為我的寶貝蒂奧娜與蒂奧涅堅持，所以我告訴妳，別再讓自己的國民自相殘殺啦。至少不喜歡參加『儀式』的人就放她們走吧。」

「妾要是說『不想死的人說出來沒關係～，汝等可以離開喔～』所有人鐵定都會舉手的好嗎？

汝在胡說什麼啊？汝笨蛋嗎？」

「喂，妳這死傢伙，活得不耐煩了是嗎，哦？」

「是是是知道了知道了，愛能拯救世界啦。愛與和平，愛與和平啦。阿芙蘿黛蒂大人萬歲——」

「這死小鬼……」

「喂，洛基，話題越扯越遠了，放下妳的拳頭啦。」

看到面具女童用實在蠻討厭的臉亂講一通，洛基握緊的拳頭不住發抖，但尼約德用手肘頂了她一下，她這才勉強呼了口氣。

「首先我問妳，妳到梅倫來做啥？」

「不告訴汝。」

「喂，妳媽的，給我差不多一點喔？」

「只有這件事妾不能說。畢竟妾好不容易才走到這一步。」

看到幼童女神又把臉別到一邊，洛基的臉上終於浮出青筋，「好啦好啦。」但尼約德跑來當和事佬。看他熟練的勸架技巧，不難看出兩人從天界以來的交情。

「美神（伊絲塔）好像照顧過她們，應該跟那邊有什麼關係吧？」

「喂，是他說的這樣嗎？快招。」

「～♪」

洛基一逼問，迦梨開始吹起五音不全的口哨。洛基原本冷眼瞪著她，不過聽到是伊絲塔在背後牽線，也就大略鎖定了目標的候補人選。

她頭一個想到的，是與自己有段孽緣的美神的臉……但洛基自顧自地想：我沒有義務忠告她，就別說出來好了——

「……下一個問題。關於食人花怪獸，妳知道些什麼嗎？」

「這妾不知道。真的。」

洛基直勾勾地注視那雙紅瞳，明白到她並未說謊。

「對了，關於那種怪獸，伊絲塔好像知道些什麼唷？」

「又是伊絲塔啊……尼約德，提供食人花給你的那些傢伙，跟伊絲塔也有些瓜葛對吧？」

「嗯。不過說歸說，感覺好像跟我們一樣，也只是生意往來罷了……說是有適當的人選可以把食人花搬到港都（梅倫），就介紹給我了。」

他說之後雙方就共同運用那個海蝕洞行事。雖然雙方談好條件，對方幫尼約德搬運食人花，尼約德則為他們在港都（梅倫）的活動圖個方便，但他們與伊絲塔等人似乎僅僅只是委託關係。「說得難聽點，你們只是被伊絲塔玩弄在手掌心裡，最後當替死鬼嘛。」洛基如此指摘，由於港口出現食人花而露出決定性馬腳的尼約德一臉倦容，說：「別說了啦……」

「嗯……線索只有伊絲塔，然後是在地下水道遇見的神祕人類啊……」

一會兒後，桌子準備好了，上面放著【伊絲塔眷族】的徽章——公會公開的徽章名簿（清單）之一——

以及尼約德畫的精細肖像畫。

肖像畫中的男人以瀏海遮住單眼，黑眼圈濃重，臉色看起來很不健康。

總覺得好像比興趣神（蘇摩）更陰險呢。洛基自顧自地做此感想。

「順便問一下，那些傢伙要求的走私品是啥？」

「我是沒看內容物，不過有時是值錢的東西，有時是酒，然後有時候箱子會卡啦卡啦地震動，所以說不定是生物喔。聽那個人類所說，他們好像非常需要錢喔？」

「錢啊……」

也許是黑暗派系的殘黨或「怪人」所主張的都市破壞，所需的活動資金？

洛基原本以為一切都是徒勞，但這時獲得了思考下一個問題的線索，覺得還算有點收穫。

「喂，臭小鬼，伊絲塔還有沒有說些什麼？任何芝麻綠豆的小事都行。」

「唔嗯——妾也有些隱情，所以不太想講……不過妾實在不記得她有講什麼。」

房間裡三尊神當中，勉為其難跟洛基合作的迦梨，先是一副若有所思的表情，然後補充了一句「只是」。

「那個女神（女人）……伊絲塔是個可怕的神。」

「……？什麼意思，如果是說【眷族】的勢力（力量），妳應該比她……」

「那傢伙狡猾多詐，而且握有『祕密武器』。洛基啊，妳沒聽自己的孩子說些什麼嗎？」

被她這麼一說，洛基心裡也有頭緒。

艾絲與伯特說過，應該屬於Lv．5的芙里尼・賈米勒，行使了Lv．6級的戰鬥力。伯特是說「對方帶上了術士」，但是……若是有足以與昇華(升級)匹敵的超強化「魔法」或「詛咒」一類能力，那可是一大威脅。那份「力量」要是用在阿爾迦娜或芭婕身上，這次的事件或許真的會解決不了。洛基是知道芬恩他們會來助陣才一派輕鬆，但要是走錯一步，搞不好已經無可挽回了。坦白講，洛基真是捏了一把冷汗。

同時，洛基心想。

這才是下界。才是天神無法看透的、蘊含「可能性」的最上級棋盤遊戲。

就是這樣自己才玩不膩。洛基不莊重地在心中伸舌舔嘴。

「再來嘛，這是妾的直覺……她特地把妾等找來，要割捨時卻又毫不惋惜，妾覺得似乎另有理由。照妾看來——很可能有別的『祕密武器』。」

「別的『祕密武器』……」

在尼約德的旁觀下，洛基反覆思量迦梨所言。

宅邸外黑夜籠罩，洛基聽見了諸神難以預料的神意互相交纏的聲音。

◆

「真是，迦梨那小妮子……果不其然，反遭洛基他們擊敗了。」

妖豔的嬌軀走在石造通道上。

髮辮隨著步履搖曳，伊絲塔邊走邊抱怨。在陰暗的通道中，美神的僕役，忠心的青年隨從默默跟在身後。

唧著煙管，不高興地吞雲吐霧的伊絲塔，這時表情一變，露出笑容。她來到了漏出微光的通道終點。

「我就知道靠不住……到了必要時，就用『這個』吧。」

那是間開闊的大廳。

石材設計的大空間裡，披著長袍的一群人到處走動。伊絲塔從陽臺般突出的高高位置上俯瞰這副光景，注視著被綁在大廳中央的那個東西。

那個被無數鎖鏈困住的巨大「怪物」。

「言而總之……姑且可稱為『天之牡牛』吧。」

身後不作聲的青年隨從嚇得發抖，美之女神瞇細她紫水晶般的眼眸。

那長著雄壯威武卻形狀扭曲、不祥的巨角的頭部。

在額頭的位置，女體吞噬著得到的「魔石」，蠢動她醜陋的大眼珠。

RIVERIA LJOS ALF
里維莉雅・利歐斯・阿爾弗
隸屬
洛基眷族
種族
精靈王族
職業
冒險者
到達樓層
第 59 層
武器
杖　弓箭
所持金錢
147000000 法利
Copyright ©Kiyotaka Haimura

Гэта казка іншага сям'і.

Status Lv.6

力量	G243	耐久	G277
靈巧	C651	敏捷	C609
魔力	S989	魔導	E
治療	G	異常抗性	G
精神回復	H	魔防	H

魔法	詩句・維德海姆	・攻擊魔法。・詠唱連結。 ・第一位階（狂喜・芬布爾之冬） ・第二位階（高等・勝利之劍） ・第三位階（詩句・維德海姆）
	蹕路・西爾海姆	・防禦魔法。・詠唱連結。 ・第一位階（寄命幻夢） ・第二位階（薄紗吐息） ・第三位階（蹕路・西爾海姆）
	華納・阿爾海姆	・回復魔法。・詠唱連結。 ・第一位階（溢滿・艾爾迪斯） ・第二位階（露娜・阿爾迪斯） ・第三位階（華納・阿爾海姆）

技能	Fairy Anthem 妖精王唱	・魔法效果增幅。 ・射程擴大。 ・詠唱量越大，強化補正量越大。
	Alf Regina 精靈王印	・強化「魔力」發展能力。 ・增強自己魔法陣當中同種族（精靈）的魔法效果。 ・將自己魔法陣內消耗的同種族（精靈）魔素轉換為精神力，並加以吸收。

裝備　偉大精靈

・魔導士專用武裝。
・訂製者並非里維莉雅，而是洛基重金委託魔法大國（亞爾特拿）製作。包括迷宮都市在內 在下界被列為「至高五杖」的最高級魔杖。
・鑲嵌了九顆最高階「魔寶石」，超乎一般規格的魔杖。能將魔法威力提升至極限。魔寶石必須請「魔女隱居屋」之主雷諾娃替換。
・以「精製金屬（秘銀）」與「聖皇礦石」複合而成的魔杖本體堅固耐用，能成為很好的長柄武器。
・經過殺價 價格為 340000000 法利。若再加上「魔寶石」的費用，金額將會更高。

裝備　精靈王聖衣

・加入聳立於王族故鄉的聖王樹的纖維編織而成。具有高度魔力抗性。
・原材料為擅離故鄉的里維莉雅身穿的皇室王袍（禮服）。隨從（艾娜）硬塞給她的衣服，輾轉成了冒險者用的第一等級防具。

後記

最近我出了遠門，在海岸線悠悠哉哉地漫步了一圈回來。

晴空下的大海很美，但更令我印象深刻的，是海潮的聲音。聽著靜謐地打上岸邊的海浪聲，甚至在我腦中描繪出男女角色對話的模糊情景。我有點不擅處理戀愛喜劇，但就在那個當下，我猛然變得好想寫戀愛喜劇。等到開始著手撰寫原稿，一回神卻發現亞馬遜人們在上演全武行。怎麼會變成這樣？

這是外傳第六集。以時間軸來說是本傳第六集開始前到開頭發生的事。

本集在構思情節（故事大綱）的階段時，亞馬遜姊妹的情誼以及反派角色的形象都還一片模糊。可以說雖然有想寫的東西，但內容卻很空洞，就像還沒替骨幹加上血肉，就毫無計畫地動筆那樣。也許最大的原因，是作者認為姊姊有點那個，妹妹則是單細胞，懷疑這對亞馬遜姊妹之間是否真有能稱為「情誼」的部分（再來就是描寫姊妹之間的親情，讓我很害羞……）。

不過，原本只是一段文字的「設定」，在逐步描寫成姊妹的「過去」的過程中，原本猶豫著不敢下筆的「情誼」忽然都到位了。敵方角色的形象設計也是。或許說起來是理所當然的，但我開始覺得書中角色也有他們的人生，並且從中衍生出了許多故事。我感覺在這一集當中，兩個亞馬遜人第一次成了「姊妹」。

這集除此之外，還塞進了許多設定，期望能擴大作品的世界觀，夢想有一天能描寫到外面的世界。此外還有本傳登場的某些角色，在故事中發揮重要作用，如果讀者願意參考一下本傳第七集，或許能獲得更多樂趣。

那麼容我進入謝詞部分。

編輯部的小瀧大人、高橋大人，插畫家はいむらきよたか老師、各位相關人士，這次我原稿是有史以來拖得最久的，抱歉給各位添麻煩了。同時也由衷感謝大家鼎力相助。此外，也要感謝各位讀者賞光拿起本書，容我致上最大的謝意。希望今後大家能繼續捧場。

如果照劇情的預定計畫發展，下次應該會是本傳第六集背後發生的故事，不過第七集可能會跳過本傳一整集的時間。很可能，大概……。總而言之，我會比以前更努力的。

感謝您一路閱讀到這裡。那麼下次再見。

大森藤ノ

在地下城尋求邂逅是否搞錯了什麼 外傳 劍姬神聖譚6

原書名：ダンジョンに出会いを求めるのは間違っているだろうか外伝 ソード・オラトリア6

作者：大森藤ノ
插畫：はいむらきよたか　角色原案：ヤスダスズヒト
譯者：可倫

2017年7月25日　初版一刷發行

發行人：黃詠雪
總編輯：洪宗賢　　副總編輯：王筱雲
責任編輯：黃小如　責任美編：陳安慈

出版者：青文出版社股份有限公司
住　址：10442台北市長安東路一段36號3樓
電　話：（02）2541-4234
傳　真：（02）2541-4080
網　址：www.ching-win.com.tw

法律顧問：敦維法律事務所　郭睦萱律師

製版所：嘉陽印刷事業有限公司
印刷所：立言彩色印刷有限公司

國家圖書館出版品預行編目資料

在地下城尋求邂逅是否搞錯了什麼. 外傳, 劍姬神聖譚 /
大森藤ノ作；可倫翻譯. -- 初版. -- 臺北市：青文, 2017.06-
　冊；　公分
譯自：ダンジョンに出会いを求めるのは
間違っているだろうか. 外伝, ソード.オラトリア

ISBN 978-986-356-437-9(第6冊：平裝)

861.57　　106006675

親愛的讀者：

感謝您購買青文出版社的輕小說！為了提供更優質的服務，我們期待收到您的意見。煩請詳填本資料卡，傳真至02-2541-4080或彌封並貼妥郵票後擲入郵筒寄出，您將有機會獲 得青文『最新出版的輕小說』以及新書出版資訊喔！

姓名：＿＿＿＿＿＿＿＿ 性別：□ 男 □ 女

年齡：□ 18歲以下 □ 19～25歲 □ 26～35歲 □ 36歲以上

電話：＿＿＿＿＿＿＿＿ 手機：＿＿＿＿＿＿＿＿

地址：＿＿＿＿＿＿＿＿

E-mail：＿＿＿＿＿＿＿＿

職業：□ 學生 □ 公務員 □ 教育 □ 傳播 □ 出版 □ 服務 □ 軍警 □ 金融 □ 貿易
□ 設計 □ 科技 □ 自由 □ 其他 ＿＿＿＿＿＿＿＿

喜愛的書籍類型：（可複選）

□ 奇幻冒險 □ 犯罪推理 □ 電玩小說 □ 純愛系列 □ 動漫畫改編 □ 電影原著改編
□ 歷史 □ 科幻 □ BL □ GL □ 其他：＿＿＿＿＿＿＿＿

購買書名：＿＿＿＿＿＿＿＿

購自：□ 書店，在＿＿＿＿＿＿縣/市 □ 漫畫店，在＿＿＿＿＿＿縣/市
□ 青文網路書店 □ 網路 □ 劃撥 □ 其他：＿＿＿＿＿＿＿＿

從何處得知此輕小說？

□ 青文網路書店 □ 青文輕小說blog □ 網路 □ 店頭海報 □ 在書店看到 □ 書展/漫博會
□ 報章雜誌（報紙/雜誌名稱：＿＿＿＿＿＿＿＿）
□ 朋友推薦 □ 其他：＿＿＿＿＿＿＿＿

為何購買此書？（可複選）

□ 喜愛作者 □ 喜愛插畫家 □ 喜愛此系列書籍 □ 買過日文版 □ 看過內容簡介而產生興趣
□ 贈品活動 □ 朋友推薦 □ 其他：＿＿＿＿＿＿＿＿

對本書的意見：

封面設計：□ 優良 □ 普通 □ 不好　翻譯品質：□ 優良 □ 普通 □ 不好
小說內容：□ 優良 □ 普通 □ 不好　整體質感：□ 優良 □ 普通 □ 不好
內容編排：□ 優良 □ 普通 □ 不好

讀者服務信箱： mk@ching-win.com.tw
青文網路書店： http://www.ching-win.com.tw

3.5元郵票

10442
台北市長安東路一段36號3樓

青文出版社
CHING WIN PUBLISHING CO.,LTD

輕小説編輯部 收

意見或感想：

若有任何問題請至青文網路書店發問

青文網路書店：http://www.ching-win.com.tw

★請用膠帶黏貼後投入郵筒內（請勿用釘書機、膠水或將回函完全封死、黏死）